Die heimliche Lust der Anderen

Tom Deer

Tom Deer

Die heimliche Lust der Anderen

Erotischer Roman

tom.deer@icloud.com, Ingolstadt

Cover Design: Marie Poulain, hello@mariepoulain.com

Herstellung und Verlag: BoD - Books on Demand, Norderstedt

ISBN 978-3-7562-1033-6

Kapitelübersicht

Das junge Mädel an der Hotelrezeption

Es war kurz vor 20:00 Uhr. Michaela saß ungeduldig an der Rezeption des kleinen fünf Sterne Hotels mitten in Berlin. Sie schaute auf die Straße raus. Diese verlief zweispurig in beide Richtungen und war in der Mitte durch die Schienen der Strassenbahnlinie getrennt. Es war Herbst geworden und so war es jetzt, um diese Uhrzeit, draußen schon wieder dämmrig. Die Straßenlaternen flackerten pünktlich auf. Nebenan in der Bar konnte sie den Lärmpegel der Gäste hören. Das Hotel selbst hatte zwanzig Zimmer und war, komplett saniert und renoviert, in einem wunderschönen Altbau untergebracht. Die Bar nebenan wurde separiert vom Hotel eigenständig betrieben. Gleichzeitig diente sie den Hotelgästen, falls diese es wünschten, zum Frühstücken und als Bar für den Abend. Da der Inhaber des Hotels sehr auf Diskretion bedacht war, konnten die Gäste sich das Frühstück auch auf das Zimmer bringen lassen. So war der Hotelbesitzer mit dem Barbetreiber verblieben. Abweichend vom fünf Sterne Standard hatte sich der Inhaber des Hotels darüberhinaus entscheiden kein Restaurant zu haben. Dies lohnte sich für so ein kleines Hotel, in einer Stadt wie Berlin, nicht. Zu groß war die kulinarische Vielfalt der Restaurants in der Stadt. Ebenfalls gab es aus Diskretionsgründen weder einen Concierge noch einen Pagen für die Koffer. Die Zimmer lagen verstreut in dem Altbau, der sehr verwinkelt war und wurden über verschiedene Treppen im Haus erreicht. Dieses besondere Ambiente des Gebäudes sowie die exklusive Diskretion, machte das Hotel in den letzten Jahren, weit über die Grenzen von Berlin bekannt. Gäste konnten ähnlich, wie bei einem Juwelier das Hotel nur betreten, wenn Ihnen aufgemacht wurde oder aber sie bereits einen Schlüssel für ihren Hotelaufenthalt erhalten hatten. Einige der Räume waren im letzten Jahr zusätzlich nochmals neu gestaltet worden. Dabei wurden die Fenster zur Straße hin bis zum

Boden vergrößert, neue Holzböden gelegt und manche der Badezimmer exklusiver ausgestattet. Einige Zimmer hatten begehbare Wellness-Duschen, andere wiederum, eine wirklich große Badewanne mit Sprudelfunktionen. Darüber hinaus war die oberste Etage des Hotels, im fünften Stock, zusätzlich zu einer Penthouse-Suite umgebaut worden. Dieser Bereich unterschied sich wesentlich von den andren Räumen des Hotels. Für dieses Penthouse gab es einen eigenen exklusiven Aufzug, der nur mit einem speziellen Schlüssel, den der Gast für seinen Aufenthalt erhielt, für das Penthouse bedient werden konnte. Man betrat diese Räumlichkeit über ein Vorzimmer, hier befand sich eine großzügige Garderobe. Durch eine weitere Tür gelangte man in einen großzügig angelegten Salon mit Sitzmöglichkeiten, TV und Schreibtisch. Die Fensterfront zur Strasse hin, vor der der Schreibtisch stand, war komplett offen bis zum Boden hin verglast. Dieses Konzept wurde auch im darauf folgenden Schlafzimmer weiterverfolgt. Hier war die Glasfront auf einer Breite von fünf Metern angelegt, so dass man den wunderschönen Blick über die Dächer von Berlin sowohl bei Tag aber speziell bei Nacht hatte. In diesem Raum stand auch ein großes Himmelbett. Vom Schlafzimmer gelangte man weiter in das Bad. Dieses war im vorderen Bereich mit begehbarer Dusche, Doppelwaschbecken und einer großen Badewanne ausgestattet. Im hinteren Bereich des Bades, wenn man weiter in diesen Bereich hinein ging, öffnete sich der Raum nach links und gab einem den Blick auf einen runden, im Durchmesser zwei Meter großen Whirlpool, der in der Mitte dieses Raumes im Boden eingelassen war, frei. Das Konzept, der bis zum Boden verglasten Fensterfront zur Strassenseite, wurde hier ebenfalls auf ganzer Breite fortgesetzt. Oft dachte Michaela, dass Sie einmal selbst hier übernachten würde. Sie hatte dann immer diese Phantasie, dass wenn Sie einmal wieder einen Freund haben würde, sie beide dann hier eine romantische Nacht verbringen könnten. Es musste ein Traum sein, im blubbernden Whirlpool sitzend, den Blick über das nächtliche Berlin zu haben. Michaela war 24 Jahre alt, groß gewachsen, 170 Zentimeter, nicht gerade die Schlankste mit Ihren 60kg, aber dennoch von zierlicher Figur mit den richtigen Rundungen an den richtigen Stellen. Besonders stolz war sie im Laufe der Zeit auf Brüste geworden. Früher in der Schule war sie wegen ihrer Brüste oft mit dem Namen "Fussball-Girl" gehänselt worden. Dass lag daran, dass jede Ihrer Brüste fast so groß wie ein Fussball war. Damals war ihr das alles sehr peinlich gewesen. Oft hatte sie deshalb geheult. Ihre Mutter, die ähnlich große Brüste hat, sagte ihr dann, dass eine Zeit kommen würde, wo diese großen Brüste ihr Vorteil gegenüber anderen Frauen werden würden, da sehr viele Männer auf schlanke Frauen mit im Verhältnis dazu übergroßer Oberweite stehen. Michaela konnte dies damals nicht glauben. Seit sie aber vor einem Jahr nach Berlin gezogen war, um hier Schauspielkunst zu studieren, raus aus dem kleinen Dorf an der Nordsee und nun ihr Dasein in der großen Metropole genoss, erlebte Sie immer wieder Situationen, die es ihr bewusst machten. Egal ob es ein Blick von einem Mann oder einer Frau war, die sie heimlich beobachteten oder wie jetzt im Sommer, wenn sie die Straße entlang ging und ihre großen Dinger, trotz des starken BH's, auf- und abwogen. Anfangs war sie deshalb sehr verunsichert gewesen, da sie sich unwohl fühlte. Doch mit der Zeit gewöhnte sie sich an die Blicke und es kam so, wie ihre Mutter es ihr prophezeit hatte. Sie wurde langsam stolz auf ihren Körper und ihre Rundungen. Kürzlich dann war etwas passiert, dass sie gänzlich überzeugt hatte. Sie war mit einer neuen Bekannten, die sie an der Hochschule in einem Kurs kennengelernt hatte, am Nachmittag Eis essen gewesen. Es war ein schöner sommerlicher Tag mit 27°C. Genau richtig, um in der Stadt bummeln und dann ein Eis essen zu gehen. Michaela hatte eine hellblaue Jeans und eine schöne weite rosafarbene Bluse an damit man ihre großen drallen Ballen nicht sofort bemerkte und die Blicke wie die Fliegen auf ihr klebten. Nicht das sie sich daran gewöhnt hatte und ihr das nicht gefallen würde aber bitte nicht jeden Tag. Während sie so mit ihrer Freundin da saß, die beiden über alles mögliche quatschten und ihr Spagetti-Eis genoss, passierte es. Es tropfte etwas rote Erdbeersoße auf die Knopfleiste Ihrer Bluse. Das war nicht weiter schlimm aber Erdbeere, so sagte Ihre Freundin, sollte man immer gleich versuchen, leicht auszuwaschen. Michaela wollte diese Bluse nicht riskieren und ging zur Toilette der Eisdiele, um den Fleck, so gut es ging, vorsichtig auszuwaschen. In der Toilette angekommen wollte sie sich, damit es nicht zu lange dauern würde und damit sie nicht alle Knöpfe der Bluse öffnen musste, sich diese über den Kopf ausziehen. Dabei passierte es. Sie hatte sich die oberen drei Knöpfe aufgeknöpft und während sie beide Arme in die Höhe hob und mit einem Arm nach hinten zum Kragen der Bluse griff, um sich die Bluse über den Kopf aufzuziehen, riss das linke Bündchen des BH-Trägers. Sie schaute verdutzt in den Spiegel, während sie Ihre Bluse weiter vollständig über den Kopf auszog. Sie legte die Bluse auf das Waschbecken. Es musste doch möglich sein, irgendwie eine Lösung zu finden, das Band des Halters an dem BH festzuknoten. Ein Befestigen des Halters war jedoch, egal wie sie es auch probierte, nicht mehr möglich. Sie wurde rot im Gesicht. Sie konnte doch nicht ohne BH unter der Bluse rumlaufen. Ihre großen Fußbälle würden, bei jedem Schritt unter der Bluse, nur so hin und her wackeln, dass es sicherlich jedem Menschen, der ihr entgegen kommen würde, sofort auffallen musste. Nicht das sie das Wackeln ihrer Brüste persönlich störte aber in der Öffentlichkeit wäre ihr das unendlich unangenehm. Während sie noch mit ihren Händen weiter versuchte einen Knoten hinzubekommen, ging die Türe des WC-Raums auf und eine ältere Frau betrat das WC. Sie schaute Michaela an und erkannte Ihre Misere. Bevor sie in einer Box verschwand sagte sie zu Michaela: „Schätzchen, dass passiert allen mal. Da geht jetzt kein Weg vorbei. Du musst ohne BH raus." Michaela wurde noch roter im Gesicht. Die Frau hatte Recht.

Sie hatte keine Wahl. Michaela überlegte weiter, stellte das Wasser an und begann den Fleck aus der Bluse vorsichtig rauszuwaschen. Dies klappte ganz gut und der Fleck wurde schwächer. Sie hörte auf, weil sie den Stoff nicht beschädigen wollte. Sie schaute in den Spiegel und das kaputte BH-Trägerband an. Es half nun wirklich alles nichts. Sie musste den BH ausziehen. Sie öffnete den BH-Schließer am Rücken und streifte sich den BH ab. Ihre großen, schweren Möpse vielen aus den BH-Schalen und baumelten vor ihrer Brust und dem Oberbauch hin und her. Michaela beobachtete sich im Spiegel. Gleich würde die Frau rauskommen und sie so sehen. Ihr wurde gleichzeitig heiss und kalt. Ihr Kopf wurde noch röter. Sich noch immer so im Spiegel betrachtend, konnte sie ihren Brustwarzen zusehen, wie diese steinhart wurden und deutlich abstanden. Sie spürte ihren Kitzler leicht pochen. Was war nur los. So kannte sie sich gar nicht. Die Frau sollte sie so auf gar keinen Fall sehen dürfen. Sie fing an die Blusenknöpfe zu öffnen. Doch ihre Finger zitterten wie blöd. Ob vor Angst oder Erregung, dass war ihr nicht klar. Während sie so ihre Bluse versuchte aufzuknöpfen, um diese dann schnell wieder anzuziehen, hörte sie die WC-Spülung und die Frau kam raus zum Händewaschen. Die Blicke der beiden Frauen trafen sich im Spiegel. Die Frau schaute auf Michaelas Busen und meinte, dass sie wirklich schöne, sehr große und feste Brüste habe und sich damit wirklich nicht verstecken müsste. Michaela wurde schwindelig. Erneut traf sich ihr Blick mit dem der Frau im Spiegel. Sie wusste nicht wie ihr geschah. Das war ihr noch nie passiert, dass eine wildfremde Person ihre Brüste so nackt gesehen hatte. Naja, mit Ausnahme vom Frauenarzt. Michaela versuchte weiter mit ihren zitternden Händen die Knöpfe der Bluse zu öffnen. Die Frau trat auf Michaela zu und sagte: „Gib mal her Schätzchen, Du bist ja total aus dem Häuschen." Offensichtlich hatte die Frau bemerkt, dass sie erregt war. Sie kam zu Michaela, stellte sich vor sie und nahm die Bluse aus ihren Händen. Sie fing an die Knöpfe einen nach dem andren zu öffnen. Als sie fertig war nahm sie eine Hand von Michaela und half ihr in die Bluse.

"Du hast sehr weiche Haut, Liebes" sagte die Frau. Michaela stand regungslos da. Sie zitterte am ganzen Körper. Sie verstand nicht was passierte. Nachdem die Frau ihr auch den anderen Arm in die Bluse gesteckt hatte, zog die Frau die Bluse um ihren Körper nach oben. Michaela spürte die Fingerspitzen der Frau, wie diese ihre Brüste leicht berühren und die Bluse darum legen. Wärme durchlief ihren Körper. Es erregte sie ungemein, dass die Frau sie so berührte. Die Frau begann die Bluse von unten nach oben zu zuknöpfen. Michaela wollte sich erst wehren und dies selbst erledigen, doch irgendwie konnte sie nicht. Je näher die Frau zu ihren Brüsten kam um so erregter wurde sie. Sie konnte es nicht fassen aber sie spürte, wie sie zwischen ihren Beinen nass, wirklich nass wurde. Die Finger der Frau berührten wieder sanft die Haut ihrer beiden Brüste, während sie die Knöpfe schloss. Die Frau lächelte Michaela dabei an. „So meine Liebe" sagte die Frau. "Schau Dich mal im Spiegel an. Das fällt doch gar nicht auf. Lass die Bluse einfach so weit wie möglich aus der Hose raus und dann ist es gut." Die Frau nahm ihre Tasche, verabschiedete sich und Michaela war wieder alleine im WC. Sie konnte gar nicht glauben was gerade passiert war und spürte noch immer deutlich die Feuchtigkeit zwischen ihren Beinen. Sie war sich nicht sicher, wie nass sie geworden war und ob es nur ihre Möse war oder ob auch der Slip gänzlich davon in Leidenschaft gezogen worden war. Bitte nicht auch das noch, dachte sie. Sie ging in eine Box, schloß die Türe und öffnete ihre Jeans. Das kann doch nicht wahr sein, dass mich dieses Erlebnis so nass gemacht hat. Sie fasste sich an den Slip und stellte fest, dass der Slip-Stoff vorne komplett durchnässt war. So konnte sie nicht raus zurück an den Tisch gehen. Sie hatte jedoch auch kein Tempo dabei um sich trocken zu wischen und das

Toilettenpapier hier würde sie sicher nicht verwenden. Also wenn schon, dachte sie, dann ganz oder gar nicht. Dann werde ich auch meinen Slip ausziehen. Sie merkte, wie sie bei diesem Gedanken noch feuchter wurde. Sie zog vorsichtig die

Schuhe aus, stellte sich auf diese und streifte sich dann die Jeans runter und hängte sie an einem Haken der an der Türe, vermutlich zum Hinhängen einer Jacke oder Tasche montiert war, auf. Dann zog sie sich ihren nassen Slip aus, der dabei eine richtig feuchte Spur an ihren Oberschenkeln hinterliess. Sie wickelte den Slip zusammen und trocknete sich ihre nasse Spalte, so gut es ging, damit ab. Sie musste sich nun aber wirklich beeilen. Ihre neue Bekannte draussen fragte sich sicher schon, wo sie bleiben würde. Sie streifte sich die Jeans wieder über ihre Beine hoch und entschied, dass die Bluse in keinem Fall locker über der Hose hängen dürfte. Sie musste so aussehen wie bisher. Auch wenn sich damit ihre harten Nippel deutlich in der Bluse durchdrücken würden. Sie verliess die Box um sich im Spiegel zu betrachten. Sie wurde wieder richtig feucht. Ihre Brustwarzen zeichneten sich hart auf dem Stoff der Bluse ab. Sie entschied, den kaputten BH und den nassen Slip in der Toilette auf einer Fensterbank abzulegen und später mit ihrer Tasche zurück zu kommen und Ihre Sachen zu holen, damit es nicht auffallen würde, wenn sie nun zum Tisch zurück ging. Sie wusch sich die Hände und verliess die Toilette in Richtung zu Ihrer Bekannten. Sie spürte ihre Brüste massiv hin und her wackeln. Sie schaute sich um. Gott sei Dank schien niemand etwas zu bemerken. Zurück am Tisch, fragte ihre Bekannte, ob der Fleck rausgegangen sei. Michaela zeigte ihr stolz, dass der Fleck so gut wie weg war. Die Bekannte schaute auf Ihre Bluse. Michaela war nicht sicher, ob sie den fast nicht mehr wahrnehmbaren Erdbeerfleck ansah oder die harten Nippel, die durch die Bluse durchdrückten. Ihre Hände begannen wieder zu zittern. Ihr Eis war mittlerweile verlaufen und so bestellte sie sich einen Aperol Spritz. Sie sagte dem Kellner das sie diesen richtig stark mochte. Michaela wollte sich mit Alkohol beruhigen. Ihre neue Freundin bestellte noch einen Kaffee und begann sofort wieder los zu plappern. Michaela war froh, dass alles so gut geklappt hatte. Der Tisch war ihre Insel und langsam beruhigte sie sich.

Die Sonne brannte auf ihre Bluse und trocknete den Fleck. Sie versuchte sich so zu setzen, dass sie auch die nasse Jeans zwischen ihren Beinen der Sonne zum Trocknen zuwenden konnte. Doch das Kopfkino hatte begonnen und anstelle zu trocknen wurde sie immer feuchter zwischen den Beinen. Sie spürte die warmen Sonnenstrahlen auf Ihren noch immer harten Brustwarzen. Während ihre neue Freundin erzählte, schaute sich Michaela immer wieder um, ob sie auffallen würde. Aber dem war nicht so. Einzig die Frau die ihr in der Toilette geholfen hatte lächelte zu ihr herüber. Die Frau saß mit einer weiblichen Begleitung zusammen unweit entfernt an einem Tisch und unterhielt sich lebhaft. Immer wieder begegnen sich ihre beiden Blicke und Michaela wurde noch erregter bei dem Gedanken, dass die Frau wusste, dass sie nichts unter der Bluse anhatte. Irgendwann ging die Frau mit ihrer Begleitung und sie winkte Michaela zum Abschied zu. Der fast ausgetrunkene Aperol Spritz verfehlte seine Wirkung nicht. Es war richtig viel Alkohol darin. Michaela spürte, dass sie leicht beschwipst war, als die beiden jungen Frauen bezahlt hatten und nun zum Gehen aufstanden. Ihre großen massiven Dinger baumelten dabei in der Bluse deutlich hin und her. Michaela erinnerte sich daran, dass sie in der Toilette noch ihre Sachen liegen hatte. Ihre Bekannte sagte ihr, dass sie los musste und so verabschiedeten sich die beiden Frauen noch am Tisch voneinander. Michaela war froh darüber. Sie ging zum WC. Ihre Bälle wippten bei jeder Bewegung stark auf und ab. Sie spürte, dass sie richtig nass zwischen den Beinen war. Im WC angekommen schaute sie im großen Spiegel an sich runter und bemerkte, dass die hellblaue Jeans vorne, bei ihrer Möse, von der Feuchtigkeit dunkler, wie der Rest der Jeans, geworden war. Gott sei Dank war es einigermassen genau im Schritt und viel so hoffentlich nicht weiter auf. Sie nahm ihren BH und den nassen Slip und steckte diesen in ihre Tasche. Sie verlies die Toilette und Eisdiele in Richtung Strassenbahn. Ihre Brüste baumelten bei jedem Schritt richtig stark hin und her und der ein oder andere Mann, der ihr entgegenkam und dem dies auffiel, lächelte sie beim Vorbeigehen an. Gleichwohl sie es nicht zugeben wollte, es gefiel ihr sehr. Vor allem der Gedanke, dass sie damit nun ein richtiges Sex-Objekt für Männer sein würde. Gleichzeitig wollte Michaela aber so schnell wie möglich nach Hause, um aus dieser Situation zu entfliehen. An der Strassenbahn-Station angekommen, versuchte sie sich, so unauffällig wie möglich, zu bewegen. Gleichzeitig erregte sie der Gedanke, dass sie hier mitten unter Menschen ohne Slip und BH in der Sonne da stand, total. Sie hatte so was noch nie erlebt. Sie spürte wie ihr der Mösensaft stark aus ihrer Liebesgrotte rauslief, sich den Weg an der nassen Innenseite der Jeans entlang zu ihren Oberschenkeln suchte. Sie versuchte unauffällig runter zu schauen und erkannte, dass an ihrer linken Oberschenkelseite ein dunklerer Streifen in Richtung Knie verlief. Sie war einerseits total schockiert darüber, so in der Öffentlichkeit da zu stehen. Auf der anderen Seite spürte sie, wie sie bei dem Anblick noch feuchter wurde. Endlich kam die Strassenbahn. Es gab keinen Sitzplatz mehr. Sie stellte sich breitbeinig hin, um das Schwanken der Straßenbahn auszugleichen und nicht bei jedem Rütteln der Bahn über die Gleise an jemanden zu drücken oder anzustossen. Sie spürte, wie sich ihre massiven Brüste, von der Fahrt der Bahn, hin und her wogen. Der Gedanke, dass sie von jemandem beobachtet wurde, lies sie noch feuchter werden. Immer mehr Honigsaft suchte sich den Weg aus Ihrer Möse nach draussen. Sie konnte nichts dagegen tun. Sie war total erregt. Als sie an Ihrer Haltestelle ankam und ausstieg, tat sie so, als wenn nichts wäre und ging in Richtung Ihrer Wohnung. Ihr Kitzler rieb dabei sanft an der nassen rauen Stofffläche der Jeans. Mit jedem Schritt wurde sie erregter. Ihr wurde bewusst, dass sie davon, noch bevor sie zu Hause ankam, einen Orgasmus bekommen würde. Sie lief weiter den Gehweg entlang. Passanten kamen Ihre entgegen und ihre großen Dinger wackelten unter der Bluse hin und her. Ihre Brustwarzen rieben auf dem Stoff hart rauf und runter und zeichneten sich für jeden gut sichtbar durch die Bluse ab. Sie schaute in die Gesichter der entgegen kommenden Passanten, ob diesen was auffallen würde. Ihr Kitzler rieb in der Jeans, in einem warmen klatschnassen Bett des von der Sonne gewärmten Jeansstoffes, hin und her. Immer mehr Scheideflüssigkeit lief raus, sich den Weg links und rechts, an den Oberschenkeln hinunter zu Ihren Knien bahnend. Und dann war es so weit. Sie konnte nicht mehr weiter gehen. Sie blieb einfach direkt an einer Hauswand stehen. Sie zuckte am ganzen Körper vor Lust. Der Alkohol, die Menschen um sie herum, sie wissend, nur mit Bluse und Jeans bekleidet, dass war zu viel. Ihre Kitzler pochte wie blöd, Liebessaft spritze regelrecht aus ihrem Loch heraus auf die Innenseite der Jeans. Ihre Brustwarzen waren so hart, dass sie am liebsten durch den Stoff nach draussen gesprungen wären. Sie keuchte so leise es ging den Orgasmus raus. Es kam ihr so stark, dass sie Raum und Zeit vergass. Lustwellen durchliefen ihren Körper. Sie zitterte am ganzen Körper. Es musste so über mehrere Minuten gedauert haben, bis sie nach diesem so starken Orgasmus wieder klar denken konnte. Niemand hatte sie angesprochen. Sie war so froh darüber. Sie schaute sich vorsichtig um. Niemand schien was bemerkt zu haben. Alle waren zu beschäftigt damit zu ihrem Reiseziel zu kommen. Sie schaute an sich runter. Ihre hellblaue Jeans war nun vorne komplett vom oberen Ende des Reisverschluss bis zu den Oberschenkeln hinunter von der massiven Feuchtigkeit dunkel geworden. Sie spürte, dass sie noch immer total erregt war und der Gedanke, dass sie nun so weiter den Gehweg entlang gehen würde, erregte sie schon wieder. Sie wusste nicht, wie ihr geschah. Wie in Trance lief sie weiter in Richtung ihrer Wohnung. Ihr Kitzler rieb weiter fest an der Innenseite der Hose. Sie war noch immer total erregt und wurde schon wieder richtig geil. Als sie am Hauseingang unten an der Straße angekommen war schob sie mit zitternden Händen den Hausschlüssel in das Loch, sperrte auf und ging hinein. Die Treppen in den vierten Stock waren eine Erlösung weg von der Öffentlichkeit. Gleichzeitig spürte sie jedoch, dass sie diesen Kick nun aber zu vermissen schien. Sie sperrte ihre Wohnungstür auf. Sie trat ein, schloß die Türe hinter sich und streifte ihre Schuhe ab. Sie ging ins Wohnzimmer und öffnete die Balkontüre. Von hier konnte man auf die große Straße vor dem Haus und das Treiben vier Stockwerke unter ihr auf der Straße sehen. Sie zog sich noch immer nach unten schauend komplett nackt aus, ging ins Schlafzimmer und holte sich ihren Dildo. Dann kam sie wieder zur Balkontüre zurück und schaute sich das Treiben unten auf der Straße an. Nackt wie sie war betrat sie den kleinen, zur Straße hin verlaufenden Balkon. Sie drehte sich einen der beiden Stühle zur Straße hin und setzte sich darauf. Noch immer die Menschen unten auf der Straße beobachtend, öffnete sie ihre Beine weit auseinander und hob diese, so weit gespreizt, zum Geländer hoch. Sie rutschte mit ihrem Arsch nach vorne damit ihre Möse für jeden sichtbar war. Wenn schon, dann wollte sie es so richtig provozieren. Um Halt zu finden, drückte sie sich mit ihren Fußsohlen an die Metallstangen des offenen Geländers. Sie nahm den Dildo in den Mund um diesen so richtig nass zu machen, bevor sie sich diesen genüßlich in ihren nassen Honigtopf langsam reinsteckte und sich zu masturbieren begann. Mit ihrer freien Hand drückte sie sich ihre großen Schamlippen auseinander rieb sie sich im Takt dazu ihren deutlich hervorstehenden Kitzler. Neben ihren großen Titten hatte sie auch eine sehr große weibliche Scham zu bieten. Ihre äußeren Schamlippen standen deutlich heraus. Das waren sicher zwei gute Zentimeter. Ihr Kitzler ragte dazwischen wie ein kleiner ein Zentimeter großer Berg hervor. Wenn Sie einen engen Tanga trug und viel gehen musste, so konnte es passieren, dass die beiden Schamlippen mit der Zeit sich ihren Weg in die Freiheit suchten und links und rechts aus dem Höschen rausrutschten. Dann lag ihr Kitzler frei auf dem Stoff des Tangas und konnte sich daran reiben. Diese Situation machte sie immer total erregt und feucht. Sie schaute auf die Straße hinunter. In ihren Gedanken spielten sich Szenen ab, dass Nachbarn aus den anderen Häusern oder jemand von der Strasse nach oben sehen würde. Das machte sie richtig scharf. Sollten die sie ruhig so sehen. Sie wollte es regelrecht. Sie rieb ihre Klit immer schneller und schob den Dildo gleichzeitig bei jedem Stoss immer tiefer in ihr Loch. Laut stöhnend und dieses Mal ohne dies zu verbergen, kam sie innerhalb kurzer Zeit zum Höhepunkt. Lustwellen durchliefen sie. Immer wieder stöhnte sie ihre Geilheit laut in den Straßenlärm von Berlin hinaus. Liebessaft spitze erneut aus ihrer Möse raus, prallte gegen ihren Unterarm, der den Dildo rein und rausschob und lief dran runter. Weiterer Liebessaft lief aus ihrer Muschi raus und tropfte zwischen ihren Arschbacken auf den Boden hinunter. Den Dildo in ihrer Möse noch steckend, schaute sie sich um, aber niemand hatte sie bemerkt. Ihre Möse zuckte vor Lust weiterhin. Sie lies von ihrer Klitoris ab. Laut keuchend schaute sie nach unten auf die Straße. Langsam beruhigte sich ihr Atem. Nach einer Weile zog sie sich dann langsam Ihren Toyboy raus und leckte diesen von ihrem Mösensaft sauber. Noch immer lief ihr Saft aus der Spalte zwischen Ihren Beinen raus und tropfte auf den Balkonboden. Mit ihrer freien Hand streichelte sie sich den Saft auf ihre Oberschenkel und leckte danach immer wieder genüsslich ihre Handfläche sauber. Irgendwann legte sie den Dildo auf den kleinen Tisch neben sich. Sie wollte noch ein wenig hier mit ihrer weit geöffneten Beinen so sitzen bleiben und die heissen Sonnenstrahlen auf ihren nackten Brüste und ihrer Möse genießen. "Ja", sagte sie sich. Ich bin stolz auf meinen Körper und meine weiblichen Rundungen. Genauso wie es mir meine Mutter prophezeit hat.

Michaela blickte vom Schreibtisch der Rezeption auf in Richtung Eingangstür. Sie hatte ein Geräusch gehört. Aber es war nur der Herbstwind draußen gewesen, der die Türe ein wenig bewegt hatte. Jetzt, mehrere Monate nach ihrem erotischen Erlebnis, dachte sie sich schmunzelnd, hatte sie wirklich Glück gehabt, dass sie damals niemand bemerkt hatte und wenn doch, so war Berlin riesengroß und die Chance, dass sie die oder denjenigen Beobachter wiedersehen würde, gleich null. Aber eines war sicher: sie wollte es unbedingt wieder ausprobieren. Inzwischen waren die Temperaturen jedoch kühler geworden und zusätzlich hatte sie die Angst, vielleicht dabei entdeckt zu werden auch zurück gehalten. Der Gedanke jedoch daran, egal wann immer sie wieder an das Geschehene dachte, lies ihre Möse sofort feucht werden. So war es nun auch wieder gewesen. Sie stand auf und wollte zum WC, um sich ihre nassen Schamlippen vom gerade erlebten Kopfkino trocken zu wischen, als es an der Türe klingelte. Sie drückte den Türöffner und ihr letzter Hotelgast betrat die Lobby. Die Frau schien Anfang Vierzig zu sein. Sie öffnete ihre Jacke und Michaela bemerkte sofort, dass die Frau eine schöne und große Oberweite hatte. Sie tippte auf D-Körbchen. Die Frau trug einen dünnen Rollkragenpulli und eine schöne Kette mit einem großen Anhänger aus braunem Stein pendelte vor ihren Brüsten hin und her. Dazu trug sie eine passende Hose und dem Klang ihrer Schritte nach zu urteilen Stöckelschuhe. Das Lächeln der Frau fand Michaela sympathisch und die beiden Frauen machten Smalltalk, während das sie Zimmer im Computer fest einbuchte. Dann erklärte sie der Frau wie man den Weg zum Zimmer finden könne, gleichwohl das Treppenhaus sehr verwinkelt war. Die Frau fragte, ob Michaela ihr den Weg weisen könne und

Michaela stimmte zu, da kein weiterer Gast mehr kommen würde. Sie half der Frau mit ihrem Gepäck und brachte sie zum Zimmer. Die Frau wollte Michaela Trinkgeld geben, doch Michaela lehnte ab. „Das ist schon in Ordnung" sagte sie zu der Frau und verabschiede sich von ihr. Michaela ging zurück zur Rezeption. Endlich Feierabend. Nur noch den Tagesabschluss ausdrucken und in die Mappe für den Chef legen, dann konnte sie endlich gehen. Sie ging zum Büro des Chefs legte den Ausdruck in die Mappe und schloss die Bürotüre ab. Zurück am Schreibtisch angekommen, schaltete sie den Computer aus, holte Ihren Mantel aus dem Schrank neben der Rezeption, löschte as Licht und verlies das Hotel über der Vorderausgang. Sie schaute auf die Uhr. Noch 10 Minuten bis die Straßenbahn kommen würde. Aber es half nichts, auch wenn es kalt war, die frische Luft würde ihr gut tun. Sie schaute, ob Autos kamen und lief dann über die Fahrbahn und über die Gleise zur Haltestelle. Als sie an angekommen war drehte sie sich um und schaute sie zum Hotel rüber, um sich die Wartezeit zu vertreiben. Jetzt zur kalten Jahreszeit war es immer schön anzusehen, wie die Hotelzimmerfenster warm beleuchtet waren und wo und in welchen Zimmern Gäste wohnten. Einige der Zimmer hatten die Vorhänge zugezogen, so dass man nicht sehen konnte, was dort vor sich ging. Sie bemerkte, dass in dem Zimmer, zu der sie die Frau begleitet hatte, die Vorhänge vom Fenster nicht zugezogen waren sondern den Blick komplett in das erleuchtete Zimmer preisgaben. Dieses Zimmer hatte, anders wie bei den anderen Zimmern auf dieser Etage, ein Doppelfenster, dessen unterer Teil bis zum Boden verglast war. Michaela wurde neugierig, was dort vor sich ging und hielt Blickkontakt zum Fenster, während sie sich unter die beleuchtete Überdachung der Strassenbahn-Haltestelle setzte. Sie konnte die Frau im Zimmer hin und her gehen sehen. Offensichtlich telefonierte sie. Michaela beobachtete, wie die Frau sich auf das Bett setzte und sich die Hose öffnete, ihre Stöckelschuhe mit den Füssen abstreifte und sich dann die

Hose auszog. Sie hatte schöne lange dünne Beine, die in roten Strapsstrümpfen unglaublich gut zur Geltung kamen. Sie schlüpfte wieder in ihre Stöckelschuhe hinein. Die Frau legte kurz das Telefon auf das Bett und zog sich Ihren Rollkragenpulli aus. Sie griff wieder zum Hörer, stand auf und lief weiter im Zimmer vor dem Fenster auf und ab. Sie trug schöne rote Spitzenunterwäsche sowohl beim BH wie auch bei dem Stringtanga, der Ihre knackigen Arschbacken schön daher blicken lies. Die Strapsstrümpfe wurden von einem passenden Strapshalter, der um den Unterbauch der Frau verlief, gehalten. Die Frau, noch immer telefonierend, kam bis zu den Glasscheiben an die Fensterfront heran und schaute heraus. Michaela war sich sicher, dass die Frau sie bemerkt hatte, wie sie unter dem beleuchteten Vordach saß. Die Frau öffnete ihren BH und streifte sich diesen ab, während sie in Richtung Michaela weiter aus dem Fenster sah. Michaela konnte, trotz der Entfernung, die schönen, wohlgeformten großen Brüste der Frau vollständig sehen und in Ruhe betrachten. Sie starrte wie gebannt auf das Fenster und merkte, das diese ganze Situation sie richtig scharf machte. Die Frau drehte sich um und gab Michaela nun den Blick von der Seite preis. Offensichtlich wollte sie, dass Michaela ihre oberen wie unteren Kurven sehen sollte. Dann verschwand sie vom Fenster. Kurze Zeit später kam sie mit einem Stuhl zurück. Noch immer telefonierend, stellte sie den Stuhl vor das Fenster und setzte sich darauf und fing an sich ihre Brüsten zu streicheln und zu kneten. Michaela war wie gebannt von dem Anblick. Sie spürte wie ihre Möse schlagartig davon feucht wurde. Ihr Kitzler fing an zu kribbeln. Michaela überlegte, ob sie es wagen sollte, sich selbst nun auch zu berühren. Sie wurde von dem Geräusch der heranfahrenden Straßenbahn aus Ihrer Faszination gerissen. Michaela musste nicht groß überlegen und blieb sitzen. Es stiegen nur ein paar Personen aus. Die Türen der Straßenbahn schlossen sich. Dann fuhr die Bahn los. Michaela konnte es kaum erwarten bis die Straßenbahn fort war und sie wieder den freien Blick auf das Hotelfenster bekommen konnte. Sie wollte wissen, wie es weiter gehen würde. Nachdem der Blick wieder frei auf das Zimmer war, sah Michaela wie die Frau aufstand und dabei war, sich des Stringtanga zu entledigen. Mit einer Hand am Telefon, zog sie sich den Tanga mit der freien Hand langsam seitlich herunter. Noch immer so stehend, öffnete sie sich, die Clips, die die Stapsstrümpfe an Ort und Stelle hielten. Dann lies sie den Tanga an ihren Beinen hinunter rutschen und auf den Boden fallen. Sie klettere mit ihren Stöckelschuhen aus dem Tanga heraus und setzte sich dann, so weit es ging, vorne auf die Stuhlkante hin. Sie streichelte sich ihre Beine und begann langsam diese immer weiter zu öffnen, so dass Michaela die Möse der Frau nach und nach immer mehr sah und sehr gut erkennen konnte. Michaela hielt es nun nicht mehr aus. Sie war so geil von diesem Anblick, dass sie sich nun fingern wollte. Sie schaute sich um. Es war niemand in der Nähe. Sie öffnete zwei der untern Mantelknöpfe und begann dann sich die Hose zu öffnen. Sie schaute sich nochmals um. Dann schob sie ihre rechte Hand in ihren Slip hinein und fing an sich ihren Kitzler mit zwei Fingern zu massieren. Michaela schaute dabei wieder auf das Fenster. Die Frau musste wohl gesehen haben was Michaela da im Licht der Haltestelle tat. Sie stand auf und zog den Stuhl näher zum Fenster hin. Dann setze sie sich wieder und öffnete ihre Beine so weit es ging auseinander. Michaela traf der Schlag. Die Frau hatte sich ein buschiges Dreieck, vom Kitzler aus breiter werdend, rasiert. Ihre Schamhaare waren in leuchtendem Rot gefärbt. Michaela wurde nun komplett nass bei dem Anblick. Die Frau leckte sich ihre Finger mit der Zunge und begann dann vor Michaela sich am Fenster zu masturbieren. Michaela schaute ihr gebannt zu, sich ebenfalls dabei masturbierend. Die Frau schien sehr erregt zu sein und ihr Körper bewegte sich zuckend hin und her. Es war nun klar, dass die Person am anderen Ende der Telefonleitung eingeweiht war was passierte. Michaela konnte den offenen Mund der Frau stehen. Sie stellte sich vor, wie die Frau laut in das Handy hinein stöhnte. Dann sah sie wie die Frau zum Orgasmus kam. Ihr Körper bäumte sich auf und Flüssigkeit spritze an die Glasscheibe. Michaela war total fasziniert und zugleich massiv erregt. Sie wollte sich am liebsten nun hier auch an Ort und Stelle vor der Frau zum Orgasmus masturbieren. Michaela streichelte weiter Ihre immer stärker erregte Clit. Die Frau blieb weiter so vor dem Fenster sitzen und schaute Michaela zu. Plötzlich stand sie einfach auf und verschwand aus dem Blickfeld des Fensters. Michaela war überrascht und zugleich enttäuscht, dass die Frau sie nun so alleine sitzen lassen wollte. Doch dann bemerkte Michaela, dass die Straßenbahn heran nahte. Dies hatte die Frau wohl vom Fenster aus bemerkt und war deshalb aufgestanden, um Michaela ein Zeichen zu geben. Michaela griff in ihre Manteltasche und holte ein Taschentuch heraus. Sie war so klitschnass, dass sie unbedingt sich was trockenes zwischen die Beine stecken musste, um keine Blasenentzündung zu bekommen. Sie knöpfte sich die Hose zu während die Straßenbahn vorfuhr. Michaela stand auf, stieg in die Straßenbahn ein und nahm auf der Seite zum Hotel am Fenster Platz. Sie schaute rüber zum Hotel. Die Frau war inzwischen wieder zum Fenster zurückgekehrt. Sie hatte einen Bademantel angezogen, der aber offen war und Michaela alles preisgab. Die Straßenbahn fuhr los. Die beiden Frauen schauten sich so lange es ging an. Als der Blickkontakt nicht mehr möglich war drehte Michaela lächelnd ihren Kopf in Fahrtrichtung. Niemand hatte etwas gemerkt. Sie dachte über das gerade passierte nach. Was für eine heisse Situation das gewesen war. Nach und nach wurde ihre klar, dass sie nun eine Möglichkeit gefunden hatte, wie sie ihren Wunsch nach Sex in der Öffentlichkeit ausleben könnte. Sie war verblüfft, das sie nicht selbst darauf gekommen war, wo sie doch direkt an der Quelle im Hotel saß.

Michaela hatte ein paar Tage über das was passiert war nachgedacht. Besonders hatte sie es fasziniert, dass die Frau so schöne Spitzenunterwäsche getragen hatte. Etwas das Michaela aufgrund ihrer voluminösen Oberweite, die sie im Zaum halten musste, damit diese nicht so sehr hin und her wackelte, nicht in Frage kam. Auf der anderen Seite könnte sie sich, im Hotel umziehen und diese Unterwäsche tragen, wenn sie dort arbeitete. Auch hatte sie sich überlegt, sich ebenfalls die Schamhaare wie die Frau am Fenster zu färben. Sie würde sich genauso ein Dreieck über ihrer Klitoris stehen lassen und dieses dann genauso in neonrot einfärben. Bisher hatte sie sich immer wieder die Schamhaare komplett rasiert. In letzter Zeit jedoch hatte sie angefangen, sich die Haare wachsen zu lassen und sich nur unterhalb des Kitzlers komplett zu rasieren. Ihr gefiel es, wenn sie ihre deutlich hervorstehenden Schamlippen im Spiegel so zur Geltung bringen konnte. Wie es oberhalb vom Kitzler auszusehen hatte, da war sie sich bisher nicht schlüssig geworden. Nun hatte sie bei der Frau gesehen, wie es aussehen konnte und so wollte sie es ab sofort ebenfalls haben. Zudem nahm sie sich vor, am nächsten Wochenende, wenn sie wieder im Hotel arbeiten würde, in den Wartezeiten bis weitere Gäste kommen würden, sich im Internet umzusehen und nach passender Spitzenunterwäsche zu suchen. Und sie wollte anhand der Adresse der Frau herausfinden, wo diese wohnte und ob sie öfters im Hotel hier in Berlin war. Der Gedanke ihr nochmals von der Haltestelle am Fenster zuzusehen erregte sie erneut.

Michaela zählte die Tage bis sie wieder arbeiten musste. Als sie dann ein paar Tage später zum Arbeiten im Hotel ankam, teilte ihr der Hotelinhaber mit, dass für Sie ein Kuvert abgegeben worden war und das dieser in der untersten linken Schublade des Schreibtisches an der Rezeption verstaut lag. Michaela zog Ihren Mantel aus, verstaute diese im Schrank und setzte sich an die Rezeption. Nachdem sie einen frisch angekommenen Gast eingecheckt hatte und keine Geräusche zu hören waren, holte sie das Kuvert aus der Schublade heraus und öffnete dieses. Sie fand einen Zettel und einen Anal-Plug darin. Sie hatte solche Plugs schon einmal im Erotikshop im Internet gesehen aber einen echten in der Hand zu halten das war neu für sie. Sie lass den Zettel auf dem stand: als Erinnerung für den schönen Moment am Fenster, Kuss, Deine Lisa. Michaela spürte wie sie einerseits einen roten Kopf bekam aber andererseits ihre Muschi sofort schlagartig richtig von den Erinnerungen, was an jenem Abend passiert war, sehr erregt wurde. Sie zögerte nicht lange, stand auf, sagte dem Chef sie müsse kurz ins WC und war weg. Sie nahm den Plug aus dem Kuvert und betrachtete diesen nochmals ganz in Ruhe. Er war schön geformt, aus poliertem Stahl und hatte am Ende des Plugs, auf einer Fläche, in etwa so groß wie eine zwei Euro Münze einen großen, roten glitzernden Stein eingesetzt. In der Mitte des Steins war ein weiterer, etwas mehr wie einen halben Zenitmeter großer im Licht extrem funkelnder transparenter Stein eingesetzt. Michaela hatte so was noch nie gesehen. Es sah wirklich irre schön aus wie das Licht darin funkelte. Sie tippte auf Strasssteine, war sich jedoch nicht sicher. Sie würde im Internet versuchen herauszufinden, wo dieser Plug zu kaufen war. Sicher würde es eine Beschreibung geben. Sie entdeckte einen Schriftzug auf dem Plug: HTIDE. Sicher war dies der Hersteller. Dann würde es leichter sein es herauszufinden. Der Gedanke sich diesen in ihr Popoloch reinzuschieben machte sie nervös. Noch nie hatte sie so was getan. Sollte sie es wirklich machen? Sie nahm den Plug und Flüssigseife aus dem Spender und reinigte den Plug komplett sauber. Sie war unsicher und entschied den Plug erst mal in ihrer Jeanstasche vorne verschwinden zu lassen. Dann ging sie zurück an ihren Arbeitsplatz. Als sie an der Rezeption zurück war, suchte sie im Internet nach HTIDE und Plug. Doch es war nichts zu finden. Sie gab Analplug ein. Doch auch hier wurde sie nicht fündig. Zwar hatten Plugs, die so ähnlich aussahen, hinten am Ende die Stressstein-Applikation, jedoch gab es keine Version, die so wie der, den sie in der Jeans stecken hatte, über einen weiteren, eingesetzten funkelnden Stein verfügte. Ihr Chef kam aus dem Büro. Rasch schloss sie die Seite und öffnete die Buchungsmaske. Ihr Chef kam um den Pult herum. Er wolle eine Buchung nachsehen. Michaela stand auf. Sie spürte den Plug neben ihrer Möse in der Hose. Sie war total erregt. Nachdem ihr Chef wieder gegangen war, ging sie zurück ins Internet und fing an, nach Tips und Tricks für das Einführen des Anal-Plugs zu suchen. Ihre Kitzler pochte und sie spürte wie ihre Spalte immer feuchter wurde. Sie lass, das der Plug mit Gleitmittel oder Creme eingeschmiert werden musste damit dieser leichter eingeführt werden konnte. Die Tür ging auf und ein neuer Gast kam an. Sie fertigte den Gast höflich, in Ruhe aber doch so schnell es möglich war ab, gab die Schlüssel fürs Zimmer, wies den Weg zum Zimmer über die Treppen und war froh, dass sie gleich weiter im Internet lesen können würde. Sie fand heraus, dass der Plug, den Sie geschenkt bekommen hatte, mittlerer Größe war und normalerweise zum Üben mit einem kleineren Plug begonnen wurde. Die Anfängergröße lag bei zwei Zentimeter Dicke an der breitesten Stelle. Für Fortgeschrittene lag der Durchmesser bei drei Zentimetern. Dann ging es nach oben in allen Größen und Längen weiter. Michaela erschienen die drei Zentimeter optisch nicht sehr viel. Der Gedanke, dass sie sich vielleicht gleich dieses Ding von Lisa in ihren Arsch stecken würde, machte sie richtig geil. Sie fing an mit mit ihren Fingern ihre Jeans, an der Stelle, wo der Plug in der Hose war, zu berühren. Sie fühlte seine Form ab. Dann stand sie auf, griff in ihre Tasche und holte sich die Handcreme raus und verschwand schnell in Richtung WC. Sie ging hinein, schloss ab und öffnete sofort ihre Hose und schob sich den mittlerweile ganz nassen Slip runter. Sie entschied sich dafür, wie damals in der Eisdiele, den Slip auszuziehen. Ohne Jeans und Slip bekleidet kremte sie den Plug ein und gab eine extra Portion Creme oben auf die Spitze darauf. Sie ging in die Hocke und fing an mit dem Plug an ihrem Anus zu spielen. Das Gefühl am Popoloch erregte sie auf eine bisher nicht gekannte Art und Weise. Sie spürte Mösensaft rauslaufen. Sie störte sich nicht daran, dass dieser auf den Boden des WC´s tropfte. Gott war sie erregt. Dann fing sie an sich den Plug langsam in ihren Anus einzuführen. Sie spürte einen harten Schmerz der sie zögern lies. Sie musste langsamer tun und sich Zeit lassen. Immer wieder drückte sie ein Stück weiter. Es tat extrem weh. Sie würde mehr Creme brauchen. Sie öffnete erneut die Tube und drückte noch mehr Creme auf die Spitze des Plugs. Sie führte den Plug erneut an ihr kleines Loch. Sie kam ein Stück weiter rein. Gott war das Ding groß. Jetzt wo sie es versuchte einzuführen verstand sie langsam weshalb es wohl für Fortgeschrittene war. Sie würde vielleicht doch mit einem kleineren Plug üben müssen. Andererseits wollte sie jetzt nicht aufgeben. Sie drückte noch ein Stück weiter. Es war auf der einen Seite unbeschreiblich lustvoll und ihre Möse tropfte immer mehr Saft auf den Boden. Auf der anderen Seite war der Schmerz unendlich stark. Sie zog den Plug wieder raus. Sie konnte an der verschmierten Creme auf dem Ding erkennen, dass sie damit in etwa bis zur Hälfte des Plugs in ihrem Loch gewesen sein musste. Sie hatte es also fast über die breiteste Stelle in etwa der Mitte des Plugs geschafft gehabt. Sie nahm nochmals Creme. Sie spürte, dass sie nun ganz leicht bis zu der Stelle, wo sie bis gerade den Plug reingeschoben hatte, wieder in ihr Popoloch reinkam. Ah, dachte sie. Es ist also soweit schon gedehnt. Sie nahm daraufhin den Plug wie einen Dildo am Ende in die Hand und schob sich diesen langsam immer wieder bis in diese Tiefe rein und raus. Es war ein unbeschreibliches Gefühl. Sie spürte wie sich ihr Arschloch an diese Situation gewöhnte. Als sie das Gefühl hatte, sie könnte es nun tiefer probieren, drückte sie fester in ihr Loch hinein. Sie stöhnte laut auf. So etwas hatte sie nicht erwartet. Ihr Kitzler pochte wie blöd. Sie spürte diesen unglaublich starken Schmerz im Arsch der ihr doch zugleich so viel Lust bereitete. Sie war nun über die dicke Stelle des Plugs drüber gekommen. Der Plug flutsche wie von alleine tief in sie hinein. Ihr Loch sog den Plug regelrecht ganz von alleine in ihren Anus hinein. Es war unglaublich wie geil sich das nun anfüllte. Sie hatte den Eindruck, dass der Plug sie regelrecht hinten ausgefüllte. Wie musste es sich wohl erst anfühlen, wenn sie sich einen noch größeren Plug hinten reinschieben würde. Daran war nicht zu denken. Das Ding hier sprengte schon alle Grenzen. Ihre Möse pulsierte wie verrückt. Sie spürte den Plug auch in ihrer Möse, obwohl dieser doch nur in Ihrem Arschloch steckte. Nicht intensiv aber es war richtig geil. Jetzt wollte sie es wissen. Sie würde sich ihr Loch hinten richtig groß dehnen. Sie begann damit sich den Plug langsam im ganzen wieder rauszuziehen. Dies war gar nicht so einfach. Ihr Anus wollte den Plug nicht freigeben. Sie zog fester. Gott war das geil. Der Plug kam langsam raus. Wieder dieser intensive Lustschmerz beim Überwinden der dicksten Stelle. Kaum hatte sie den Plug raus, drückte sie erneut sich diesen wieder in ihr Loch rein. Erneut stöhnte sie laut auf. Ihr fehlten die Worte. Ihr wurde schwindelig. Ihre Clit pochte weiter wie blöd. Sie spürte wie das kalte Metall des Plugs immer leichter rein und raus aus ihrem Arschloch glitt. Sie fing an sich ihre Knospe zu reiben, während sie sich den Plug raus und rein schob. Honig tropfte aus ihrem Schritt weiter auf den Boden. Sie wollte erneut vor Lust stöhnen. Doch so konnte das nun nicht weiter gehen. Sie stand auf. Ihr ganzer Körper zittere vor Lust. Dann drückte sie mit ihren Fingern den Plug in das sich mittlerweile weit dehnende Arschloch so tief wie möglich rein. Sie stöhnte auf vor Schmerzen aber es waren lustvolle Schmerzen. Sie fing wieder an mit ihrer freien Hand sich die Klitoris zu streicheln. Der Gedanke, dass sie hier im Klo so etwas Versautes trieb, während draussen der Hotelbetrieb lief, machte sie noch geiler. Nach und nach war der Plug nun in Ihr ganz tief eingedrungen und füllte sie richtig stark aus. Sie spürte wie sich das Ende des Plugs, mit dem roten Stein, aussen in die weiche Haut ihrer Pobacken reinpresste. Sie hörte auf an sich zu spielen und wusch sich die Hände. Dann zog sie sich Ihre Jeans an. Ihr war es egal, dass sie ihre Möse nicht abgetrocknet hatte. Sie wollte die Nässe ruhig in ihrer Jeans haben damit sich ihr Kitzler schön am nassen Stoff reiben konnte. Sie verlies das WC. Den nassen Slip hielt sich verschlossen in ihrer rechten Hand. Sie spürte mit jedem Schritt den harten Plug in ihrem Arsch.

Es war ein unbeschreibliches Gefühl nicht nur im hinteren Löchlein sondern auch vorne in ihrem Mösenloch. Ihr Kitzler rieb bei jedem Schritt innen an der Jeans. Genauso, wie es im Sommer gewesen war, als sie auf der Straße nach Hause ging und dabei zum Orgasmus gekommen war. Gleichzeitig war sie unsicher, ob es nicht schmerzen konnte, wenn sie mit dem Ding im Arsch rumlief. Doch mit jedem Schritt in Richtung der Rezeption wurde sie sicherer. Es war kein Problem. Im Gegenteil. Es bereitete ihr richtig Lust den Plug beim Gehen im Arsch zu spüren. Dazu kam der Kick, dass niemand ahnte, was sich da in ihrer Jeans verborgen abspielte. Als sie an der Rezeption angekommen war und sich auf den Stuhl setzte, spürte sie, wie sehr der Plug in ihren Arsch tiefer reinbohrte. Sie wollte schon kurz vor Schmerzen aufstöhnen unterdrückte es jedoch. Nicht auszudenken, wenn ihr Chef etwas merken würde. Ihr wurde ein wenig flau im Bauch. Sie bekam Panik. Sie überlegte, ob sie nicht das Teil sofort wieder raus nehmen sollte. Andererseits wollte sie es noch weiter probieren und sich an den lüsternen Schmerz gewöhnen. Was, wenn sie nun zu früh aufgab? Sie versuchte sich abzulenken und fing an, zu überlegen, wie sie sich der Frau gegenüber verhalten sollte, die ihr den Plug da gelassen hatte. Bilder des Abends mit der Frau am Fenster, sehend wie diese sich ihre Möse vor Ihr so rieb, schossen ihre durch den Kopf. Ihr wurde klar, dass sie vermutlich diesen Plug dabei selbst in sich steckend gehabt hatte. Ihr kam der Gedanke, der Frau ihr im Gegenzug auch ein Bild von Ihrer nassen Muschi mit dem Plug im Arsch zu senden. Sie wurde total erregt von dieser Idee. Ja das würde sie tun. Doch wie konnte sie dieses Bild ihr zukommen lassen? Wie konnte sie sicher gehen, dass nur sie das Bild bekam. Sie suchte die Buchung heraus und überprüfte anhand der Zahlungsdaten der Kreditkarte den richtigen Namen. Lisa war Elisabeth mit einer Adresse in München. Anschließend googelte sie den vollen Namen der Frau und konnte sie in einem Business Network mit Namen und Bild von Ihr finden. Das war Beweis genug damit sich der Plan mit dem Bild umsetzen lies. Warum nicht gleich ein Photo machen? Ja, das würde sie machen. Sie stand auf und ging zurück in die Toilette. Der Plug im Arsch fühlte sich, je länger er nun in ihr steckte, immer besser an. Ihr Chef musste schon weiss Gott was denken, so oft wie sie heute auf dem WC war, dachte sie sich. Aber es war ruhig und keine Gäste in Sicht. Sie schloß die Türe des WC´s ab, zog sich ihre Jeans runter, ging in die Hocke, drückte ihre Beine so weit es ging auseinander. Sie wählte den Photomodus am Handy aus und hielt es sich von unten zwischen Ihre Beine. Dann photographierte sie los. Aber egal wie sie es anstellte und photographierte, es sah einfach nicht gut aus. Sie kam zu dem Schluss, dass sie sich würde hinlegen müssen, um dann die Beine auseinander zu spreizen und den Arsch leicht zu heben, damit man alles sehen würde. Ihr viel ein, dass es für die Frau noch geiler aussehen würde, wenn sie sich die Schamhaare vorne genauso rasieren und ins rot färben würde, wie sie es bei der Frau gesehen hatte. Ja das war eine wirklich gute Idee. Sie stand auf, zog sich Ihre Jeans wieder hoch. Dann schaute sie sich im Spiegel an. Sie war total erregt. Das konnte man ihr direkt von der Nasenspitze ablesen. Es war ihr egal. Sie war einfach geil. Am liebsten hätte sie sich jetzt richtig ficken lassen wollen. Doch da gab es leider niemanden in ihrem Leben. Sie verlies das WC und ging zurück zur Rezeption. Auf dem Weg dorthin spürte sie den Plug deutlich im Arsch. Beim Hinsetzen auf den Stuhl merkte sie wieder wie sehr der Plug sich in sie bohrte und ihre Pobacken die runde Form des Plugs mit dem roten Stein umschlossen. Ein leichter Schmerz durchlief sie. Gleichzeitig spürte sie die damit einhergehende Erregung ihrer Möse. Nach und nach gewöhnte sie sich an den immer wieder leicht ziehenden Schmerz beim Sitzen im Arsch und das damit verbundene Pulsieren ihrer Muschi. Es gefiel ihr von Minute zu Minute besser. Sie beschloss für sich den Plug im Po-Loch für den Rest des Tages zu belassen und wenn möglich, so auch nach Hause zu fahren. Der Gedanke draussen auf der Straße das Ding im Arsch zu haben und an Menschen vorbei zu gehen, lies ihre Phantasie verrückt spielen. Wann immer es ihr möglich war, stand sie auf, um mit dem großen Plug im Arsch zu gehen. Denn jeder Schritt den sie machte, bewegte das Ding hin und her und zu Ihrer Verblüffung erregte sie dies dann sogar noch mehr. Als Gäste kamen die um eine Begleitung bis zur Zimmertür baten, war dies mehr als willkommen. Jeden Schritt, den sie dann auf der Treppe nach oben mit dem Gast an ihrer Seite machte, lies Ihre Möse wie blöd pochen und ihr Kitzler rieb an der mittlerweile vorne durchnässten Jeans hin und her. Immer wieder durchliefen sie starke Lustwellen und es viel ihr schwer dabei nicht aufzustöhnen. Nachdem sie einem Pärchen zum Zimmer geholfen hatte war sie so erregt, dass sie mit ihrem Zentralschlüssel einen der Lagerräume im ersten Stock aufsperrte und schnell darin verschwand. Sie öffnete ihre Jeans und zog sie bis zu den Schuhen herunter. Sie beugte sich nach vorne, griff mit einer Hand nach dem Plug und fing an sich damit den Arsch zu masturbieren, während sie mit der andren freien Hand ihren Kitzler wie blöd rieb. Sie zog den Plug immer wieder fast ganz raus und drückte diesen dann wieder sanft in ihr Loch hinein. War der dicke Teil des vorderen Teils des Plugs in ihr drin sog sich der Rest schnell und automatisch von ganz alleine in sie rein. So was hatte sie zuvor noch nie gespürt, geschweige denn erlebt. Es dauerte keine Minute bis sie spürte, dass sie nun

31

gleich kommen würde. Diese ganze Situation, dass war zu viel des Guten. Dann kam sie, schnell und laut. Gott war das geil. Mösensaft spritze aus ihr nach vorne auf den Teppich im Raum heraus und lief ihr gleichzeitig an den Oberschenkeln runter. Es spritzte mehrmals stark aus ihr raus und es war richtig viel, was da raus spitzte. So etwas hatte sie bei sich noch nie davor erlebt. Ja, eine weitere Überraschung heute, lächelte sie. Sie erinnerte sich, was sie einmal im Internet darüber gelesen hatte und das dies die weibliche Form des männlichen Orgasmus war. Gleichwohl alle Frauen so abspritzen konnten taten es die meisten Frauen nicht. Es hing von vielen Faktoren ab. Bei ihr jedoch war es von Anfang an so gewesen. Als sie geschlechtsreif geworden war und sich angefangen hatte sich selbst zu befriedigen hatte sie immer kleine Mengen Flüssigkeit auf das Betttuch gespritzt. Im Laufe der Zeit war es dann immer mehr geworden. Dennoch war sie anfangs beim Sex mit ihren ersten beiden Freunden immer sehr vorsichtig gewesen und hatte versucht das Abspritzen zu vermeiden. Doch es kam immer aus ihr heraus. Ihr erster Freund hatte es richtig gut gefunden und so hatte sie dann mit der Zeit auch immer bessere Orgasmen da sie sich bei ihm fallen lassen konnte. Aber sie hatte andererseits erlebt, dass sie deshalb vom zweiten Freund verlassen worden war, da er dies nicht haben wollte. Er sagte, dass dieses ausgespritzte Zeug klebte und er es abnormal fand. Sie war damals total schockiert davon gewesen, hatte sich zurückgewiesen und erniedrigt gefühlt. Sie hatte darauf hin einmal mit Ihrer Mutter darüber gesprochen und erfahren, dass auch sie so abspritzte und das dies was ganz normales war. Ihre Mutter hatte ähnliche Erfahrungen mit Männern gemacht. Mit ihrem Vater jedoch konnte ihre Mutter es voll zulassen und genoss beim Orgasmus so zu kommen. Und ihr Vater genoss dies auch. Dies hatte Michaela bestärkt, dass bei ihr alles in Ordnung war. Dennoch hatte Michaela beschlossen vorsichtiger mit Männern zu sein. Zu sehr hatte sie diese Zurückweisung schockiert. Sie hatte seit seitdem feste Freunde gemieden und stattdessen immer nach OneNightStands Ausschau gehalten. Deshalb nahm weiter die Pille, damit sie, zumindest ohne die Angst schwanger zu werden, sich an die Stands herantrauen konnte. Doch weit war sie damit auch nicht gekommen. Ganze zwei Mal hatte es geklappt. Aber was sollte sie tun. Viele Männer waren zwar von Ihrer Oberweite fasziniert, jedoch mit einer Frau, die so massiv große Brüste hat, dann wirklich Hand in Hand in der Stadt zu spazieren, oder beim Sex, wenn sie abspritzte richtig nass gemacht zu werden, dass schreckte vermutlich viele potentielle Liebespartner ab. Und so hatte sie, gleichwohl sie ein Sexobjekt zu sein schien, nun wirklich mit insgesamt vier Männern nicht wirklich viel Erfahrung gesammelt. Langsam beruhigte sie sich wieder. Ihr Atem wurde langsamer. Das hatte gut getan ihre Lust so raus zulassen. Hoffentlich hatte sie niemand so lauthals stöhnen gehört. Sie streichelte sich liebevoll über ihren Kitzler und verteilte sich ihren Honigsaft an ihren Oberschenkeln. Immer wieder leckte sie sich dann die klebrige Masse von ihrer Hand. Sie mochte es sehr, ihren süsslichen Saft zu lecken und zu schmecken und manches Mal hatte sie sich schon insgeheim gefragt, ob eine andere Frau wohl genauso schmecken würde.

Sie dachte weiter über ihre Vergangenheit nach. Damals hatte sie sich wirklich intensiv mit dem Thema Squirten dann auseinander gesetzt. Sie hatte stundenlang im Internet danach gesucht, um zu verstehen, was bei ihr vorging. Grundsätzlich, so fand sie heraus, konnte jede Frau dies. Aber es gab bestimmte Voraussetzungen die eine Frau erfüllen musste. Zum Einen war es Kopfsache, also ob sich die Frau beim Sex wirklich fallen lassen konnte, sprich sexuell zu sich stand und offen genug war, sich auch vor einem Partner ganz so zu zeigen, wie sie war. Andererseits war es die Erziehung und Einstellung der Eltern die die jeweilige Frau in ihrer Kindheit erlebt hatte. Insbesondere ob, die heute sexuelle erwachsene

Frau, als Kind gelernt hatte, dass Sexualität normal und schön und nicht schmutzig oder gar unreinlich sei. War hier ein Schaden in der Kindheit entstanden, so war nahezu unmöglich, dass die Frau das squirten aus besagten Gründen zulassen würde. Dazu kam, dass bei vielen Frauen erst mit circa vierzig Jahren und vielen gesammelten Erfahrungen soweit war, dass sie sich darauf einlassen konnten. War es bei einer Frau bereits in jungen Jahren möglich, so war es entweder regelrecht eine Veranlagung oder aber das Urvertrauen das sie aus dem Elternhaus mitbekommen hatte und ihr eigenes gutes Körperbewusstsein war so groß, dass sie von Anfang an zu ihrer Sexualität offen stand. Michaela gehörte hier damit zu den Frauen, die bereits in jungen Jahren bereit waren und es sich einfach so ergeben hatte. Sie erinnerte sich oft zurück, wie ihre Mutter sie immer in ihren Körper bestätigt hatte und das alles gut sei. Damit gehörte sie zu der Gruppe von Frauen, die aus dem Elternhaus keinen Schaden mitgekommen hatten. Michaela hatte zudem in Erfahrung gebracht, was im Körper alles ablaufen muss damit eine Frau beim Orgasmus squirten kam. Sie fand heraus, dass durch die sexuelle starke Erregung grundsätzlich und bei jeder Frau, die Drüsen, die um die Harnröhre herum angeordnet sind, wie ein Schwamm, Sekret regelrecht aufsaugen und sammeln und das dieses gesammelte Sekret, je nach Erregung ziemlich viel werden kann. Während also die Erregung immer stärker wird, verspürt die Frau, während dem Sex den Drang zum Wasserlassen. Dies hat aber nichts damit zu tun, dass sie wirklich Pipi machen muss, sondern die Drüsen wollen sich entladen, gleichwohl es ein fast identische Gefühl ist und für die ungeübte Frau nicht vom Drang Pipi zu machen zu unterscheiden ist. Frauen sollten deshalb immer vor dem Sex nochmals zur Toilette gegangen sein, damit es definitiv auszuschließen ist, dass sie Pipi mussten. Genauso wie bei einem Mann der, wenn er geschlechtsreif wird, den gleichen Prozess durchläuft und zunächst auch denkt er muss Pinkeln. Wenn Frau dieses

Gefühl zulassen kann, so wird dieses Sekret beim Höhepunkt vom Körper meist schlagartig über die Drüsen vorne an der Harnröhre rausgelassen. Das so ausgeschiedene Sekret ist eine Mischung als Flüssigkeit und Harnsäure. Harnsäure deshalb, weil sich durch das tägliche Pipi-Machen Anteile davon an den Aussenseiten der Drüsen mit ablagert. Die Art und Weise wie sich diese Entladung verhält hängt dabei zum einen vom Zustand des Beckenbodenmuskels der jeweiligen Frau sowie der Konsistenz des Sekrets ab. So kann es regelrecht raus spritzen oder auch in einem großen Schwall an Flüssigkeit oder langsam und dickflüssiger rauslaufen. Viele Frauen tuen sich am Anfang schwer, es zu zulassen, weil sie nicht wussten, was für eine Flüssigkeit und wieviel davon rauskommt. Wenn die Frau jedoch einmal den "Schalter im Kopf gefunden und umgelegt" hatten, dann gibt es kein Halten mehr. Es hatte sich auch gezeigt, so die Berichte der vielen Frauen, dass es die ersten Male immer sehr wenig war, oft nur ein paar Tropfen und von Mal zu mal es für die Frau einfacher wird das Squirten zuzulassen und es dann auch mehr Flüssigkeit werden kann. Sie hatte auch gelesen, dass Frauen davon berichteten, dass es in Wellen kam und so stossweise nach und nach rauslief. Besonders interessant fand Michaela, dass das Squirten nicht zwangsläufig mit einem Orgasmus einhergehen und auch mehrfach hintereinander passieren kann. Gleichzeitig berichteten andere Frauen, dass sie durch das Zulassen des Drangs zum Wasserlassen eine so starke weitere Erektion (Kopfkino) ergibt und die Frau deshalb parallel zum Orgasmus kommt, während sie squirtet. Frauen berichten auch, dass es bei ihnen ohne den Drang Wasser zu lassen einhergeht und einfach passiert. Einzig die Tatsache, dass viele Frauen aus Peinlichkeit vor dem Partner oder aber aufgrund ihrer in der Kindheit erlernten Sauberkeit sich selbst gegenüber, sich nicht ganz und gar dem Gefühl hingeben können und loslassen ist es heute zu verdanken, dass nicht alle Frauen dieses zulassen können oder wollen. Andererseits gibt es viele Männer die mit dieser Art der

Sexualität nicht umgehen können, da es nicht in ihr Verständnis passt, dass eine Frau so was tun sollte oder es sogar nicht normal finden. So bleibt es in letzter Konsequenz immer ein Zusammenspiel von Mann und Frau. Während es Frauen gibt, die von sich alleine durch die angestaute Erregung ohne Partner squirten, benötigen andere Frauen die massive Stimulation des G-Punkts und gleichzeitig ihrer Klitoris. Dieser oft diskutierte G-Punkt befindet sich etwa ein bis drei cm hinter dem Scheidenloch oberhalb der Vagina und kann anhand seiner rubbeligen Oberfläche mit blossen Fingerspitzen erfühlt und ertastet werden. Durch die sogenannte Zweifinger-Technik, auch Spiderman-Technik genannt, stimulieren Ring- und Mittelfinger des Partners diese Fläche, während die anderen drei Finger ausserhalb des Körpers bleiben und stabilisierend wirken. Mit der anderen freien Hand stimuliert der Partner zusätzlich die Klitoris oder die Frau tut es selbst. Zur Stimulation der Klitoris wird oft auch ein Vibrator benutzt. Oft benötigen Frauen zur richtigen Stimulation, sowohl des G-Punktes, wie auch der Klitoris, Gleitmittel damit genug Feuchtigkeit vorhanden ist und kein unangenehmes Gefühl oder gar eine Verletzung dieser Flächen stattfindet. Es wurde auch von einigen Frauen berichtet, dass es einfacher war, das Squirten mit dem Partner zu lernen und zu erleben, da diese(r) mit seinen Finger einfacher an den G-Punkt rankommt. Dabei wurde der Vorgang so geschlidert: Durch die Stimulation des G-Punktes wird die G-Punkt-Fläche immer erregter. Der stimulierende Partner spürt diese Erektion dadurch, dass die Oberfläche an dieser Stelle immer härter wird, was angezeigt, dass sich immer mehr Sekret in den Drüsen darüber ansammeln, was zu einer Ausdehnung derer führt. Wenn sich die Frau auf dieses Zusammenspiel einlassen und gehen lassen kann, ist es nur eine Frage der Zeit, bis sie die so angesammelte Flüssigkeit über die Harnröhre nach aussen entlässt. Besonders interessant fand Michaela es noch, dass wenn eine Frau es wirklich ausprobieren wollte, es am Besten im Stehen oder in der Hocke die ersten Male sein sollte. Ähnlich wie wenn man auf dem WC pinkeln würde. Für Frauen die unsicher waren, ob und wie viel Flüssigkeit kommen würde, sollte man es mit dem Partner einfach in der Dusche ausprobieren. Damit würde auch für viele Frauen die Hürde genommen werden, das Bett nicht feucht oder gar nass zu machen. Michaela hatte das Wissen damals regelrecht in sich hineingesaugt. Nachdem sie seinerzeit so über Stunden dieses Wissen angeeignet hatte, war ihr klar geworden, dass sie sowohl aus eigener Erregung wie auch durch externe Erregung, zum Beispiel durch den Schwanz ihrer Partner oder aber auch selbst durch Verwendung eines Dildo so zum Abspritzen kam. Sie war froh darüber, dass es bei ihr einfach so funktionierte. Und irgendwann würde sie schon den passenden Partner, genauso wie ihre Mutter, finden.

Sie schaute sich in der Abstellkammer um und griff nach einem frischen Handtuch im Regal, um sich die Beine und ihre Liebesgrotte abzutrocknen. Sie mochte es, wenn der Saft noch ein wenig klebrig an ihr dran war. Das war genug für heute entschied sie und begann langsam sich den Plug aus ihrem Anus raus zu ziehen. Es war ein unbeschreibliches Gefühl der Erlösung. Gleichzeitig fühlte sich ihr Anus noch immer sehr geweitet an. Sie entdeckte feuchte WC-Tücher für die Gäste und wischte sich damit ihren Po und das noch immer leicht geöffnete Po-Loch sauber. Mit weiteren frischen Feuchtetüchern reinigte sie den Plug, steckte diesen in ihre Jeanshose und nahm sich noch ein paar Tücher um die Hände zu putzen. Die geöffnete Tücherpackung, so entscheid sie in sich hinein lächelnd, würde sie sicherlich noch ein paar Mal brauchen. Sie fand einen Platz, wo sie die angebrochene Packung verstauen konnte, damit diese nicht versehentlich von den Reinigungskräften in ein Zimmer gelegt werden konnte. Nachdem sie sich ihre Jeans wieder angezogen hatte, horchte sie ob im Gang jemand war. Alles war still. Sie verlies den Lagerraum und ging zurück zum Schreibtisch an der

Rezeption. Ihr Chef sass im Büro und arbeitete am PC. Es schien sie, während ihrer kurzen Abwesenheit, niemand vermisst zu haben. Sie schaute auf die Uhr. Mittlerweile war es 18 Uhr geworden und Ihre Tag für heute gleich beendet. Sie wartete auf ihre Ablösung. Ihr Chef kam raus und sagte, dass sie ruhig schon gehen könne, da sich Ihr Kollege, der heute Dienst haben würde, verspätete. Er selbst würde so lange warten. Michaela nahm ihren Mantel aus dem Schrank verabschiedete sich und ging hinaus auf die Strasse. Sie wollte jetzt noch nicht nach Hause. Verglichen mit den letzten Tagen war es heute recht angenehm von den Temperaturen. Zudem gefiel ihr die leichte Kühle an Ihrer Liebesgrotte, das durch die noch immer vorne an ihrer Möse nasse Jeans hervorgerufen wurde. Heute Abend würde sie sich das Dreieck rasieren. Und nun war es höchste Zeit, ihren Plan umzusetzen und zu einer Drogerie zu gehen, um sich das neonrote Haarfärbemittel zu besorgen.

Das rote Dreieck

Michaela lag in der Badewanne. Das hatte sie sich heute wirklich verdient. Sie genoss es nun im Kerzenschein im heissen Wasser zu liegen. Sie betrachtete ihren Körper und wie schön sie doch war. Sie machte sich oft Gedanken, ob es je möglich sein würde, eine Familie zu haben, wo doch kein Mann bisher da war, der sie so wollte, wie sie war. Aber vielleicht war einfach noch nicht der Richtige aufgetaucht. Schließlich hatte ihre Mutter ja auch ihren Vater kennengelernt und daraus war sie entstanden. Michaela dachte an Lisa wie sie in ihren roten Dessous am Fenster gestanden hatte. Das hatte wirklich scharf ausgesehen. Sie würde auch so gerne einmal so eine Spitzenunterwäsche tragen wollen. Doch mit ihrer Oberweite war es nicht so einfach, BH´s mit entsprechender Spitzenunterwäsche zu finden. Sie hatte schon einmal vor einiger Zeit das ganze Internet abgesucht während sie im Hotel auf Gäste gewartet hatte. Doch für ihre Oberweite war nichts zu finden. Es war wie mit engen Anziehsachen, die ihren Körper betonen konnten. Was half es ihr, dass sie ohne Probleme Sachen in der Konfektionsgröße 36-38 tragen könnte, wenn ihr großer Busen es dann nicht zu lies. Am Schlimmsten war es aber bei Kleidern. So gerne würde sie einmal ein Kleid tragen würde, aber für Ihr Budget konnte sie es sich nicht leisten zu einer teuren Schneiderin zu gehen und sich ein Kleid auf Ihre Maße machen zu lassen. Doch Schluss mit diesen Gedanken. sagte sie sich. Irgendwann werde ich viel Geld haben und mir ein Kleid schneidern lassen. Sie nahm den Rasierer, den sie sich vorher an den Rand der Badewanne gelegt hatte und fing an, die Schamhaare zu einem Dreieck zu rasieren. Ihr Plan war sich zuerst ein größeres Dreieck zu rasieren, dass sie dann nach und nach auf die Größe verkleinern würde bis sie in etwa die Ausmaße erreicht hatte, wie es bei der Frau ausgesehen hatte. Als sie damit fertig war, lies sie das Badewasser ablaufen, duschte sich ab und stieg aus der

Badewanne. Sie löschte die Kerze und schaltete das Licht ein. Sie nahm die Packung des Haarfärbemittels, öffnete und studierte die Anleitung. Sie mischte die Färbung so zusammen, wie angegeben und fing an sich die blonden Härchen in neonrot zu färben. Sofort wurde sie wieder erregt. Oh sah das scharf auf. Genauso wie bei der Frau. Michaela war total angetörnt. Ihre glatt rasierte Klitoris, deren Knospe über einen Zentimeter hervorstand, war nun komplett im freien ohne Haare darum. Darüber leuchtete es neonrot. Während sie warten musste, dass die Farbe einwirkte ging sie zum Spiegel, um sich noch genauer zu betrachten. Es sah einfach umwerfend geil aus. Sie würde die Farbe doppelt so lange, wie vorgegeben, einwirken lassen. Sie wollte damit versuchen, dass es richtig stark und dauerhaft sein würde. Sie lief nackt durch die dunkle Wohnung und schaute aus den Fenstern auf die Straße, um sich die Zeit zu vertreiben. Viele Gedanken schossen ihr durch den Kopf. Würde sie es sich so einmal am Fenster besorgen? Wie würde sie reagieren, wenn sie jemand dabei sehen würde. Wäre sie standhaft und würde es durchziehen, so wie die Frau am Fenster? Die Zeit verging. Sie färbte noch zwei Mal nach damit es wirklich durch und durch intensiv sein würde. Nach gut 40 Minuten entschied sie, dass es genug war und wusch sich die Schamhaare ab. Sie betrachtete ihr rotes Dreieck im Spiegel und war fasziniert. Es war unglaublich, wie schön es aussah und wie sehr es noch dazu ihre wohlgeformten langen hervorstehenden Schamlippen zur Geltung brachte. Das würde für lange Zeit nun ihr Look sein, dachte sie sich. Auf dem Weg zum Schlafzimmer hörte sie ihr Mobiltelefon läuten. Sie lief in die Küche und hob ab. Ihr Chef war am Apparat. Es wäre ihm sehr unangenehm aber der Kollege für die Nachtschicht wäre nicht nur verspätet, sondern mittlerweile nicht einmal erschienen. Er würde den Mann kündigen. So gehe dies schließlich nicht. Es wäre ihm sehr peinlich aber er müsse weg, könne es jedoch nur, wenn Michaela heute nochmals zurückkommen würde. Zwei Hotelgäste würden erst gegen

Mitternacht anreisen und jemand müsse da sein um die Gäste willkommen zu heissen. Michaela verstand. Sie sagte, dass sie heute sowieso zu Hause geblieben wäre und das es kein Problem sei. Sie könne in gut 40 Minuten da sein aber schneller würde es nicht möglich sein. Ihr Chef sagte, dass er nicht so lange warten könne. Er würde, wenn es für Michaela in Ordnung wäre, seinen eigenen Schlüssel zum Hintereingang des Hotels in der Garage auf der Fensterbank, wo er immer parken würde, hinlegen. So müsse er nicht auf Michaela warten. Sie stimmte zu und wollte sich verabschieden. Der Chef bestand jedoch darauf, dass Michaela sowohl zum Hotel wie auch heute Nacht dann zurück mit dem Taxi fuhr. Er würde es nicht zulassen wollen, dass sie noch zusätzlichen Stress haben würde. Michaela bedankte sich und stimmte zu. Das sei sehr nett von ihm, so für sie zu sorgen. Sie verabschiedeten sich. Michaela setze sich kurz in der Küche hin. Gedanken schossen ihr durch den Kopf. Dies war ihre Chance. Sie wusste, das das Hotel heute nicht ausgebucht war. Und das Zimmer, mit dem großen Fenster bis zum Boden, war auch nicht vergeben worden. Sie merkte, wie sie zu zittern begann. Ok eines nach dem anderen. Zuerst das Photo... ich werde den Selfie-Stick brauchen, damit ich mit dem Handy aus einiger Entfernung das Photo machen kann. Ich brauche den Plug. Gedanken schossen ihr durch den Kopf, was sie anziehen könnte. Die Uhr tickte. Ok ich rufe den Taxi und habe dann genug Zeit zu überlegen bis der Taxi da ist. Nachdem sie den Taxi bestellt hatte, kam ihr die Idee. Sie ging ins Schlafzimmer und suchte nach dem Strapsset, das sie einmal für ihren ersten Freund gekauft und getragen hatte, raus. Das waren rot. Also passend. Wo war nur die langen Strümpfe passend zu dem roten Strapshalter? Und die roten langen Handschuhe die ihr bis zu den Ellenbogen gingen? Als sie alles zusammen hatte, zog sie sich die Sachen an. Sie knipste sich die Enden der Strapsstrümpfe an den Strapshalter fest. Sie zog die Handschuhe an und drehte sich

41

zum Schrankspiegel um. Gott sah ihr zierlicher Körper mit ihren riesigen Brüsten, in rote Strapse gekleidet und unten herum mit den glattrasierten Schamlippen, Ihrer großen Knospe und den darüber neongefärbten Schamhaaren in Dreiecksform zwischen Ihren Beinen scharf aus. Sie suchte nach dem passenden BH fand diesen aber nicht. Es klingelte an de Tür. Das kann doch nicht sein, dachte sie. Es war viel zu früh für das Taxi. Oder hatte sie etwa zu lange gebraucht und die Zeit vergessen? Sie ging zur Wohnungstüre und fragte über die Gegensprechanlage wer da war? Es war das Taxi. „Ok ich komme sofort runter. Einen Moment bitte." Michaela war durcheinander. Was sollte sie denn nun tun. Plötzlich war alles klar. Sie ging zum Schuhschrank, nahm sich ihre Stöckelschuhe raus und zog sich diese an. Dann zurück ins Schlafzimmer. Sie nahm ihren langen Wintermantel und zog diesen einfach auf Ihre nackte Haut. Sie wurde sofort feucht zwischen den Beinen. Diese Idee gefiel ihr ganz und gar. Der Taxifahrer würde nichts merken. Sie hatte Stöckelschuhe und die roten Strapsstrümpfe an. Oben würde sie den Mantel einfach zu lassen. Im Hotel würde sie den Mantel, wenn die Gäste kommen würden, ebenfalls tragen. Der V-Auschnitt des Mantels wäre nicht weiter schlimm. Und was wäre schon dabei, wenn man ein bisschen von ihrem üppigen Dekolleté sehen könnte. Sie griff nach ihrer langen Halskette mit dem goldfarbenen Parfümflakon als Anhänger und legte diese zusammen mit dem Plug und dem Selfie-Stick in Ihre Handtasche, schaltete das Licht aus und verlies die Wohnung. Sie hatte keine Zeit gehabt, sich den Mantel zuzuknöpfen. Auf dem Weg vom vierten Stock nach unten zur Haustüre, öffnete sich der Mantel immer wieder und gab ihren nackten Körper preis. Sie schaute an sich runter und blickte stolz auf ihr rotes Dreieck. Unten angekommen, öffnete sie die Haustüre, sah das Taxi und trat heraus. Mit einer Hand hielt sie ihre Handtasche und mit der anderen Hand den Mantel zu. Der Taxifahrer stieg aus, öffnete ihr die hintere Tür und sie stieg ein. Ihr Mantel öffnete sich dabei zu weit und es war nicht ganz klar, ob der Taxifahrer gesehen hatte, dass sie nackt unter dem Mantel war. Ihre Hektik war schlagartig verfolgen. Stattdessen war sie nun richtig geil. Der Taxifahrer schloss ihr die Tür und stieg ein. Er blickte durch den Rückspiegel zu ihr nach hinten. Sie gab im die Adresse der Seitenstrasse vom Hotel. Sie wollte nicht, dass er wissen würde, wohin sie tatsächlich ging. Das Taxi fuhr los. Es war angenehm warm hier im Taxi. Das war gut dachte sie. Michaela öffnete ihre Handtasche und nahm die die Kette heraus. Das Taxi hielt an einer roten Ampel. Sie öffnete den Verschluss der Kette und hob sich die Kette mit ihren Armen nach oben um den Hals. Da passierte es. Daran hatte sie nicht gedacht. Der Mantel öffnete sich gänzlich und ihre großen Brüste sprangen dem Taxifahrer regelrecht durch den Spiegel ins Gesicht. Ihre Blicke trafen sich. Sie konnte die Erregung in den Augen des Taxifahrers erkennen. Sie hackte den Verschluß der Kette in das Ringglied ein und lies sie los. Das Falcon verschwand zwischen ihren großen Brüsten, genau so, wie ein Schwanz von einem Mann darin rauf und runter gleiten konnte. Sie schloss den Mantel und schaute aus dem Fenster. Sie war total erregt. Und sie war super nervös. Sie hatte Angst. Nicht das was passieren würde. Doch der Taxifahrer blieb ruhig, sprach kein Wort und fuhr weiter durch das nächtliche Berlin. Michaela merkte, dass der Taxifahrer die Lüftung stärker und wärmer angemacht hatte. Heisse Luft strömte aus den Düsen der Lüftung. Sie wollte schon etwas sagen. Das Taxi hielt wieder an einer Ampel. Ihre Blicke trafen sich im Rückspiegel. Dann zog der Taxifahrer seine Jacke aus und betrachtete sie dabei noch intensiver durch den Spiegel. Michaela verstand sofort seine Anspielung. Sie war total verwirrt. Konnte dies alles Zufall sein? Oder hatte die Frau mit Ihrem Erscheinen in Michaelas Leben eine Kettenreaktion an erotische Ereignissen ausgelöst. War diese Lisa vielleicht der Triggerpunkt für Michaels Exhibitionismus? Sie überlegte nicht lange. Es war eh schon klar, dass er wusste, was los war. Sie war verblüfft. Vorher in der Badewanne hatte sie sich noch gefragt, was sie wohl machen würde, wenn sie jemand sehen konnte. Und nun da es so war genoss sie es und zog es eiskalt durch. Sie konnte noch gar nicht glauben, was für ein versautes Luder sie war. Sie entschied, den Mantel an der nächsten roten Ampel, wenn das Taxi zum Stehen kam zu öffnen und dem Taxifahrer ihre großen und mächtigen Brüste preiszugeben. Sie wollte mit eigenen Augen seine Lust sehen. Das Taxi stoppte. Sie schaute nach vorne direkt in den Rückspiegel. Als sich ihre Blicke trafen öffnete sie ihren Mantel weit auseinander. Sie konnte sehen, wie der Taxifahrer fasziniert auf ihre großen Bälle starrte. Sie nahm, ihre Hände noch immer in den roten Handschuhen, einen Finger in den Mund. Dann wieder raus und berührte sanft ihre Brustwarze. Der Taxifahrer schaute ihr mit knallrotem erregtem Kopf durch den Rückpiegel zu. Die Ampel schaltete auf grün. Als das Taxi wieder losfuhr rutschte Michaela auf der Rückbank in in die Mitte des Taxis, öffnete ihre Beine und stellte diese links und rechts hinter den jeweiligen Sitz auf den Boden, genauso, dass der Fahrer nun in voller Pracht ihre rotes Dreieck und die total erregte und klitschnasse Möse mit ihren vollen und langen glattrasierten Schamlippen sehen konnte. Sie sah zu, wie der Taxifahrer den Rückspiegel mit der Hand umstellte, damit er alles genau sehen würde. Die nächste rote Ampel war erreicht. Michaela nahm sich eine der mächtigen Brüste in ihre Hände und fing an mit Ihrer Zunge eine Brustwarze zu lecken. Der Taxifahrer drehte sich zu ihr um. Sie schauten sich direkt ins Gesicht. Dann richtete sich sein Blick nach unten zu ihrer Möse. Er starrte diese fasziniert an. Michaela lies von ihrer Brust ab und begann mit ihrer rechten Hand, vor dem Fahrer, an ihrer Klitoris zu streicheln. Ihre Blicke trafen sich. Michaela war total erregt davon, dass er sie so beobachten konnte. Sie lächelte ihn verlegen an. Die Ampel schaltete auf grün und der Taxifahrer fuhr weiter. Michaela beobachtete den Mann und auch die Autos, die neben ihr fuhren, während sie sich mit dem mittlerweile nass gewordenen Handschuh, die Klitoris rieb und sich immer wieder einen Finger in ihre nasse Liebesgrotte steckte. Sie war total erregt. Sie konnte nicht glauben, was sie da gerade tat. Es erregte sie ungemein. Immer wieder stöhnte sie vor Lust laut auf. Der Fahrer schaute, so gut er konnte, während der Fahrt durch den Spiegel zu ihr nach hinten. Die Straßenlampen erleuchteten das Taxi immer wieder und gaben den Blick auf sie, wie sie breitbeinig mit weit geöffnetem Mantel auf der Rückbank saß und ihre großen Brüste, von den Bewegungen des Autos hin und her wackelten, frei. Dann auf einmal hielt das Taxi an. Sie schaute auf. Der Fahrer drehte sich zu Michaela um. "Wir sind da", sagte er. „Wenn Du es Dir hier im Taxi machst, bist Du kommst, dann musst Du mir nichts bezahlen." Michaela nickte. Das war zu viel. Sie masturbierte vor einem fremden Mann, genauso, wie sie es später am Fenster tun wollte. Das war wirklich zu viel. Sie stöhnte immer schneller und lauter. Der Taxifahrer hatte zwischenzeitlich sein Handy rausgeholt und fing an, Michaela dabei zu filmen. Sie schrie vor Lust auf, leckte sich eine Brust und rieb ihre Clit immer schneller. Dann kam es ihr. Lauthals stöhnend, am ganzen Körper zitternd, squirtete Mosensaft nach vorne auf die Mittelarmlehne des Taxis und in das Gesicht des Fahrers. Sie spritze sicher so drei oder vier mal fest ab. Sie saß stöhnend auf der Rücksitzbank und beobachtete wie der Fahrer sie noch immer filmte. Sie leckte sich den Handschuh mit ihrer Zunge ab und griff erneut nach ihrer nassen Möse, um weiteren Saft zu bekommen. Sie verteilte sich den Saft auf ihren Brüsten und zog dann an Ihren harten Nippeln der Brustwarzen. Der Fahrer saß noch immer zu ihr gewendet mit dem Handy filmend vor Ihr. Als sie sich nach und nach beruhigt hatte, schaute sie lange auf den Fahrer, der sie vertraut anlächelte. Michaela setze sich auf. Das Handy filmte immer noch. Sie griff mit ihrer Hand danach und nahm es dem Taxifahrers blitzschnell aus dessen

45

Hand. Der Fahrer wollte schon sauer reagieren und sagte: „Wir haben doch einen Deal". Sie lachte ihn an und sagte: "Keine Sorge. Ich will nur sehen, wie es ausgesehen hat". Der Mann beruhigte sich wieder. Sie lies den Film nochmals ganz ablaufen. Sie wurde erneut total erregt, sich so zu sehen und vor allem zu hören. Noch nie hatte sie sich selbst stöhnen und zum Orgasmus hören kommen. Glücklicherweise war es einigermaßen dunkel im Taxi, so dass man ihr Gesicht nicht genau auf der Aufnahme erkennen konnte. Als die Filmaufnahme zu Ende war, schaute sie den Taxifahrer lange an. Er schien sympathisch zu sein. Kein Arsch. Ein ganz normaler Typ. Mitte vierzig. Braune kurze Haare. Sie bemerkte, dass er ein frisch gebügeltes Hemd trug. Er schien gepflegt zu sein. Das gefiel ihr. Sie überlegte kurz. Das er sie kostenfrei fahren lassen wollte, dafür das sie es sich vor ihm besorgt und er es gefilmt hatte, so was ging nicht. Er hatte ihr eine Dienstleistung mit der Taxi-Fahrt erbracht und wenn man so wollte, so war seine Absicht, sie mit einer freien Fahrt, für die von ihr erbrachte Dienstleistung zu bezahlen. Sie schaute den Taxifahrer an. Sie lächelten sich gegenseitig an. Michaela sagte ihm, dass sie auf eine Rechnung für die Fahrt bestand. Gleichzeitig bot sie dem Taxifahrer aber an, dass wenn er sein Handy zurück und inklusive Film haben wolle, sie von ihm als Gegenleistung 150 Euro sofort und in bar bekommen müsse. Andernfalls werde sie den Film löschen. Der Taxifahrer schaute Michaela intensiv an, überlegte kurz, nickte und zog seinen Geldbeutel raus und reichte ihr drei fünfzig Euro Scheine. Sie reichte ihm sein Handy rüber. Sie war überrascht. Was hatte sie da gerade gemacht? Sie hatte sich wie eine kleine Schlampe verkauft. Fasziniert und doch schockiert über sich und wie abgebrüht sie zu sein schien, saß sie auf der Rückbank, ihre Beine immer noch breit auseinander gespritzt, den Mantel weit offen. Der Fahrer knipste das Licht vorne im Taxi an und begann die Rechnung für die Fahrt zu schreiben. Indes nahm sie ihre Handtasche und steckte das Geld ein. Der Fahrer drehte sich zu ihr um und reichte ihr die Rechnung, sowie seine Karte, mit der privaten Mobiltelefon-Nummer, falls sie den Wunsch haben würde, ihn wieder einmal für eine Fahrt buchen zu wollen. Fasziniert von ihren heissen Kurven, die noch immer in voller Pracht vor ihm dargeboten wurden, lächelte er sie an und sagte: „Was für einen schönen Körper Du hast, einfach unglaublich". Dann stieg er aus und öffnete ihr hinten die Türe. Michaela rutsche rüber zur Tür und lies sich mit weit geöffnetem Mantel, dem Fahrer die Hand reichend, aus dem Wagen helfen. Sie spürte die kalte Luft sanft ihren Körper streicheln. Ihre Brustwarzen wurden sofort knallhart davon. Als sie ausgestiegen war, schaute sie den Taxifahrer lange an und fragte schließlich, wie er eigentlich heissen würde. „Andreas" sagte er in einer ruhigen und vertrauenserweckenden Art. „Und Du?". „Michaela" erwiderte sie noch immer mit ihrem offenem Mantel vor im stehend. Sie spürte das Parfümflakon zwischen Ihren Brüsten baumeln, während sie einen Schritt so auf ihn zu ging, um sich mit einem Kuss auf die Wange zu verabschieden. Sie wollte diesen intimen Moment so abschließen. Sie spürte wie Andreas seine Hände vorne an ihrem Bauch in den Mantel schob und seine Hände link und rechts, um ihre Hüfte herum nach hinten wanderten, bevor er sie fest an ihren Pobaken zu sich herzog. Ihre großen Brüste drückten sich an ihn fest heran, während ihre Möse unten an seiner Hose anklopfte. Sie schauten sich tief in die Augen. Michaela war hin und her gerissen von diesem Mann. Was war nur passiert? Sie musste hier weg. Nicht noch einmal wollte sie erneut sich in einen Mann verlieben, um dann von diesem Mann erst gevögelt und dann weggeschmissen zu werden, so wie dies bei ihrem letzten Freund der Fall gewesen war. Sie küsste Andreas erneut zart auf die Wange, löste sich aus seiner Umarmung, drehte sich um und ging zum Gehsteig. Mit ihrer freien Hand hielt sie sich den Mantel zu. Sie spürte, wie noch immer warmer Honigsaft, bei jedem Schritt aus ihr rauskam und an ihren Schenkeln und den Strümpfen nach unten lief. Am Gehsteig angekommen wartete sie ab, bis das Taxi losfuhr und um die Ecke am Ende der Strasse abgebogen war. Dann ging sie ein Stück zurück die Straße hinauf, wo sie über eine Seitengasse der Parallelstrasse in ein paar Minuten zum Hintereingang des Hotels gelangen konnte. Ihr viel auf, dass sie dem Taxifahrer gar kein Geld gegeben hatte. Der Mann war vor lauter Erregung, genauso wie sie selbst, komplett durcheinander geraten. Hoffentlich würde er keinen Unfall bauen. Sie überlegte kurz, ob sie Andreas anrufen sollte. Sie entschied, ihn später für die Rückfahrt wieder zu kontaktieren und dann zu bezahlen. Ja, so würde sie es machen. Sie ging weiter in Richtung zum Hotel, glücklich darüber, wie alles gelaufen war und froh zugleich, dass sie den warmen Mantel trug, so dass ihr nicht kalt werden konnte. Sie erreichte die Einfahrt zum Hintereingang des Hotels, ging in die Garage und nahm sich den Schlüssel von der Fensterbank. Dann ging sie zum Eingang neben der Garage und schloss auf. Warme Luft kam ihr entgegen. Endlich konnte sie ihre Hand von dem Mantel ablassen. Sie trat ein. Alles war dunkel hier. Vorne sah sie an der Rezeption die kleine Schreibtischlampe brennen. Mit weit geöffnetem Mantel ging sie zum Tisch und setze sich. So versteckt, hinter dem Tresen der Rezeption, streifte sie sich den Mantel ab und lies in über den Stuhl nach hinten fallen. Sie saß nun, bis auf das Strapsset, unbekleidet auf dem Stuhl. Sie entdeckte eine handschriftliche Notiz von Ihrem Chef sowie eine bereits geöffnete Flasche Champagner und ein Glas auf dem Schreibtisch. Vielen Dank für die Hilfe. Ich mache Ihnen das wieder gut. Sie goss sich ein Glas ein und trank es mit einem Mal herunter. Das hatte sie sich wirklich verdient. Sie schenkte sich nach und nahm nochmals einen kräftigen Schluck aus dem Champagnerglas. Sie spürte den Alkohol wollig sich in ihrem Körper ausbreiten. Sie kam runter. Sie kam zur Ruhe. Sie zog ihr Handy aus der Handtasche und schrieb ihrem Chef eine SMS: „Vielen Dank für den Champagner". Sie goss sich das Champagnerglas nochmals voll und trank es komplett leer. Sie war noch immer total berauscht von der Taxifahrt. Es war unglaublich, sie hatte mit Ihrem Körper und ihren großen Brüsten ihren Frieden gefunden. Endlich hatte sie losgelassen, sich deshalb zu schämen. Aber was noch viel verrückter war. Nun wollte sie ihre Dinger am liebsten jedem zeigen. Sie überlegte ob es nur eine Laune war oder ob sie vielleicht exhibitionistisch sein würde und es bisher nur nicht zugelassen hatte, weil sie mit sich nicht im Reinen gewesen war. Sie schaute sich um und entdeckte vor sich auf dem Schreibtisch die beiden vorbereiteten Check-In-Dokumente für die Late Arrival Gäste sowie die jeweiligen Zimmerschlüssel. Das konnte doch nicht war sein, dachte sie. Ausgerechnet das Zimmer mit dem großen Doppelfenster würde gleich vergeben werden. Sie gönnte sich noch einen Schluck Champagner. Sie hatte die Flasche fast Dreiviertel geleert. Jetzt war es aber wirklich genug. Sie schaute auf die Uhr. Es war 23 Uhr. Also noch etwa vielleicht eine Stunde bis die Gäste kommen würden. Sie nahm den Zimmerschlüssel und zog sich ihren Mantel wieder an und griff nach dem Haustelefon. So würde sie informiert werden, wenn jemand die Glocke an der Tür läuten und sie dann öffnen musste. Sie ging zur Treppe. Sie war beschwipst und kicherte vor sich hin. Oh je... dachte sie. Hoffentlich geht das schnell vorbei. Als sie beim Zimmer angekommen war viel ihr ein, dass sie ihre Handtasche mit dem Analplug vergessen hatte. Sie musste zurück gehen. Sie hörte Hotelgäste, die einen Schlüssel hatten, die Vordertüre öffnen. So konnte sie den Gästen nicht begegnen. Sie ging die Treppe wieder zurück nach oben zum Lagerraum und versteckte sich darin. Die Zeit wurde knapper. Sie zog ihren Mantel aus. Dann streifte sie sich die roten langen Handschuhe ab. Sie öffnete die Strapshalter und rollte sich die nassen, von ihrem Mösenaft leicht weisslich gefärbten Strapse runter. Sie öffnete den Verschluss der beiden, überall mit weissen Strasssteinen besetzten, Stöckelschuhe und zog sich die Strümpfe aus. Mittlerweile war es wieder ruhig im

Treppenhaus geworden. Sie griff nach ihrem Mantel, öffnete die Lagertür, und lief barfuss, den Mantel noch immer in der Hand haltend, einzig mit dem Strapshalterband um ihren Bauch bekleidet, die Treppen runter. Nicht auszudenken, wenn sie jetzt so jemand hier sehen würde. Doch es war einfach keine Zeit und sie musste das Risiko eingehen. Die Clips für die Befestigung der Strapsstrümpfe baumelten lose an ihren schlanken Oberschenkeln hin und her. Ihr großen Bälle hopften bei jeder Treppenstufe vor ihrer Brust in vollem Gewicht auf und ab. Sie spürte ihre Kette mit dem Parfümflakon-Anhänger, an der weichen Haut zwischen Ihren Brüsten, sanft reiben. Es war ein unbeschreiblich freies Gefühl, so nackt und schon wieder total erregt, sich in der Öffentlichkeit zu zeigen. An der Rezeption angekommen, griff sie sich ihre Tasche, um damit wieder nach oben zu laufen, als sie plötzlich Geräusche, Schritte und Stimmen aus dem Treppenhaus von oben in ihre Richtung kommen hörte. Blitzschnell stellte sie ihre Tasche wieder auf den Rezeptionspult und fing an, sich den Mantel anzuziehen. Sie musste von hier verschwinden. Sie entschied in Richtung zum Hinterausgang zu gehen, ohne ein Wort zu sagen und bloß nicht zu den Gästen umzudrehen. So barfuss, wie sie war, keine wirklich gute Idee. Den Mantel noch immer nicht ganz über ihre nackten Schultern hochgezogen, schaffte sie es gerade noch rechtzeitig zu dem dunklen Korridor, der zur Hintertür führte. Sie verschwand um die Ecke und blieb stehen und drehte sich um. Sie konnte sehen, dass die Gäste sie offensichtlich nicht bemerkt hatten und weiter in Richtung zur Vordertüre gingen. Als sie wieder alleine war, atmete sie durch. Das war nochmals gut gegangen. Sie lies sie den Mantel vorne los. Sie spürte, wie der Mantel aufging, sich weit öffnend, der samtige Innenstoff an ihren harten Brustwarzen vorbei glitt und den Blick erneut komplett auf ihren nackten Körper wieder frei gab. Sie schaute an sich herunter. Das rote Dreieck war wirklich der Hammer. So offenherzig alles wieder preisgebend, ging sie zurück an die

Rezeption und nahm sich die Handtasche. Dann lief sie so schnell sie konnte wieder nach oben. Ihre Brüste baumelten vor ihr hin und her. Sie fühlte sich total sicher und wohl. Ja, das war sie und so war sie und so wollte sie auch sein und bleiben. Sie holte sich ihre Stöckelschuhe aus dem Lagerraum und ging zum Zimmer mit dem großen Doppelfenster. Sie schloss die Zimmertüre auf und machte das Licht an. Sie schaute auf die Uhr des TV-Sets und konnte sehen, dass es mittlerweile schon 23.25 Uhr war. Sie lies den Mantel, die Stöckelschuhe und ihre Tasche auf den Boden fallen. Nackt wie sie war, ging sie zum Fenster und zog den Vorhang zur Seite. Sie schaute raus. Es war niemand da, aber das war ihr jetzt auch total egal. Es musste nun einfach schnell gehen. Die Gäste würden jeden Moment kommen. Sie holte den Stuhl vom Schreibtisch und stellte diesen ans Fenster, lief zu ihrem Mantel, wo die Stöckelschuhe und ihre Handtasche am Boden lagen. Sie öffnete die Handtasche, zog den Selfie-Stick raus und befestigte Ihre Mobiltelefon daran, während sie damit zurück zum Stuhl ging. Sie legte das so montierte Handy auf den Boden neben den Stuhl. Dann wieder zurück zum Mantel. Sie nahm sich die Tube mit der Handcreme und drückte eine große Ladung davon auf die Spitze des Anal-Plug, verstaute die Creme wieder in der Handtasche. Mit dem Plug und ihren Stöckelschuhen in den Händen ging sie zurück ans Fenster. Sie lies die Schuhe auf den Boden fallen. Sie schaute nochmals hinaus, ob jemand bei der Haltestelle war. Nichts. Einzig Passanten auf der gegenüber liegenden Strassenseite gingen mit Ihrem Hund Gassi. Michaela drehte sich zum Stuhl um und stellte eine Fußsohle hoch auf den Stuhl. Mit einer Hand zog sie sich eine Po-Backe auf die Seite, während sie, mit der anderen Hand, den Plug zu ihrem Po-Loch führte. Sanft rieb sie die Creme am Loch entlang rauf und runter. Sie musste sich entspannen, damit sie das große Ding wieder in ihren Arsch reinbekommen würde. Sie spürte, wie ihre Möse feucht wurde. Dann führte sie sich den Plug langsam in den Arsch ein. Dieses Mal hatte sie keine Zeit sich erst an den Umfang zu gewöhnen. Dieses Mal musste das Ding sofort rein. Sie drückte fest, fast mit Gewalt den Plug bis zum Anschlag in Ihr Loch hinein. Sie schrie von dem ziehenden Schmerz auf. Ihr wurde schwindelig und schwarz vor Augen. Sie taumelte und viel zu Boden. Der Schmerz durchzog ihren ganzen Bauch. Das war nicht gut gewesen, dachte sie. Das darf ich nicht mehr so schnell machen. Sie lag sicher noch ein paar Minuten so am Boden. Nach und nach gewöhnte sie sich an das Gefühl und die Schmerzen im Bauch begannen langsam zu verschwinden. Oh mein Gott, wie massiv mich das Ding wieder ausfüllt, dachte sie. Sie setzte sich langsam auf und drehte sich wieder zur Scheibe um. Sie schaute raus. Noch immer war niemand bei der Haltestelle. Vielleicht war dies gut so, dachte sie, während sie sich am Stuhl hochzog und auf diesen dann darauf setzte. Sie nahm sich die Stöckelschuhe und zog sie an. Der Plug pochte wie wild im Arsch. Ihre Klit pulsierte synchron zum Pochen dazu. Sie war innerhalb von Sekunden wieder verrückt vor Lust. Dann nahm sie sich den Selfie-Stick, rutschte mit dem Po auf dem Stuhl nach vorne, genauso weit vor, wie es die Frau an dem Abend getan hatte. Michaela spürte, wie sie noch geiler wurde, nun das Photo für die Frau in genau gleicher Pose am Fenster zu machen. Honig lief aus ihrer Möse raus und tropfte auf den Boden vor dem Fenster. Sie nahm den Selfie-Stick und drückte ab. Dann schaute sie sich das Bild an. Das war nichts. Im grellen Licht sah es gar nicht gut aus. Der Mösensaft hatte zudem den roten Stein total bedeckt. Michaela stand auf. Die Zeit wurde nun wirklich knapp. Sie lief zur Tür um das Licht auszumachen. Sie musste sich was einfallen lassen. Vielleicht würde es im Schein der Straßenlampe besser aussehen, dachte sie. Sie ging zurück, setze sich auf den Stuhl und glaubte nicht was sie sah. Das war es. Sie konnte sich selbst im Fenster spiegeln sehen. Wenn sie den Selfie-Stick hinter sich halten und dann sich so photographieren würde, konnte die Frau nicht nur sie selbst sondern auch das Zimmer mit dem Blick auf die Haltestelle, wo sie damals gesessen hatte, sehen. Michaela setze sich auf den Stuhl. Das war nicht gut. Das war zu weit weg von der Scheibe. Sie stand auf und schob den Stuhl näher zum Fenster. Sie setzte sich wieder hin. Jetzt war es fast zu nahe. Wie sollte man da den Plug im Arsch sehen. Sie rutschte nach vorne, drückte ihren Rücken fest an den Stuhl und spreizte ihre Beine soweit wie möglich. Sie hob den Selfie-Stick hinter sich und machte ein Photo. Es blitze auf. Sie zog das Handy zu sich her. Sie konnte nicht glauben, was sie sah. Das war der Hammer. Genauso, wie sie es sich gerade vorgestellt hatte. Nur der Plug war immer noch nicht vollständig sichtbar. Sie hob ihre Beine weiter hoch und drückte ihre Stöckelschuhe mit weit geöffneten Beinen an die Fensterscheibe. Sie wischte sich mit ihrer freien Hand, den erneut rauslaufenden Mösensaft, vom roten und weißen Stein des Plugs weg und griff nach einer harten Brustwarze, verteilte den Saft darauf und zog daran. Das Telefon begann zu klingeln. Oh Gott. Sie hatte nur diese eine Chance. Sie machte das Photo. Der Blitz zuckte auf. Sie entschied sitzen zu bleiben und noch ein Photo zu machen. Dieses Mal griff sie sich mit der freien Hand, an ihre Schamlippen und öffnete diese weit auseinander, damit man ihre Feuchtigkeit hoffentlich sehen würde. Dann zog sie wieder an ihrer Brustwarze und drückte ab. Das Telefon klingelte wieder. Sie stand auf und ging zum Mantel wo das Telefon darauf lag zurück. „Bitte entschuldigen Sie" sagte Michaela. „Ich komme gleich zu Ihnen. Bitte geben Sie mir ein paar Minuten". Die Stimme am anderen Ende sagte „Ok. Wir warten. Vielen Dank". Michaela schaute sich um. Es war keine Zeit zu prüfen, ob die Bilder gelungen waren. Sie schob den Stuhl zurück zum Schreibtisch, zog den Vorhang zu und schaltete das Licht ein. Sie nahm den Mantel, ihre Tasche und den Selfie-Stick mit dem noch immer montierten Handy daran und schaute sich im Zimmer um. Alles gut, dachte sie. Als sie die Zimmertüre öffnete, bemerkte sie das der Zimmerschlüssel noch immer von aussen steckte. Sie lachte auf und schloss ab, ging zum Lagerraum und legte ihre Sachen dort rein. Während sie die Treppe nach unten ging, zog sie sich den Mantel an. Sie spürte den Plug deutlich in ihrem Arschloch stecken. Was ein geiles Gefühl, dachte sie. Als sie am Ende der Treppe angekommen war, knöpfte sie sich den Mantel komplett zu. Dann ging sie zur Rezeption, stellte das Haustelefon und den Zimmerschlüssel ab. Sie drückte auf den Öffner für die Schließanlage. Die Vordertür öffnete sich und ein Paar mittleren Alters kam mit ihren Koffern herein. „Herzlich Willkommen" sagte Michaela. Die beiden grüßten zurück. Michaela beeilte sich damit die beiden einzuchecken. Einerseits machte sie der Gedanke geil, dass sie nackt unter dem Mantel vor den beiden Gästen stand. Andererseits wollte sie schnell wie möglich nach oben in den Lagerraum zurück, um die beiden Photos anzusehen. Hoffentlich waren die etwas geworden. Sie bot den beiden an, sie zum Zimmer zu bringen, da es doch hier sehr verwinkelt war, wie sie sagte. Sie überreichte den Zimmerschlüssel und ging vor den beiden Gästen die Treppe nach oben. Ihre Phantasie spielte verrückt. Der Plug im Arsch, nackt in Stöckelschuhen die Treppe vor den Gästen hoch zu schreiten. Es war ein unbeschreiblich scharfes Gefühl. Sie spürte, wie ihr Mösensaft wieder die Schenkel komplett an beiden Beinen entlang runter lief. Beim Zimmer angekommen verabschiedete sie sich. Nachdem die Gäste im Zimmer verschwunden waren, ging sie zum Lagerraum. Sie schloß die Türe und griff nach dem Handy. Sie entfernte den Selfie-Stick, verkleinerte diesen und lies alles in ihrer Handtasche verschwinden. Dann hob sie die nassen Strapse und Handschuhe vom Boden auf und verstaute diese in ihren Mantelaschen, schaltete das Licht aus und verlies den Lagerraum. Mit dem Handy noch immer in ihrer Hand ging sie in ihren Stöckelschuhen, so schnell es ging, die Treppe hinunter zurück zum Schreibtisch an der Rezeption. Sie goss sich ein Glas vom Champagner ein und trank es erneut ganz aus. Sie genoss das Gefühl total geil und zugleich noch hemmungsloser durch den Alkohol geworden zu sein. Sie beschloss den Mantel wieder komplett zu öffnen und über den Stuhl nach hinten fallen zu lassen und sich dann zu setzen. Sie wollte den Plug im Arsch wieder fest vom Stuhl reingedrückt spüren. Während sie sich setzte, fühlte sie so einerseits den lustvollen Schmerz im Arsch und zugleich die lange Kette mit ihrem Flakon-Anhänger zwischen ihren Brüsten hin und her baumeln. Sie war wie benommen. Sie zog das Handy aus der Handtasche. Jetzt wollte sie es wissen. Sie wurde ruhig. Sie betrachtete die beiden Bilder fassungslos. Es war unbeschreiblich. Gut das sie zwei gemacht hatte den das erste war total verschwommen geworden. Auf dem zweiten Photo hingegen, konnte man einerseits die beleuchtete Haltestelle durch die Scheibe sehr gut erkennen und zugleich sehen, dass dort zwei Personen mit Koffern standen, vermutlich war dies das Paar von gerade gewesen, dachte sie. Aber sie war zu geil von dem Anblick des Photos, als dass es sie jetzt noch stören würde. Andererseits, während sie weiter das Bild betrachtete, spiegelte sie sich komplett im Licht vom Blitz in der Scheibe. Ihre mit Strasssteinen besetzten Stöckelschuhe, die sie an die Scheibe gedrückt hatte, funkelten in weisser Farbe, während sie mit weit offenen Beinen den Plug in ihrem Po-Loch deutlich und rot und weiß glitzernd, preisgab. Darüber konnte sie ihre vollen hervorstehenden Schamlippen weit nach links und rechts geöffnet betrachten. Dazwischen wurde ihr nasser, tief nach hinten führender Locheingang mit ihrer großen Kitzler-knospe deutlich sichtbar preisgegeben. Und damit es nicht genug war, konnte man das rote Dreieck deutlich scheinen sehen. Sie blickte das Photo weiterhin fasziniert an. Jetzt bemerkte sie, dass sie sich mit einer Hand die Brustwarze zog. Sie schaute sich selbst in ihr Gesicht. Sie hatte einen total erregten Blick in den Augen. Das Photo war perfekt geworden. Sie überlege nicht lange und verband über WLAN ihr Handy mit dem Hoteldrucker. Wenn das mal ihr Chef wüsste, kicherte sie. Der Drucker begann zu arbeiten.

Es klingelte. Sie wurde nervös. Sie schaute über den Pult nach und erkannte eine Person vor der Türe stehend. Sie zog den Mantel über die Stuhl hoch, schlüpfte hinein und knöpfte sich so schnell wie möglich, die Knöpfe zu. Dann stand sie auf und drückte den Türöffner. Ein junges Pärchen kam strahlend herein. Michaela hatte es nun wirklich eilig, so schnell wie möglich loszuwerden. Sie wollte vermeiden, dass die beiden sehen konnten, was da aus dem Drucker gleich, nach und nach rauskommen würde. Sie reichte den Stift und das Formular zur Unterschrift, gab den Schlüssel und führte die beiden zur Treppe. Die junge Frau sprach fragend zu ihr, dass die beiden wirklich müde wären und ob die laute Musik der Bar noch lange an sein würde. Michaela lachte die beiden an und sagte: „Keine Sorge, Ihr Zimmer ist im anderen Trakt des Hotels. Sie werden absolut ruhig schlafen können." Dann verabschiedete sie sich höflich und wünschte den beiden einen guten Aufenthalt. Sie lief zurück zum Drucker. Fassungslos stand sie erneut vor dem Ausdruck. Auf DIN A4 gedruckt, war die Szene auf dem Bild noch atemberaubender. Sie setzte sich wieder an den Schreibtisch. Sie würde jetzt Andreas anrufen. Keine Ahnung, wie lange er brauchen würde. Bis er kam, so dachte sie, würde sie die Adresse der Frau raussuchen und das Bild von sich in einem Kuvert, mit dem Hotellogo und einem dick geschriebenen Vermerk "PRIVAT UND VERTRAULICH" vorbereiten. Sie musste sicherstellen, dass nur die Frau den Kuvert öffnen würde, falls es sich bei der Adresse um eine Firmenanschrift handelte. Sie kramte die Karte mit seiner Nummer aus der Handtasche heraus. Sie wählte. Sie war nervös. Es klingelte. Dann hörte sie seine vertraute Stimme. Sie sagte, ihren Namen und das sie vergessen hatte, die Rechnung zu begleichen. Andreas freute sich, dass es noch ehrliche Menschen geben würde. Sie fragte, ob er sie gleich abholen kommen könne. Andreas erwiderte, dass er gerade mit einem Gast auf dem Weg zum Flughafen war und fragte wo sie war. Michaela überlegte. Sie hatte keine Strümpfe mehr, sie würde in der Kälte draussen nicht weit gehen oder warten können. Sie nannte Andreas die Adresse, der Bar von nebenan und dass sie dort, vor der Bar dann auf ihn warten würde. Sie fragte, wann sie dort sein sollte. Andreas überlegte kurz und teilte ihr dann mit, dass er es sicher in 35 Minuten schaffen würde. „Ok, bis dann!" sagte Michaela und legte einfach auf. Michaela holte sich einen Kuvert aus dem Büro des Chefs und schrieb die Adresse von Lisa darauf. Dann nahm sie das Bild, schaute es nochmals genau an. Oh, wie gut sie doch aussehen würde. Sie entscheid für sich auch einen Abzug zu machen und starte den Drucklauf. Sie überlegte, ob sie der Frau ihre Handynummer geben sollte. Sie spürte, wie sie der Gedanke, dass die Frau sich bei ihr vielleicht nach dem Erhalt melden würde, heiss machte. Sie nahm einen roten Stift aus der Schublade und schrieb an den vom Bild nicht bedruckten Streifen am Rand ihre Nummer und genauso wie es die Frau getan hatte: Kuss, Michaela. Sie schob das Bild in den adressierten Kuvert und klebte den Verschluss zu. Sie ging in das Büro vom Chef, nahm eine Briefmarke aus der Ablage und klebte diese verkehrt herum drauf. Sie hatte einmal gelesen, dass so verschlüsselt für alle erkennbar war, dass es sich um eine Liebesbotschaft handelte. Michaela wurde rot. Was hatte sie da gerade gemacht. Sie merkte, dass ihre Hände zu zittern begannen. War sie etwa geil auf die Frau? Hatte sie deshalb sich so rasiert und gefärbt? Egal, es war nun so, wie es war. Sie legte den Kuvert zu den weiteren Postsachen in der Ausgangspost. Der Gedanke, dass ihr Chef, nichts ahnend am Montag dem Briefträger den Kuvert mitgab, lies ihr ein Grinsen ins Gesicht zaubern. Die Musik nebenan wurde lauter. Da musste ja ein Stimmung sein, dachte sie sich. Sie schaute auf die Uhr. Es wurde Zeit. Sie ging zurück zum Schreibtisch, nahm das fertig gedruckte Bild aus dem Printer und schaute es erneut fasziniert an. Ihr wurde klar, weshalb Andreas zu ihr sagte, dass sie einfach unglaublich gut aussah. Sie faltete das Bild zusammen und steckte es in ihre Handtasche. Sie schrieb noch kurz eine

SMS an ihren Chef, dass alles klar gegangen sei und sie den Schlüssel an besagte Stelle zurücklegen würde. Sie ging zum Hintereingang, sperrte ab, legte den Schlüssel zurück auf den Fenstersims und beeilte sich nach vorne zur Bar zu kommen. Sie wollte nicht das Andreas über ihre Arbeit im Hotel Bescheid wissen würde. Sie spürte die Kälte an ihren Beinen und Füssen, während sie zur Bar lief und dann angekommen beim Eingang wartete. Sie begann zu frieren. Ohne Strapsstrümpfe war es eindeutig zu kalt. Sie stand beim Eingang der Bar schaute in die Bar. Drinnen war mächtig was los. Das hätte sie so gar nicht für diese Uhrzeit mehr erwartet. Ihr wurde richtig kalt. Lange würde sie hier nicht mehr so aushalten können. Auch der Gedanke, dass Sie hier so nackt unter dem Mantel dastand, während Gäste die zum Rauchen aus der Bar rausgekommen auch da waren konnte nun auch nicht mehr helfen. Das Handy läutete. Sie hob ab. Es war Andreas. Er entschuldigte sich, dass er noch sicher 10 bis 15 Minuten brauchen würde. Sie sagte ihm, dass er wisse, was sie unter dem Mantel an habe und das es ihr kalt war. Andreas lachte. „Ok" sagte er. "Geh in die Bar rein, bestell Dir was. Ich komme dann rein und hole dich ab". „Ok" erwiderte sie, „dass is ein Plan!". Sie verabschiedeten sich und Michaela legte auf.

Angebot und Nachfrage

Sie betrat die Bar. Die Hitze hier drin haute sie regelrecht um. Sie bahnte sich ihren Weg durch die Menge weiter rein in die Bar an den Tressen. Die Bar war gut und gerne 20 Meter lang, wovon der Tressen alleine gute 15 Meter ausmachte. Sie fand einen Platz direkt am Tressen hinter der Bierzapfsäule. Ein Barkeeper entdeckte sie und fragte was sie trinken wolle. Sie bestellte einen Aperol-Spritz. Stark. Der Mann nickte und mischte ihr das Getränk. Sie schaute sich um. Sie erkannte niemanden den sie kannte. Das war gut, dachte sie. Als der Mann zurückkam und sie ihn bezahlen wollte, winkte der Keeper ab. „Geht aufs Haus". Michaela dankte und nahm einen Schluck. Es war schon verrückt: Gerade noch hatte sie gefroren und jetzt begann sie unter dem Mantel zu schwitzen. Was sollte sie tun. Würde sie den Mantel zu lassen, so würde sie klitsch nass geschwitzt, später ins Taxi steigen müssen und sich vermutlich eine Erkältung holen. Das war nicht drin. Sie musste studieren und im Hotel arbeiten, um genug Geld zu haben. Sie schaute sich um. Niemand schien sie zu beachten. Zudem standen alle gedrängt hier herum. Also begann sie sich die Knöpfe vom Mantel nach und nach immer weiter aufzuknöpfen. Als alle Knöpfe offen waren drückten ihre Brüste nach Platz und der Mantel öffnete sich komplett weit auf. Sie schaute an sich runter. Nicht nur, dass man den Flakon zischen ihren Titten baumeln sehen konnte, sondern das rote Dreieck stach regelrecht aus dem Mantel raus. Sie drehte sich zur Bar hin. Doch das ging erst recht nicht, da hier die Jungs ständig hin und her liefen. Egal, ob sie hinter der Zapfanlage stand oder nicht. Sie drehte sich wieder um in Richtung der Tische. Sie schaute die Gäste an. Niemand schien sie zu beachten. Gleichzeitig wurde sie total erregt von dem Gedanken, was passieren würde, wenn ein Gast sich die Mühe machen würde, ihre körperlichen Kostbarkeiten, die der geöffnete Mantel preisgab, zu erkennen. Sie nahm einen weiteren

Schluck vom Getränk. Sie spürte den großen Plug im Arsch und ihr nasse Möse zwischen den Beinen. Sie war wie in Trance. Jetzt war sie noch geiler, wie vorher im Taxi. Sie drehte sich leicht zur Bar hin, bemerkte an ihrem Schienbein die hohe Schuhstange, die entlang der ganzen Bar verlief um so besser auf den Barhockern sitzen zu können. Sie hob einen ihrer Stöckelschuhe hoch und stellte diesen darauf. Sie spürte wie ihre Schamlippen leicht auseinander gingen und ihre Möse preisgab. Das war zu viel. Sie begann sich mit ihrer Hand die Klitoris zu streicheln. Den Schuh weiterhin auf der Stange lassend, drehte sie sich wieder zu den Tischen hin. Damit öffnete sie bewusst den Spalt des Mantels weiter auf und gab damit fast zwanzig Zentimeter nackte Haut inklusive ihrer neonrot gefärbten Scham um weitere zehn Zentimeter mehr Freiheit, während sie sich ihren Kitzler heftig rieb. Sie provozierte regelrecht die Situation. Jetzt war es sicher, dass in Kürze jemand sie dabei erwischen würde. Mösensaft kam stoßweise aus ihr rausgeflossen und lief die Beine runter. Michaela war überwältigt davon. Ihr war nicht klar gewesen, dass sie zu sowas fähig war und schon gar nicht, dass sie so nass werden konnte. Es war sicher zwanzig Mal stärker wie die Menge die sie seinerzeit bei ihrem zweiten Freund produziert hatte, wenn sie erregt war. Ach Männer, dachte sie. Sie rieb sich weiter dem Höhepunkt entgegen. Sie stöhnte ihre Lust immer wieder laut raus. Doch es war zu laut, als das jemand es nur ansatzweise ihre Lust hätte hören können. Dann sah sie Andreas in der Menge auf sich zukommen. Sie rieb sich weiter. Sollte er doch ruhig sehen, was los war. Andreas blieb stehen. Er schaute sie an, wie sie mit offenem Mantel, die großen Innenseiten Ihrer prallen Brüste leicht erkennbar preisgab und ihre Hand an ihrem Kitzler reibend, vor ihm stand. Ihre Blicke trafen sich, während er auf sie zukam. Sie stöhnte ihn an. Er konnte ihre Lust deutlich erkennen. Vor ihr stehend, öffnete er ihr den Mantel weiter auf. Sie spürte, wie ihre harten Brustwarzen vom Mantel freigelassen wurden.

Dann zog er sie zu sich heran. Sie spürte seine Hand an ihrem Arsch, während seine andere Hand ihre klatschnasse Möse rieb. Michaela erschrak. Sie ging einen Schritt zurück. Das war zu viel. Das wollte sie nicht. Vielleicht noch nicht, aber ganz sicher, nicht jetzt. Andreas schaute sie beruhigend an. Dann zog er sie erneut zu sich und knöpfte ihr den Mantel zu. Er nahm ihre Tasche vom Tresen und zog sie Händchen haltend aus der Bar. Als sie draußen angekommen waren, entschuldigte er sich für sein Verhalten bei ihr. Sie hätten keinen Preis dafür vereinbart und er hatte diese Linie überschritten. Michaela brachte kein Wort raus. Noch immer sie zärtlich an der Hand haltend, führe er sie zum Taxi. Sie konnte das Brummen des Motors hören. Er sagte ihr, dass er die Standheizung angemacht habe, da sie im am Telefon gesagt hatte, dass sie frieren würde. Am Taxi angekommen, drehte er Michaela zu sich und sie schauten sich tief in die Augen. Er begann, ihr die Knöpfe des Mantels, einen nach dem anderen zu öffnen. Michaela lies es geschehen. Andreas öffnete die hintere Türe des Taxis und Michaela kam die Hitze aus dem Inneren des Taxis deutlich entgegen. Während sie einstieg, hielt Andreas ihr den Mantel fest. Noch bevor sie reagieren konnte hatte, war sie eingestiegen und die Türe von aussen geschlossen worden. Sie saß komplett nackt, auf der, durch Sitzheizung heiss gewärmten, Rückbank. Im Dunkeln des Wagens sitzend konnte die keine drei Meter von ihr entfernten, vor der Bar rauchenden Gäste stehen sehen. Andreas öffnete die vordere Beifahrertür und legte den Mantel und ihre Tasche rein. Während dieser ganzen Zeit war die Innenraumbeleuchtung des Wagens an. Einige Gäste konnten Michaela nun komplett nackt sitzend auf der Hinterbank sehen. Einerseits erregte sie dies sehr doch andererseits war es ihr so direkt dann doch zu viel. Michaela beugte sich sofort nach vorne und nahm ihren Mantel und ihre Tasche, während sie Andreas um den Wagen herumlaufen sehen konnte. Sie bekam Panik. Was sollte sie tun? Er zog seine Jacke aus, stieg ein und drehte sich zu ihr um und sprach vertrauensvoll und beruhigend zu ihr: „Bitte hab keine Angst vor mir. Ich werde Dich in Ruhe lassen". Dann legte er seine Jacke auf den Beifahrersitz. Er startete den Motor und fuhr, an den Bargästen vorbei, los. Zwei Bargäste schauten dabei zu Michaela ins Taxi. Als das Taxi um die Ecke umgebogen war atmete sie auf. Sie legte den Mantel und ihre Tasche neben sich. Die Wärme der Luft und des Sitzes waren fast wie in einer Sauna. „Ist es so warm genug für Dich?" fragte er in den Rückspiegel schauend. Sie nickte und schaute aus dem Fenster. Einerseits war sie total erregt, was heute Nacht mit ihr alles passierte. Niemals hätte sie sich träumen lassen, von einem fremden Taxifahrer, nackt durch Berlin gefahren zu werden. Andererseits, fragte sie sich ob ihr Verhalten normal war. Sie schaute Andreas durch den Rückspiegel an. „Alles ok?" fragte er. Sie nickte erneut. Andreas fing an zu erzählen. Das er, das Taxi-Unternehmen seines Vaters geerbt hatte und das er die Nachtschichten alleine fuhr, damit seine Mitarbeiter bei ihren Familien sein konnten. Er selbst war unglücklich verheiratet gewesen. Und nach der Trennung, mit dem Job immer nachts unterwegs zu sein, hielt keine seiner Beziehungen lange. Abgesehen davon, war er noch keiner Frau wie Michaela begegnet die so offen ihre Sexualität ausleben würde. Er sei total fasziniert von ihr. Er wollte wissen, was sie machte und wie sie dazu gekommen war und ob sie viele Aufträge haben würde. Michaela fing an, ihm von ihrem zweiten Freund zu erzählen und was mit ihm passiert war. Sie erzählte weiter, dass sie erst vor Kurzem, ihre Lust sich zu zeigen, entdeckt hatte. Andreas war verblüfft. Er konnte nicht glauben, dass ein anderer Mann eine Frau wie Michaela so abstossend gefunden hatte. Sie war der Traum eines jeden Mannes schlecht hin. Zumindest für ihn war es so, sagte er. Michaela gestand Andreas, dass sie so was wie heute bei ihm im Taxi, noch nie vor einem Mann gemacht hatte und das sie auch bisher noch nie Geld dafür genommen hatte. Andreas lachte! „Dann bin ich also Dein erster Kunde?" Sie schauten sich im Rückspiegel an, während das Taxi im Verkehr dahin rollte. „Ja" lachte Michaela zurück. „Und es hat mir gefallen, Geld von Dir zu nehmen". Andreas verstand. „Es war also ein Kick für Dich Geld zu verlangen?". „Ja" sagte Michaela. Andreas sprach weiter über ihren zweiten Freund. Vielleicht müsse sie einfach loslassen und sich einen neuen Mann suchen. Oder vielleicht müsse sie, wenn Sie einen Mann ran lies, eine gewisse Distanz waren. Michaela erzählte ihm daraufhin, dass sie es mit OneNightStands versucht hatte, doch das die Anzahl mit zwei Möglichkeiten, sehr überschaubar geblieben war. Andreas kam nochmals zurück auf das Thema, dass sie Geld von ihm verlangt hatte. Er wollte wissen, ob dies nicht eine Möglichkeit wäre, dass sie ihren schönen Körper hin und wieder anbieten würde und so mehr sexuelle Erfahrung sammeln und andererseits ihre Portion benötigen Sex bekäme. Michaela war sich nicht sicher, ob sie verstand, was Andreas damit sagen wollte. „Ok" sagte er. „Du hast gesagt, dass es Dir gefallen hat Dich vor mir zu zeigen, als ich Dir einen Deal angeboten hatte". „Ja, sagte Michaela. „Das stimmt". „Ok" sagte Andreas. „Wie viel würdest Du den dafür haben wollen, wenn ich Dich nochmals nackt masturbierend durch Berlin fahren würde, aber dieses Mal mit Licht auf der Rückbank, so dass es jeder von draussen sehen kann? Und dann, wenn Du schon nicht mehr kannst, ich irgendwo anhalten würde und Dich dann ficken wollte?" fragte er. Michaela wurde rot. Damit hatte sich nicht gerechnet. Andererseits spürte sie, wie dieser Gedanke in ihr Wolllust und das Verlangen, sich wieder Andreas zu zeigen, im ganzen Körper breit machte. „350 Euro" sagte sie. Andreas schaute zu ihr durch den Rückspiegel. „Bist Du sicher? dieses Mal geht es um mehr. Dieses Mal wirst Du meinen Schwanz in Dir spüren". Michaela wurde richtig geil. „Oh ja, lass uns das tun" sagte sie. Das Taxi kam an einer roten Ampel zum Stehen. „Deal? 350 Euro?" fragte Andreas. Michaela schaute ihn durch den Spiegel an. Ihr wurde heiss und kalt. Würde sie es wirklich für Geld machen wollen? Der Gedanke, sich wie eine richtige Nutte an Andreas zu verkaufen, erregte sie wie verrückt. „Abgemacht!" sagte sie. „Ok. dann mach das Licht oben an der Decke vom Wagen an, wenn Du soweit bist". Michaela griff nach dem Schalter und machte das Licht an. Sie konnte die Erregung in den Augen von Andreas durch den Spiegel sehen. Sie schaute aus dem Taxi und sah die Menschen die in den Autos links und rechts neben ihnen, nichts ahnend, an der Ampel standen. Passanten liefen über den markierten Zebrastreifen vor den Autos. Dann rutschte sie auf der Rückbank in die Mitte des Taxis direkt unter die Lampe. Sie öffnete ihre Beine auseinander und stellte je ein Bein hinter die Rücksitze und schob ihren Arsch in Richtung Mittelarmlehne zum Rand der Sitzbank. „Schau bitte, was in meinem Arsch steckt" sagte sie zu Andreas, während sie anfing sich den Plug rein und raus zu schieben. Andreas war fasziniert und grinste sie an. Die Ampel schaltete auf grün und er fuhr los. Mit ihrer freien Hand begann sie sich zusätzlich nun die Klitoris, wie vorher, in der Bar zu reiben. Immer wieder stöhnte sie, laut auf vor Lust. „Gut so, meine Kleine" sagte Andreas. „Machs Dir richtig feste hier in meinem Taxi". Michaela gefielen die Worte, wie Andreas mit Ihr sprach. Sie wurde immer erregter. „Ich werde gleich kommen" sagte sie. „Dann komm, laut und fest, schrei Deine Lust raus. Ich will Dich hören für mein Geld". Das Taxi hielt erneut an einer roten Ampel. Michaela konnte die Frau am Steuer des Wagens nebenan erkennen und sehen, wie die Frau zu ihr rüber schaute. Es war für die Frau sofort klar was sie da machte. Das war zu viel für Michaela. Andreas, der mit ihr wie mit einer Nutte sprach und gleichzeitig eine weitere, fremde Frau dabei zusah, gab ihr den letzten Kick. Mit jedem Stoß des Plugs in ihren Arsch rein schrie sie ihre Lust heraus, während sie heftig kommend, erneut auf die Armlehne ihren Saft rausspritzte. Es wollte gar nicht aufhören zu spritzen. „Weiter so." befahl ihr Andreas mit harten Worten. „Ja" stöhnte Michaela. „Ich mache alles was Du willst". Sie stieß sich den Plug weiter rein und raus und hörte nicht auf ihre Klitoris vor Andreas zu reiben.

Das Taxi fuhr los. Andreas fuhr bewusst so, dass die Frau im Auto neben ihr weiterhin zusehen konnte. Als sie an der nächsten Ampel zum stehen kamen, fuhr die Frau näher mit ihrem Auto an das Taxi ran. Die Frau konnte nun, aufgrund des Winkels, in das Taxi komplett einsehen und zusehen wie Michaela es sich besorgte. Fasziniert schaute sie Michaela zu, wie sie ihre großen Brüste, von ihren Armen fest aus ihrem Körper rausdrückten, um sich so besser den Plug im Arsch hin und her zu schieben und gleichzeitig vor Andreas zu masturbieren. Michaela schaute der Frau in die Augen und dann wieder zu Andreas. „Komm schon spritz wieder ab, damit die Frau es auch sehen kann" befahl Andreas. Lustwellen durchzuckten Michaela immer schneller. Sie konnte sehen, dass die Ampel auf grün geschaltet hatte, aber weder Michael noch die Frau losfuhren, sondern ihr genau zusahen, was sie tat. Andreas öffnete das hintere Fenster, um Michaela zu provozieren. Die Frau im anderen Auto sah dies und lies nun auch ihr Fenster ganz runter. „Zeig mir wie Du kommst" sagte die Frau zu Michaela. Das war zu viel. Michaela schrie wie blöd ihre Lust raus, während eine neue Orgasmuswelle zuckend ihren ganzen Körper durchlief. Ihr Mösensaft spritzte noch stärker und weiter, bis auf das Armaturenbrett des Taxis, nach vorne. Andreas schaute Michaela in die Augen. Sie schaute ihn total verzückt an. Was machte er nur mit ihr? Kurz bevor die Ampel wieder auf rot schaltete, hörte sie wie der Motor des Taxis aufheulte und mit einem Satz nach vorne sprang. Andreas fuhr los. Die Frau wollte ihnen folgen, doch die Ampel war auf rot gegangen. Er lies das hintere Fenster wieder hochfahren und schaltete das Licht auf der Rückbank von vorne aus. „Keine Sorge" sagte er. „Die Frau ist uns nicht gefolgt". Michaela blieb erschöpft in ihrer Position liegen. Heiße Luft strömte aus dem Auslass der Mittelarmlehne auf ihre Möse und ihren Körper hinauf zu ihren Brüsten. „Ok, nun bin ich gleich dran" sagte Michael. „Ja" stöhnte Michaela von hinten. „So haben wir es ausgemacht!". Nach einer Weile hielt das Taxi an. Michaela war die ganze Zeit mit geschlossenen Augen dagelegen und hat sich ihrem Gefühl, der noch immer anhaltenden Erektion, ganz hingegeben. Die Frau am Hotelfenster, Lisa, hatte mit ihrem Exhibitionismus am Fenster und dem geschenkten Anal-Plug ihre Blockade im Kopf aufgelöst. Sie fühlte sich unendlich frei und stark. Sie war noch viel mehr eins mit ihrem Körper geworden. Sie schaute sich um. Das Taxi hatte in irgendeiner Nebenstrasse, die nicht so beleuchtet war, angehalten. Andreas schob den Beifahrersitz nach vorne, so dass es mehr Platz auf der Rückbank gab. Dann stieg er aus und lief um das Auto herum. Er öffnete die hintere Türe, stieg ein und nahm Platz neben ihr. Sie schaute ihm zu, während er sich sein Hemd aufknöpfte und auszog. Sie setze sich auf und begann seine Hose, die vorne deutlich bereits gewölbt war, zu öffnen. Sein harter Schwanz sprang raus. Sie erkannte, dass er keine Unterwäsche trug. Sie spürte, wieder wie sie heiss wurde. „Hast Du nie Unterwäsche an?" fragte sie. „Nein". „Ich mag es wenn mein Schwanz in der Hose frei hin und her baumeln kann". „Ausserdem kannst Du ihn, wenn nötig, dann schneller mal rausholen" lachte er. Michaela beugte sich zu seinem besten Stück vor und begann mit ihrer Mund seine Eichel zu lecken und zu saugen. Andreas stöhnte auf. „Ja, so ist es gut, so mag ich das". Michaela leckte seinen Schaft entlang, immer weiter, nach unten in Richtung seiner Eier. Sie saugte eines der Eier in ihren Mund. Erneut stöhnte Andreas auf. „Ja besorge es mir richtig für mein Geld". Michaela spürte wie ihr schon wieder neuer Saft aus der Möse lief. Ja sie würde es gleich für Geld mit Andreas treiben. Sie hob ihren Kopf und schaute Andreas an, während sie ihm die Hose bis zu seinen Schuhen runterzog. Sie forderte Andreas auf mehr in ihre Richtung zu rutschen, damit sie seinen Schwanz in ihre nasse Grotte stecken könne. Er gehorchte. Michaela kniete sich vor Andreas hin und begann erneut seinen Schwanz in ihren Mund zu lassen. Mit ihrer Hand masturbierte sie den Schwanz gleichzeitig.

Sie spürte wie Andreas Schwanz dicker wurde. Er würde bald soweit sein. Sie kam zu ihm nach oben und hielt ihm ihre Brustwarzen abwechselnd an den Mund damit er sie lecken konnte. Andreas fing an ihre massiven Titten zu kneten, während er die Brustwarzen abwechselnd leckte. Michaela kniete sich, ihre Beine weit rechts und links auseinander über Andreas. Gleichzeitig umfasste sie mit ihrer Hand seinen harten Prügel und schob sich diesen in ihre nasse Liebesgrotte hinein. Andreas stöhnte laut auf. Michaela fühlte den Plug in ihrem Arsch und den Schwanz von Andreas tief in ihr drin. Gott war das erregend, dachte sie. Sie drückte ihre Beine rhythmisch nach oben, um sich dann wieder auf den Schwanz von Andreas runter gleiten zu lassen. Sie spürte den Plug, wie einen zweiten Schwanz von einem anderen Mann, in sich. Andreas saugte noch immer an ihren Brustwarzen und knetete weiterhin fest ihre großen Brüste. Sie stöhnte immer wieder laut auf. Sie hörte Andreas sagen: „Ja lass Deinen Saft rauslaufen auf meinen harten Schwanz." „So ist es gut". „Lass Deiner Lust freien Lauf". Michaela fing an Andreas immer schneller zu reiten. Sie spürte seinen Prügel immer härter werden. Als er laut zu stöhnen begann und sie spürte, wie sein Schwanz zu zucken begann, um Sperma in sie zu spritzen kam es ihr auch. Sie schrie ihre Lust erneut laut und deutlich heraus. „Oh ist das geil". „Ja pump Deinen Saft in mich rein!" wies sie Andreas an. Er stöhnte noch heftiger, als sie in immer weiter ritt. „Bitte versuch Deinen Schwanz hart zu halten" ich komme nochmal, stöhnte sie. Mösensaft spritze aus ihr raus. Sie wusste gar nicht, woher das alles kommen konnte. Sie spürte regelrecht eine Wasserpfütze unter sich. Es klatsche und schmatze. „Ja" sagte Andreas. „Zeig mir Deine ganze Lust". Erschöpft lies Michaela sich auf Andreas mit ihrem ganzen Körper nieder. Laut schnaufend lag ihr Kopf auf seiner Schulter. Andreas streichelte sie zärtlich am ganzen Körper. Michaela genoss es so dazuliegen. Zum ersten Mal fühlte sie sich einhundertprozentig wohl mit einem Mann Sex gehabt zu haben. Zum ersten Mal war es so, dass sie wusste, dass ihre Lust, ihr Körper aber auch ihre extreme Neigung, nass zu werden und beim Orgasmus abzuspritzen, nicht auf Abneigung stieß. Sie drückte sich langsam mit ihren Armen hoch und schaute Andreas glücklich an. Dann stieg sie von seinem abschlaffenden Schwanz runter und begann diesen genüsslich und in Ruhe sauber zu lecken. Andreas schaute ihr dabei zu. Als sie spürte, dass sein Samen aus ihr rauslief, hielt sie sich ihre Hand an ihre Möse, damit nichts auf den Boden tropfte. Andreas suchte nach einem Taschentuch. „Nichts da" sagte sie. „Das ist all inclusive hier". „Wenn Du später nach Hause fährst, will ich sicher sein, dass Du weisst, dass ich Deine Sperma in meinem Bauch habe und Du beruhigt, mit einem sauberen Schwanz, schlafen gehen kannst." Andreas schaute sie mit offenem Mund an, während er sie beobachtete, wie sie sich sein Sperma von der Hand mit ihrer Zunge ableckte und schluckte. Dann machte sie sich wieder über seinen Schwanz und seine Eier her. Als sie fertig war, hatte Andreas schon wieder eine leichte Erektion. „So mein Süsser" sagte Michaela. „Das ist gut so. Dann kannst Du auf der Heimfahrt wieder an mich denken und wie ich es dir besorgt habe." Sie half ihm die Hose hochzuziehen. Sie stellten beide fest, dass die Rückbank komplett nass von Michaels Honigsaft geworden war. Genauso, wie der ganze Hintern von Andreas. „Es hilft alles nichts" sagte Michaela. „Wir werden Dein Hemd brauchen, um die Sauerei aufzuwischen". Andreas willigte ein. Sie nahm sein Hemd, trocknete ihn ab und half im in die Hose. Dann wischte sie das Leder der Rückbank trocken. Andreas nahm ihr das Hemd aus der Hand und zog sie zu sich her. Im Arm haltend, streichelte er sie noch ein paar Minuten sanft über ihren Körper. Er berührte ihre Brüste und streichelte ihren Bauch und ihre Po-Backen. „So. Jetzt ist es genug. Sonst kostet es mehr!" lachte Michaela. Andreas erwiderte ihr Lachen. Er griff nach vorne auf den Beifahrersitz und zog seine Jacke zu sich her. Michaela half im in die Jacke rein.

Andreas nahm seinen Geldbeutel und holte 350 Euro raus und gab sie Michaela. Dann stieg er aus, um wieder zum Fahrersitz zu gehen. Als er wieder eingestiegen war, schob er den Vordersitz wieder in die alte Position und startete den Wagen. Michaela saß, noch immer nackt mit dem Geld in der Hand da. Sie war sich nicht sicher, ob sie das Geld nehmen sollte. Andreas konnte ihre Unsicherheit über den Rückspiegel sehen. „Nimm das Geld" sagte er. „Du hast es Dir wirklich verdient". „Ich hoffe, Du wirst noch viele Male so was mit mir machen". „Und vielleicht, wenn es Dir gefällt, auch andere Männer für schönes Geld bedienen wollen". „Jetzt stecke es schon ein" befahl er ihr. Michaela öffnete ihr Handtasche und steckte das Geld ein. Er hatte recht. Es hatte ihr gefallen. Sie würde nachdenken müssen, ob das was für sie sein könnte. Sicherlich wäre es leicht verdientes Geld und sie könnte dabei mehr und den Sex haben, der ihr bisher versagt geblieben war. Andreas setzte den Wagen zurück und fuhr los. Michaela zog sich ihren Mantel an, setze sich erneute in die Mitte des Wagens und hielt den Mantel offen und ihre Beine so weit wie möglich auseinander, damit Andreas so oft wie er wollte, sie weiterhin im Licht der Nacht, durch die Stadt fahrend, ansehen konnte. Als sie vor dem Haus, wo sie wohnte angekommen waren, bat sie um eine Quittung. Andreas stellte ihr diese anstandslos aus. Sie bezahlte zuerst die noch offene Rechnung der ersten Fahrt und dann, mit deutlichem Trinkgeld, die nun zweite erfolgte Fahrt. Michael bedankte sich bei ihr. Michaela reichte ihm als Quittung ihrerseits den Ausdruck des Photos vom Fenster. „Zur Erinnerung an heute Abend" sagte sie. Andreas traute seinen Augen nicht. „Was für einen schönen Körper Du hast, einfach unglaublich. Aber das habe ich Dir ja heute schon einmal gesagt" grinste er sie durch den Rückspiegel an. Als Michaela aussteigen wollte, bat er sie noch um einen Gefallen. Sie sollte hier und jetzt seine Nummer im Telefon einspeichern. Er würde das gleiche tun. So konnten sie sicher sein, dass sie sich immer erreichen konnten. Michaela fand, dass es eine gute Idee war. Als sie fertig war, knöpfte sich sich den Mantel zu. Bevor sie die Türe öffnete sagte sie: „Wenn Du mich wieder buchen willst, melde Dich jederzeit". Dann stieg sie aus dem Taxi aus und lief, ohne sich noch einmal umzudrehen, zur Haustüre. Sie entschied sich bewusst, das Licht im Treppenhaus auszulassen. Als die Türe hinter ihr zugefallen war schaute sie zurück zum Taxi. Sie konnte sehen, dass Andreas gewartet hatte, bis sie im Haus drin war. Er setze seinen Blinker und fuhr los. Schweigend lief sie in ihren Stöckelschuhen nach oben in ihre Wohnung. Sie spürte deutlich, bei jedem Schritt den Plug im Arsch. Das war ein Gefühl, dass sie in Zukunft sehr oft haben wollte und zwar sooft wie möglich. Sie schloss die Wohnungstür auf, lief ohne Licht zu machen ins Bad und lies sich heisses Badewasser ein. Sie wartete sitzend am Rand der Wanne, bis diese mit Wasser voll gelaufen war. Sie schüttete eine viel zu große Menge an Bademilch dazu. Dann zog sie sich ihre Stöckelschuhe aus, öffnete Knopf für Knopf des Mantels und stieg in das heisse Wasser hinein. Sie streichelte sich am ganzen Körper. Sie lies den ganzen Abend Revue passieren. 500 Euro hatte sich sich von Andreas für ihre Dienste verdient. So viel, wie sie sonst in einem Monat im Hotel nebenbei machte. Ja, vielleicht sollte sie wirklich, wie Andreas vorgeschlagen hatte, darüber nachdenken. Aber sie wollte keine gewöhnliche Frau sein, die man im Internet fand oder die auf der Strasse nach Männern in der Kälte stand. Sie wollte nicht irgendeine von vielen sein. Sie konnte sich gut vorstellen, so wie heute geschehen, buchen zu lassen. Doch, ausser Andreas, kannte sie niemanden. Sie würde gut in den nächsten Wochen darüber nach denken müssen. Sie wusch sie sich ihre Möse mit dem Badewasser sauber. Sie steckte sich zwei Finger in ihr Loch und rieb es sauber. Dann drehte sie sich leicht zur Seite und wusch zwischen der Öffnung ihres Anus und dem äußeren Halter des Plugs, auf dem die Steine montiert waren, sich den Zwischenraum sauber. Sie würde den Analplug nicht mehr rausnehmen oder missen wollen. Als Sie fertig war, lies sie das Wasser aus der Wanne raus, stieg aus und trocknete sich ab. Erschöpft ging sie zu ihrem Bett. Gut das sie morgen nichts zu tun hatte und ausschlafen konnte.

Pelz auf nackter Haut

Michaela wachte gut gelaunt gegen elf Uhr am nächsten Morgen auf. Was für ein irres Erlebnis das gestern gewesen war. Sie schaute auf Ihr Handy. Eine Nachricht von Andreas. Er würde sich nochmals für ihre Dienste letzte Nacht bedanken. Es wäre unbeschreiblich schön gewesen. Genauso, wie er für sie der Erste gewesen war, so war sie die erste Frau nach seiner Trennung. Sie solle sich keine Sorgen machen, weil sie keinen Kondom benutzt hatten. Er wäre gesund. Ja, und er würde sich bald wieder melden, um sie zu buchen. Michaela war sprachlos. Der Gedanke, dass er sie erneut für Sex bezahlen wollte machte sie sofort wieder geil. Sie stand auf und ging ins Bad. Der Plug im Arsch fühlte sich gut an. Sie würde diesen definitiv ab sofort dauerhaft und so oft es ging, tragen. Ebenso wie die goldene Kette mit dem Parfüm-Flakon. Diese war beim Ritt dem Schwanz von Andreas vor seinen Augen zwischen ihren drallen Bällen hin und her geflogen. Das hatte nicht nur Andreas sondern auch sie selbst total erregt. Sie hob den Klodeckel hoch, setzte sich und lies ihr Pipi laufen. Als sie fertig war, entschied sie, erneut zu baden. Sie wollte weiter über die von Andreas vorgebrachte Idee, sich vielleicht an andere Männer zu verkaufen, nachdenken. Nachdem das Badewasser eingelassen war und sie schon eine Weile in der Wanne gelegen hatte, nahm sie ihren Rasierer und fing an sich die Beine und Achseln zu rasieren. Dann war ihre Möse dran. Sie betrachtete ihr rotes Dreieck. Dieses würde ihr Markenzeichen werden. Ausser an ihren Haaren auf dem Kopf, Ihre schönen Augenbrauen und Wimpern, wollte sie nur hier unten, dieses neonrote Dreieck am Körper als Behaarung tragen. Sie fing an sich die Arme, Pobaken und auch ihre Brüste inkl. Brustwarzen von ihren feinen blonden Härchen zu rasieren. Mit ihrer Hand fühlte sie immer wieder ihren ganzen Körper ab, um zu sehen, ob sie noch irgendwo feine Härchen entdeckte. Sie wusch sich im Badewasser am ganzen Körper, lies das Wasser aus der

Wanne laufen und duschte sich dabei ab. Dann trocknete sie sich ab, zog ihren Bademantel an und lief zurück ins Schlafzimmer. Gestern hatte sie in der Eile, als Andreas mit dem Taxi gekommen war, ganz vergessen, dass sie sich noch neonroten Nagellack und einen passenden Lippenstift in der Drogerie gekauft hatte. Sie fing an, sich ihre Fingernägel zu lackieren. Sie öffnete ihren Bademantel und hielt den bereits bemalten Daumennagel neben ihr Dreieck. Ja, es passt farblich perfekt zusammen. Nach und nach lackierte sie sich jeden Finger. Sie stand auf und stellte sich mit dem geöffneten Bademantel, der einen Teil ihrer Brüste und das rote Dreieck zwischen ihren Beinen preisgab, vor ihren Schrankspiegel. Sie hielt ihre Hände an ihre Oberschenkel. Das sah wirklich erotisch aus. Sie fächerte ihre Hände hin und her, damit der Lack von der Luft, schneller antrocknen konnte. Nach ein paar Minuten setzte sie an die Bettkante und begann, ihre Fußnägel mit dem Lack zu bemalen. Sie klemmte sich die aus Schaumstoff gefertigten Abstandhalter, wie man sie in jeder Drogerie bekam, zwischen ihre Fußzehen und begann dann die Nägel zu bemalen. Als sie fertig war, betrachtete sie ihre Fußnägel durch den Schrankspiegel. Sie öffnete ihre Beine leicht und legte ihre Handflächen auf ihre Knie. Es sah wirklich gut aus. Der Bademantel wirkte wie der Mantel von gestern Abend. Aber sie war dennoch nicht zufrieden. Während sie warten musste, dass die Farbe trocknete, überlegte sie weiter. Sie nahm den roten Lippenstift und begann vorsichtig damit zu experimentieren. Bisher hatte sie nie so etwas auf ihren Lippen getragen. Sie fühlte sich zu jung dafür. Sie schaute sich durch den Spiegel an. Zu schwach aufgetragen, sah es nicht gut aus. Sie trug den Lippenstift etwas fester auf. Besser, aber noch nicht gut genug. Sie ging aufs Ganze. So wie sie es auch immer in den Werbungen im Fernsehen sah. Eben so wie man es tragen würde. Wow dachte sie. Was für ein Anblick. Sie staunte nicht schlecht, als sie sich so nackt im Schrankspiegel an der Bettkante sitzend, mit geöffneten

Beinen, den roten Elementen an ihren Händen, Füssen, Mund und dem Dreieck zwischen ihren Beinen ansah. Ja so gefiel es ihr. Und sie bemerkte noch etwas. Mit dem Lippenstift wirkte sie etwas älter. Sie wurde geil. Sie betrachtete sich weiter. Die großen wohlgeformten Brüste mit dem Flakon an der langen Kette dazwischen, das gab ihrem erotischen Körper die Krönung. Ja, so sah sie perfekt aus. So gefiel sie sich. So würde sie ab jetzt immer aussehen wollen, wenn sie nackt war. Als sie das Gefühl hatte, dass der Nagellack gänzlich getrocknet war, entfernte sie die Schaumstoffhalter von ihren Füssen. Sie stand auf und ging in die Küche, um sich einen Kaffee und was zu essen zu machen. Sie ging mit ihrem Teller und dem Kaffee in der Hand ins Wohnzimmer und schaltete ihren Computer an. Sie wollte sich Ideen holen, was sie anziehen konnte. Sie suchte nach Schlagwörtern wie Exhibitionismus, frivolem Ausgehen, durchsichtige Kleidung. So schaute sie sicher, während sie frühstückte, über eine Stunde lang Bilder an. Am meisten gefielen ihr Bilder mit Anziehsachen, die nicht plump und offensichtlich waren. Sie hatte einen Hosenrock entdeckt, der, leicht von der Mitte nach links versetzt einen zwanzig Zentimeter langen Schlitz am unteren Ende hatte. So einen Rock hatte sie doch auch, dachte sie. Wo war der nur? Sie stand auf, trug ihr Geschirr in die Küche zurück und steckte es in die Spülmaschine. Ihr fiel ein, dass ihre Strapse und die Handschuhe noch immer in ihrer Manteltasche waren. Sie holte die Sachen raus, nahm etwas Waschmittel und wusch die Sachen im Waschbecken vorsichtig aus. Dann legte sie alles zum Trocknen auf den warmen Heizkörper im Bad. Sie ging ins Schlafzimmer und suchte im Schrank nach dem Rock. Er war schwarz und hatte genauso den Schlitz, wie der Rock auf dem Bild im Internet. Sie öffnete ihren Bademantel und zog sich den Rock an. Er war schön. Jedoch war nichts Erotisches daran. Wenn der Schlitz länger wäre, dann vielleicht. Sie zog den Rock wieder aus. Sie erkannte, dass der Rock am Schlitz nicht nur eingeschnitten, sondern das hier das Stoffende mit dem Stoffanfang zum Rock vernäht worden war. Man konnte den Stoff ohne Probleme, an dieser Stelle, bis ganz nach oben zum Rockband, dass um den Bauch verlief, wieder öffnen. Sie ging ins Bad, holte sich eine ihre kleine Nagelschere und setze sich mit dem Rock auf ihr Bett. Vorsichtig begann sie die Naht von der Rockinnenseite aufzutrennen. Zu ihrer Verblüffung, war der Stoff an dieser Stelle bereits an beiden Seiten abgenäht. Vermutlich wollte man so vermeiden, dass der Stoff ausfransen würde. Perfekt dachte Michaela. Sie würde die Naht bis ganz nach oben öffnen. Sie wollte wissen, wie dies dann aussehen würde, wenn sie den Rock trug. Als sie fertig war, hob sie den Rock vor sich hoch. Das war definitiv heftig. Sie stand auf, zog sich den Bademantel aus und den Rock an. Sie lief vor dem Spiegel auf und ab. Von der Seite aus betrachtet war nichts auffälliges zu erkennen. Doch wenn sie sich von vorne im Spiegel betrachtete, gab der Rock am Saum unten einen circa 15 cm breiten Spalt, der zu einem Dreieck nach oben zum Bauch zusammen verlief, frei. Wenn sie auf den Spiegel zuging, öffnete sich der Spalt bei jedem Schritt noch weiter und gab ihren ganzen linken Oberschenkel bis hinauf zum Rockende am Rockband, dass um ihren Bauch ging, preis. Michaela setze sich an die Bettkante. Der Rock fiel links am Schenkel weg und spätestens jetzt würde man, vorausgesetzt sie würde Strapse tragen dies eindeutig erkennen. Sie drehte sich zur Seite. Ja man würde so auch, wenn sie ihre Beine weiter nach aussen öffnete, einen vollen Einblick auf ihr rotes Dreieck bekommen. Michaela begann am ganzen Körper vor Lust zu zittern. Sie ging zurück zum Schrank. Sie hatte seinerzeit den Rock zusammen mit dem dazu passenden Blazer gekauft. So wollte sie damals für Berlin gewappnet sein, wenn sie auf einen festlichen Anlass gehen müsste. Sie zog den Blazer an und betrachtete sich vor dem Spiegel. Offen getragen, verdeckte der Blazer lediglich ihre schönen Brustwarzen. Es war ohne Zweifel super erotisch. Jedoch würde so so nirgends herumlaufen können. Sie knöpfte den Blazer vorne zu und drehte sich vor dem Spiegel hin und her. Ja, das würde gehen. So wäre es nicht so auffällig und man konnte trotzdem, die weiche Haut ihrer großen Rundungen, die den Blazer oben herum voll ausfüllten, deutlich erkennen. Das war ein Outfit, dachte sie. Mit den passenden Strapsen und einem passenden Oberteil unter dem Blazer würde sie einmal ausgehen und sich ihrem Drang in der Öffentlichkeit nackt zu zeigen, folgen. Doch egal, wie sehr sie nun im Schrank nach passenden Sachen suchte, sie fand einfach nichts. So zog sich alles aus und hängte den Rock zusammen mit dem Blazer zurück in den Schrank. Während sie zurück zum Computer ging zog sie sich den Bademantel wieder an. Was für ein schöner erotischer Sonntag, dachte sie. Als sie wieder vor dem Computer saß, wischte sie sich mit dem Bademantel, ihre nasse Liebesgrotte trocken. So war es besser, auch wenn sie wusste, dass es nun immer weiter laufen würde, bis sie sich später dann selbst befriedigen würde. Bei ihr war es schon immer so gewesen, dass sobald sie einmal in Fahrt war, es nicht mehr aufhörte. Nur mit dem Unterschied, dass seit sie vor einigen Monaten in der Eisdiele ihr erstes Erlebnis in der Öffentlichkeit gehabt hatte, nun immer deutlich mehr Flüssigkeit sich den Weg aus ihrem kleinen Honigtopf suchte. Gestern hatte sie einen neuen Höhepunkt, was dies betraf, erlebt. So viel, wie sie bei Andreas abgespritzt hatte, das war neuer Rekord. Sein Hemd war klitschnass vom Aufwischen des Ledersitzes geworden. Es war sicher, dass er das Hemd, als er es aus dem Auto genommen hat, tropfend in der Hand gehalten hatte. Der Gedanke, machte sie geil. Ja, sollte er doch noch möglichst lange an sie gedacht haben. Seine SMS heute morgen hatte sie gefreut. Doch sie würde ihm nicht antworten. Auch wenn er ihr gefiel. Sollte er sich doch melden und sie wieder buchen. So konnte sie mit ihm zusammen sein und sich dann auch noch für Geld von ihm ficken lassen. Ja, dass war es, was sie wollte. Definitiv. Nur keine Beziehung eingehen. Jetzt, wo sie das Geld hatte, würde sie sich heisse Unterwäsche für ihr Outfit mit dem Rock und Blazer kaufen können. Sie fing an nach Dessous im Internet zu suchen. Sie fand eine Seite, die sie ansprach und die speziell für ihre Vorstellungen und das was sie nun vorhatte, sehr erotische Sachen anbot. Sie entdeckte ein wunderschönes Straps-Set mit schwarzen Strapsstrümpfen, die oben an den Enden der Strümpfe bei den Oberschenkeln in dunkelroter, circa fünfzehn Zentimeter breiter Spitze mit schönen Stickereien ausgeführt war. Dazu gab es in gleichem dunkelrot die passenden Strapshalter. Auf den Strapsbändern, sowie auch in der ebenfalls mit Blumen bestickten Spitze des Bauchbands, waren kleine weisse glitzernde Strassteine eingenäht worden. Das sah richtig edel aus. Sie schaute auf den Preis. Für achtzig Euro konnte man das dann auch erwarten. Sie schaute in den Bewertungen nach, was andere Kundinnen bezüglich der Qualität und Größe geschrieben hatten. Ja es war wirklich gute Qualität und anhand der Meinungen über die richtige Größe, wähle sie sich dann, die passende für sich aus. Sie scrollte die Seite weiter rauf und runter um nach passenden Oberteilen, die dazu empfohlen wurden zu suchen. Aber es war nichts dabei, dass zu ihrer Idee ihren Busen unter dem Blazer zu zeigen, passte. Sie schaute sich weiter um. Auf der Seite für Bodys entdeckte sie etwas interessantes. Ebenfalls in dunklem rot und feiner Spitze war ein Body der mit einem 5 cm breiten, geschlossenem Stehkragen am Hals ausgeführt war. Der Body war ähnlich einem langarmigen T-Shirt geschnitten und hatte dort, wo die Brüste waren, Löcher, so dass die Brüste im Freien vor dem Body baumeln konnten. Damit es nicht zu plump aussah waren die Ränder der Busenöffnungen, mit circa zwei Zentimeter breiter lockerer Spitze in schwarzem Stoff, der ähnlich einer Rüsche wegstand, abgenäht. Michaela wurde total erregt. Das war es, was sie brauchte. Sie schaute in die Rezessionen. Eine Frau schrieb, dass sie ihn wie ein T-Shirt unter ihrer weit geöffneten Bluse tragen würde und sie so ihren Mann, wenn sie ausgingen, richtig scharf machen konnte. Ja, das war es definitiv. Michaela wurde total nass zwischen den Beinen. Sie suchte anhand der Bewertungen die passende Größe für sich raus. Mit zitternden Händen klickte sie auf den Warenkorb. Dann füllte sie, Schritt für Schritt, ihre Daten in die Bestellung und tätigte den Kauf mit Ihrer Kreditkarte. Ihre Hände zitterten noch immer vor Erregung. Sie prüfte nochmals alle Daten und bestellte dann. Mösensaft lief ich mittlerweile richtig stark aus dem Schritt heraus. Sie öffnete ihre Beine und fing an sich ihre Klitoris zu streicheln, während sie mit ihrer anderen Hand anfing, sich einen Finger nach dem anderen, in ihre nasse Öffnung zwischen ihren Beinen zu schieben. Sie schaute auf den Monitor und die Bestellung mit den Sachen, die sie gerade bestellt hatte. Sie stellte sich vor, wie sie mit offenem Rockschlitz, den Blick auf ihren Oberschenkel und die Strapse, letztlich durch weiteres Öffnen dann ihre Möse jemandem preisgeben würde. Sie stöhnte laut auf. Sie rutschte am Stuhl weiter nach vorne, damit ihre Möse komplett in der Luft war und ihre Arschbacken den Plug mit der Stuhlkante fest in ihr hinters Loch drückten. Sie rieb sich immer stärker. Sie würde gleich kommen. Sie atmete schneller und zwang sich immer lauter zu stöhnen. Sie wollte, wie gestern im Auto, als Andreas ihr befohlen hatte laut zu kommen, den Orgasmus wieder rausbrüllen. Sie war so weit. Es war klar, dass das halbe Haus nun mitbekommen würde, dass sie kam, aber das war ihr nun auch egal. Schreiend vor Lust kam sie und sah wie sie total stark abspritzte. Immer wieder, wie ein langer Wasserstrahl kam der Mösensaft nach vorne im hohen Bogen rausgeflogen und landete klatschend und wegspritzend auf dem Boden vor ihr. Sie rieb weiter. Sie spürte, dass sie erneut kommen würde. Immer noch vor Lust lauthals stöhnend, spitze sie weiter Saft raus. Oh war das heiss. Sie sank im Stuhl zusammen. Sie wischte sich mit ihrer Hand die Möse und leckte sich den Saft von ihrer Hand ab. Sie griff wieder nach unten um mehr Saft zu holen. Sie verteile sich ihren Honig überall auf ihrem

Körper. Sie cremte sich regelrecht damit am ganzen Körper ein. Ihre Beine zitterten. Sie würde noch ein paar Minuten so sitzen bleiben müssen. Eine Email kündigte sich in Ihrem Postfach an. Es war die Bestellbestätigung. Sie schmunzelte vor sich hin. Das hatte sie gut gemacht. Ihre ersten 150 Euro die sie, von ihrem gestern mit Sex verdienten Geld, in neue Unterwäsche für weitere Abenteuer investiert hatte. Nach und nach beruhigte sie sich, während sie ihren Saft, wie Creme in ihre Haut einziehen und auf ihrer Haut trocknen lies. Sie würde sicher heute nicht duschen. Sie wollte ihren Sex so auf Ihrer Haut verteilt für sich behalten. Sie stand auf und band sich den Bademantel zu. Sie würde die ganze Sauerei vom Boden aufwischen und sich dann einen gemütlichen Fernsehnachmittag auf dem Sofa gönnen. Nachdem sie alles erledigt hatte kuschelte sie sich in ihrem Bademantel und einer Decke, mit Süßigkeiten und einer Flasche Wasser sowie ihrem Handy in Griffnähe auf dem Sofa ein. Draussen war Herbstwetter und sie würde definitiv heute nicht aus der Wohnung gehen. Während sie so da lag, einen Film ansehend, läutete ihr Telefon. Sie schaute auf das Display. Es war ihr Chef. Sie stellte den Ton vom TV stumm und hob ab. Ihr Chef wollte sich nochmals für ihren nächtlichen Einsatz bedanken. Er wollte wissen, ob sie mit dem Taxi gefahren war. Sie sagte ja und lächelte ins Telefon. Er bat sie die Rechnungen ihm zu geben. Er würde ihr mit dem nächsten Gehalt diese dann mit auszahlen. Auch würde er ihr den Nachtzuschlag von weiteren drei Euro pro Stunde für Ihre ganze Zeit bezahlen. Michaela bedankte sich nochmals. Ihr Chef sprach weiter. Er würde zusehen, dass er so schnell wie möglich einen Ersatz finden würde. Aber er wollte fragen, ob es vielleicht möglich wäre, dass sie ihm bis dahin unter der Woche regelmäßig drei bis vier Tage aushelfen könnte. Die anderen Tage würde er selbst erledigen. Michaela überlegte kurz. Sie sagte ihrem Chef, dass, wenn sie ehrlich sei, es für sie es deutlich besser wäre, diese Abendschichten dauerhaft zu übernehmen. Zum Einen würde sie so mehr verdienen und zum anderen hätte sie so die Möglichkeit länger an der Uni zu bleiben und sich auf das Studium zu konzentrieren. Das war für ihren Chef eine neue Perspektive. Er fragte sie, ob dies wirklich ihr Ernst sei. Michaela bestätigte ihrem Chef nochmals, dass sie das wirklich gerne übernehmen würde. Sie hörte, wie er erleichtert war, eine Lösung, mit der er so gar nicht gerechnet hatte, gefunden zu haben. Sie stimmten sich ab, an welchen Tagen es für Michaela am Besten wäre. Sie einigten sich auf drei Tage unter der Woche sowie jeden Samstag. Michaela sagte, es würde ihr sehr entgegen kommen, wenn sie Montag, Mittwoch sowie Freitag und dann den Samstag arbeiten könne. So hätte sie immer einen Tag Pause unter der Woche dazwischen. Ihr Chef stimmte zu. Ferner würde er ihr den Schlüssel für den Hintereingang aushändigen, sobald er diesen von dem anderen Mitarbeiter zurück haben würde. Sie verabschiedeten sich und legten auf. Michaela schaltete den Ton wieder lauter, damit sie dem Film weiter folgen konnte. Sie würde heute früher schlafen gehen, damit sie morgen fit sein wäre, wenn sie am Abend dann im Hotel Dienst schob.

Als sie am nächsten Abend nach der Uni um kurz vor achtzehn Uhr im Hotel auftauchte, kam ihr der Chef strahlend entgegen. Er schüttelte ihre Hand und bedankte sich nochmals überschwänglich bei ihr. Er würde ihr anstelle der zusätzlichen drei Euro für jede Abendstunde, fünf Euro bezahlen. Michaela freute sich sehr darüber. Das würden jeden Abend nochmals weitere sechs bis acht Euro mehr sein. Er bat sie in sein Büro zu kommen, damit er ihr den Schlüssel für den Hintereingang geben könne, da er den anderen Mitarbeiter heute getroffen, ausbezahlt und gekündigt hatte. Als sie in seinem Büro stand, schaute sie auf das Fach für die Briefpost. Es war gelehrt worden. Sie lächelte in sich hinein und war doch gleichzeitig nervös, wie die Frau wohl auf die Post reagieren würde. Ihr Chef fragte, ob alles ok wäre. Ja, sagte sie nickend und lächelte ihn an. Er gab ihr den Schlüssel und eine Kopie des geänderten Arbeitsvertrags für ihre Unterlagen. Dort waren die neu vereinbarten Tage und Uhrzeiten sowie auch das höhere Gehalt pro Stunde vermerkt. Ferner machte er sie darauf aufmerksam, dass dieser Schlüssel zentral alle Türen öffnen konnte und nicht nur den Hintereingang. Sie danke ihm nochmals für sein Vertrauen in ihre Person. Mit dem Schlüssel und dem Vertrag in der Hand ging sie raus, zog Ihren Mantel aus und setzte sich an die Rezeption. Sie hörte ihren Chef sein Büro aufräumen und keine fünf Minuten später war er weg. Sie schaute wie viele Buchungen heute noch kommen würden. Wenn alles gut ging würde sie gegen 22 Uhr fertig sein. Ihr Handy piepste. Sie schaute nach. Eine neue Email war da. Es war die Versandbestätigung für ihre Unterwäsche. Diese würde am Mittwoch zugestellt werden. Michaela überlegte, das sie überhaupt nicht zu Hause sein könne, wenn das Paket geliefert werden würde. Sie konnte aus der Email ersehen, dass es möglich war, das Paket umzuleiten. Sie überlegte nicht lange. Sie würde es einfach hier zum Hotel senden und am Abend dann mit nach Hause nehmen. Sie hatte das schon einmal gemacht und ihr Chef hatte nichts dagegen gehabt. Jetzt bestimmt, nachdem sie im so aushalf, erst Recht nicht mehr. Der Abend verlief wie im Flug. Die Gäste kamen in regelmäßigen kurzen Abständen und wenn sie einem Gast das Zimmer zeigen ging, wartete hin und wieder schon der nächste Gast vor der Türe. Gegen zweiundzwanzig Uhr war sie fertig geworden und begab sich auf den Heimweg. Sie würde noch kurz duschen und dann schlafen gehen.

Der Dienstag verlief ohne große Vorkommnisse. Sie hatte Vorlesungen und verbrachte die Pausen mit anderen Studienkollegen. Immer wieder schaute sie auf ihr Handy ob eine Nachricht von der Frau gekommen war. Aber da war nichts. Sie war sich sicher, dass sie ihre Nummer richtig geschrieben hatte. Sie würde also weiter warten und sehen was passierte. Als sie in die Straßenbahn zurück nach Hause stieg hörte sie ihr Handy piepsen. Da sie den ganzen Tag mit ihrer Mutter geschrieben hatte würde es warten können, bis sie zu Haus sein würde. Sie war fertig von dem ganzen Tag an der Uni. Sie suchte sich einen Platz zum Sitzen. Das Handy piepste noch einmal. Sie wurde neugierig. Als sie auf das Handy schaute erkannte sie eine fremde Nummer. Sie wischte mit einer Geste über den Bildschirm, um die Nachricht zu lesen. Es war ein Photo und eine lange SMS. Sie lass: „Liebste Michaela, ich danke Dir für Deine Liebespost. Ich habe mir immer wieder den ganzen Tag das Photo angesehen und auf dem WC meine Klit gerieben. Du erregst mich wirklich sehr. Wenn es Dir möglich ist, kannst Du mir das Photo per SMS senden damit ich es als Hintergrundbild auf mein Handy tun kann? Ja? Machst Du das bitte für mich? Ich möchte Dich so schnell es geht wieder sehen. Damit Du nicht ganz alleine ohne Bild für Dein Handy bist, habe ich Dir anbei eines von mir gesendet. Kuss, Deine Lisa." Michaela zitterte am ganzen Körper. Damit hatte sie nicht gerechnet. Mit zitterigem Finger drückte sie auf das Photo damit es sich vergrößern würde. Sie wurde sofort richtig nass zwischen ihren Beinen. Sie konnte Lisa mit einem Pelzmantel, der weit geöffnet ihren nackten Körper preisgab, vor einem Schuhverkäufer sitzend sehen, während dieser Ihr einen Söckelschuh auf einen Fuß, der von einer rote Strapsstrumpfhose, die von einem ebenfalls roten Strapshalter gehalten wurde, anzog. Auf ihren vollen Brüsten, und das waren mindestens DD-Körbchen, klebten kreisrund um ihre Brustwarzen herum rote Strasssteinchen mit abgehenden Strahlen, wie eine Sonne geformt. Zwischen Ihren Beinen konnte sie die Strasssteinchen ebenfalls entlang an ihren schönen vollen und wie bei Michaela rausstehenden Schamlippen nach unten verlaufen sehen, wo der rote Plug mit seinem großen Stein, in ihrer Po-Falte glitzernd durchschimmerte. Sie bemerkte, dass der Mann der neben Ihr saß, auch auf das Bild schaute. Sie klickte das Bild sofort weg und legte das Handy in ihre Tasche. Sie war so was von erregt. Sie konnte keinen klaren Gedanken fassen. Lisa hatte ihr geschrieben und gesagt, dass sie auf sie stehen würde. Michaela hatte noch nie was mit einer Frau gehabt, geschweige denn, an so was gedacht. Doch nun mit Lisa war alles anders. Sie spürte, dass die Phantasie, dass Lisa sie berühren oder gar mit ihrem Mund überall küssen würde, unheimlich erregte. Sie musste aus der Strassenbahn raus. Sie stand auf und bahnte sich den Weg zur Türe. Die Straßenbahn hielt und sie stieg aus. Sie würde den Rest zu Fuss nach Hause gehen. Die frische Luft würde ihr gut tun und helfen einen klaren Kopf zu bekommen. Sie öffnete ihre Handtasche und lass erneut die SMS von Lisa. Dann öffnete sie nochmals das Bild. Sie war fasziniert von Lisa und wie geil sie aussah. Sie entdeckte ein Café gegenüber auf der anderen Strassenseite. Sie ging rüber und sofort ins WC. Sie zog ihre Jacke aus und hängte diese an den Haken an der von innen geschlossenen WC-Box-Tür. Sie riss sich ihre Jeans und den Slip runter. Sie betrachtete das Bild und fing sofort damit an sich zu masturbieren. Sie würde keinen klaren Gedanken fassen können, wenn sie weiterhin so erregt sein würde. Saft lief aus ihr heraus an den Schenkeln runter. Sie stöhnte immer schneller und kam schnell, stark und fest. Jedoch ohne abzuspritzen. Das Gefühl sich auf eine Frau einzulassen hatte sie aus der Bahn geworfen. Sie war super unsicher und hatte sich bei diesem Gedanken nicht fallen lassen können. Gleichwohl pochte ihr Kitzler von einer Frau geleckt zu werden sofort wieder stärker. Sie sammelte mit ihrer Hand den Saft aus ihrer heraustropfenden Möse auf, verteilte sich alles an den Innenschenkeln und ihrem Bauch entlang zu ihren Brüsten hoch. Als es immer weiter aus ihr rauslief, sammelte sie den Saft in ihrer Handfläche und leckte sich dann alles von der Hand davon ab. Mit ihrem nackten Arsch an der Boxwand lehnend, schaute sie weiter, wie gebannt, auf das Bild und wie Lisa sich gänzlich nackt mit offen Schritt, dem roten Dreieck und Plug im Arsch, dem Schuhverkäufer im Pelzmantel gezeigt hatte. Der Pelzmantel muss der Hammer sein, dachte sie.

Sie wollte unbedingt Lisas Brüste fest kneten und ihr die Möse auslecken. Sie war regelrecht in Lisa vernarrt. Sie verteilte sich, mit ihrer freien Hand, den noch immer nicht stoppen wollenden Fluss an Sekret, an ihren Oberschenkeln. Sie konnte unmöglich so, komplett nass, aus dem Café, in das kalte Herbstwetter nach draussen gehen. Weiter das Bild genauer studierend, konnte sie die Lust in Lisa´s Augen sehen. Gott muss sie davon scharf gewesen sein. Michaela fragte sich, wer das Bild gemacht hatte und von wann es war. Erneut lass sie die SMS durch. Sie hatte ihr geschrieben, dass sie so bald als möglich, sie wieder sehen wollte. Ja, dachte sie, dass wollte sie auch. Unbedingt. Michaela steckte das Handy in ihren Mantel und zog sich ihren Slip und die Jeans wieder hoch. Sie öffnete die WC-Box-Tür und ging mit ihrer Tasche und dem Mantel zum Waschbecken. Sie wusch sich die Hände und beschloss noch eine Weile im Café zu bleiben, bis sie unten herum, so gut es halt ging, sich beruhigt und getrocknet war. Sie spürte noch immer die warme Feuchtigkeit ihres Mösensafts auf ihren Schenkeln und Bauch, als sie aus dem WC ins Café zu einem freien Platz in der Ecke ging. Sie bestellte einen Aperol-Spritz. Der Alkohol würde ihr gut tun dachte sie sich. Sie schaute sich im Café um. Als ihr Getränk kam zahlte sie gleich. Sie nahm einen kräftigen Schluck aus dem Glas. Dann suchte sie das Handy in Ihrer Manteltasche. Sie öffnete das Bild von Lisa erneut und speichere es als Hintergrund ab. Sie würde genauso, wie Lisa, das Bild von ihr, so oft wie möglich, betachten wollen. Damit die Nummer von Lisa nicht verloren ging, legte sie einen Kontakt an. Als Bild für den Kontakt wählte sie erneut Lisa´s Bild, vergrößerte ihren Kopf, damit sie die Lust in den Augen besser sehen konnte. Sie drückte auf Nachricht schreiben und fing an: „Liebste Lisa, ich habe Deine Antwort mir Deiner Liebesbotschaft und Dein Bild bekommen. Ich habe es nicht einmal bis nach Hause geschafft und sitze hier in einem Café, nachdem ich mir gerade, zum ersten Mal vor lauter Erregung von Dir und Deinem Anblick auf dem

Photo, mit dem Plug im Po, mich heftig kommend, an meiner Clit reibend zum Orgasmus masturbiert habe. Anbei findest Du mein Bild von Samstag Nacht, das ich extra für Dich gemacht habe. Ich habe Dein Bild auch als Hintergrund gespeichert, damit ich Dich so oft ich kann, sehen kann. Ich möchte Dich, sobald wie möglich, wiedersehen und in echt spüren. Ich würde Dir auch gerne den Gefallen tun und ein weiteres Bild mit Pelz beim Schuhverkauf geben. Würdest Du es mit mir zusammen wagen wollen? Kuss, Deine Michaela." Vor lauter Aufregung drückte Michaela auf senden. Oh je, dachte sie, hoffentlich war es ok, was ich geschrieben habe. Andererseits weshalb sollte sie sich verstellen. So war sie und das war gut. Dann wählte sie das Bild von Samstag aus und schickte es ihr, in maximaler Auflösung, hinter der SMS hinterher. Sie nahm einen weiteren Schluck vom Aperaol-Spritz und wartete, ob und was Lisa schreiben würde. Doch als die nächsten 15 Minuten nichts passierte, entschloss sie sich, nach Hause zu gehen. Sie war fast komplett getrocknet. Sie trank den letzten Schluck aus dem Glas aus, zog sich ihren Mantel an und verlies das Café. Sie ging zurück zur Haltestelle. Die Fahrtzeitangabe zeigte, dass sie Glück hatte und gleich die nächste Strassenbahn kommen würde. Sie spürte noch immer ihre leichte Feuchtigkeit im Schritt. Die Strassenbahn kam und Michaela stieg ein. Gut das es so voll war. So war es warm und sie würde zwischen ihren Beinen nicht zu frieren beginnen. Als sie zu Hause angekommen, die 4 Stückwerke nach oben hinter sich gelassen hatte und die Wohnungstür aufschloss, entschied sie ein Bad zu nehmen. Sie zog sich aus, während das heisse Wasser in die Wanne lief. Das Handy pipse erneut. Sie schaute auf das Display und sah das es die erwartete SMS von Lisa war. Sie wischte das Display auf. Sie dachte zunächst es wäre ein weiteres Bild von Lisa noch immer im Stuhl des Schuhverkäufers sitzend. Doch dann erkannte sie das Dreieck auf dem Bild. Sie drückte drauf, das Bild vergrößerte sich zu einem Film, der über ihr ganzes

Handydisplay in voller Größe ablief. Sie konnte Lisa sehen, wie diese sich einen Dildo in die Möse steckte und sich vor dem Schuhverkäufer damit masturbierte. Michaela konnte Lisa laut stöhnen hören. Sie sah wie Lisa kam und Saft aus ihrer Muschi in Richtung des Verkäufers raus spritzte und an ihren Schenkeln runterlief, während Lisa noch immer stark stöhnte. Dann war der Clip zu Ende. Das Bild schloss sich. Michaela war total zittrig und zugleich massivst erregt. Wieder pipse das Handy. Eine SMS von Lisa erschien. „Na gefällt es Dir? willst Du es immer noch probieren? Ich kann Dir nur sagen, das war das Geilste in letzter Zeit, was ich gemacht habe. Hast Du einen Pelzmantel?". Michaela war klar, dass sie es nicht nur selbst wollte sondern nun auch tun musste. Schon alleine darum, dass sie mit Lisa dieses Erlebnis haben würde. Sie schrieb Lisa: „Ja, ich will das mit Dir machen, sobald wie möglich...jedoch fehlt mir der Pelzmantel dazu". Sie drückte auf Senden und stieg in die Badewanne. Immer wieder sah sie sich den Film an. Lisa schien, wie sie zu sein. Nur wer hatte sie gefilmt? gab es eine andere Frau neben ihr? Das Handy pipste. „Liebste, ich habe viele Pelze. Mein Mann ist immer sehr großzügig zu mir. Ich werde Dir einen mitbringen. Wie groß bist Du? Du fragst Dich sicher auch, wer mich gefilmt hat. Es war vor circa einem Jahr. Mein Mann hatte mich betrogen und ich suchte aus Rache Sex bei einem anderen Mann. Doch das ist längst vorbei." Michaela beruhigte sich. „Ich will Dich nicht teilen, maximal nur mit einem Mann" schrieb Michaela zurück. Lisa sendete eine SMS mit einem Kuss und folgendem Text „Das Bild habe ich in Zürich gemacht. Ich war letzen November dort Unterwäsche shoppen. Spontan habe ich entschieden, nur den neuen Hebe-BH, der meine Brüste noch größer aussehen lies und die neuen Strapse unter dem Pelz zu tragen. So bin ich dann Schuhe einkaufen gegangen und meine männliche Begleitung hat mich dann, mit meinem Handy, ich bin ja nicht blöd:-) photographiert und gefilmt". Michaela überlegte. Zürich, dass würde Geld für einen Flug bedeuten.

Und sicher nicht wenig. Sie würde Lisa definitiv nicht um einen Flug anbetteln. Das ging gar nicht. Entweder sie würde es selbst bezahlen oder es lassen. Sie brauchte Geld. Aber so oft würde sie nicht mit Andreas Sex haben können, damit sie mit ihm den ganzen Flug zusammen fickte. Aber wie sollte sie andere Männer finden? Jetzt und auf der Stelle? Ihr viel ein, dass morgen im Hotel die Sachen, die sie bestellt hatte, ankommen würden. Was, wenn Sie ihren Blazer und den Rock mitnahm und sich im Hotel duschte und dann diese Sachen anzog. Sie würde sich beim Check-In dem letzten Gast offen zeigen. Vielleicht würde er anspringen und sie sich von ihm für den Fick bezahlen lassen können? Das war ein Plan, dachte Michaela. Ich werde das Geld so zusammen bringen. Dann tippte sie in ihr Handy und schickte die folgende SMS los: „Das ist ein super Plan. Zürich ich komme ;-) Ich bin im Hotel im Moment nicht abkömmlich, weil ein Mitarbeiter gekündigt wurde. Ich muss immer Montag, Mittwoch, Freitag und Samstag arbeiten. Wenn wir es machen wollen, dann nur so, dass ich meinen Chef im Hotel nicht in Schwierigkeiten bringe." Die Antwort kam prompt: „Und wie Du in Zürich kommen wirst. Das verspreche ich Dir;-) mit Pelz auf Deiner nackten Haut:-) Lass uns in zwei Wochen dort treffen. Dann ist Anfang Dezember und ich finde es wäre super romantisch für unser erstes Treffen... was denkst Du?" Michaela stimmte Lisa sofort per SMS zu. So würde sie genug Zeit haben, das Geld ohne Druck zusammen zu bringen. Lisa sendete ihr ein Bild wie sie ihr einen Kuss zu bließ. Michaela schoss liegend in der Badewanne ein Photo. Sie stellte sicher, dass ihre Brustwarzen leicht aus dem Wasser schauten. Sie betrachtete das Photo. Wie große Wasserbälle schrieb sie und sende SMS und Bild los. Lisa schrieb ihr zurück. „Mein Bild aus der Badewanne folgt später. Kuss".

Für Lisa

Michaela wachte gegen acht Uhr am nächsten Morgen auf. Die erste Vorlesung war erst um 13.00 Uhr. Eigentlich sollte sie heute morgen gleich die gestrigen Vorlesungen nachbereiten. Doch dazu würde sie heute keine Zeit haben. Sie musste zurück in die Drogerie gehen, weitere Packungen des Haarfärbemittels sowie mehrere Stück des Lippenstiftes und Nagellackes kaufen. Dazu wollte sie sich für ein neues Parfüm entscheiden, dass sie dann immer im Flakon, der zwischen ihren Brüsten baumelte, dabei haben würde. Hoffentlich gab es auch das passende Duschgel dafür. Anschließend würde sie, wieder zu Hause, sich erneut die Schamhaare nachfärben, ihre Finger- und Fußnägel nach lackieren und sich dann am ganzen Körper die Haare weg rasieren. Alles musste perfekt für einen möglichen Kunden sein. Den Lippenstift sowie einen frischen Rasierer würde sie zum Hotel mitnehmen und sich dort, sobald der Chef gegangen war und es ruhiger wurde, in einem freien Hotelzimmer zu duschen und nochmals zu rasieren. Dann würde sie sich die heissen Sachen anziehen. Sie würde zusätzlich zu Ihrer Tasche für die Uni, noch ihre größere Handtasche mitnehmen, dort den Blazer und den Rock sowie die anderen, für den Abend wichtigen Dinge, einpacken. Zudem musste sie sich noch ein Pre-Paid-Handy zulegen, um eine separate Nummer für Kunden zu haben. Sie würde sich mit dieser neuen Mobiltelefonnummer, dann in der Uni-Druckerei, Visitenkarten machen lassen. Sie überlegte, ob sie sich einen anderen Namen geben sollte und entschied, dass dies klug sei. Für den Fall, das ein Gast sich beschweren würde, wäre nicht sofort klar, um wen es gehen würde. Sie suchte nach einem Namen. Sie dachte darüber nach was gut klingen würde. Dann hatte sie eine Idee. Auch wenn Andreas sie dazu angestiftet hatte, so war nun doch der wirklich ausschlaggebende Grund, das sie es nun tun würde, um Lisa in Zürich treffen zu können. Sie würde für Lisa ihren Körper mit anderen Männern teilen, um so Geld zu verdienen, damit sie den Flug finanzieren konnte. Weshalb also nicht „das E" von Erotik mit „Lisa" für Lisa kombinieren. Sie würde sich „Elisa" nennen. Auf den Visitenkarten würde sie in großen Buchstaben den Namen und die Nummer vermerken. Sie würde versuchen, schwarze Karten mit roter Schrift zu bekommen. Dies würde mehr als edel und doch zugleich sehr erotisch aussehen. Sie stand auf und ging ins Bad. Es gibt viel zu tun. Also legen wir los. Sie lachte laut auf.

Als sie um kurz vor achtzehn Uhr ins Hotel kam war extrem viel los. Ihr Chef kam auf sie zu und sagte: "Diese Woche ist eine Messe in Berlin. Wir sind komplett ausgebucht. Bitte fang sofort an und hilf mir, dass Chaos in den Griff zu bekommen". Sie verstand. Sie stellte ihre beiden Taschen in seinem Büro ab. Sie konnte das kleine Paket, dass für sie angekommen war, in der Ecke des Büros stehen sehen. Sie war erleichtert. Ihr Plan konnte vielleicht wirklich klar gehen. Sie ging zurück zur Rezeption und fing an die Kunden einzuchecken. Ihr Chef half mit. So ging das fortwährend bis fast zwanzig Uhr weiter. Ihr Chef schaute auf die Uhr. Sie sagte zu ihm, er solle ruhig gehen, sie werde das locker hinbekommen. Er dankte ihr. Er hatte einen langen Tag hier gehabt und die Auszeit bis morgen, würde ihm mehr als gut tun. Michaela schaute in den Computer, um zu sehen wie viele offene Buchungen es noch für heute gab. Noch weitere fünf. Das würde schnell gehen. Als gegen einundzwanzig Uhr noch drei Gäste fehlten, schaute sie sich die Buchungen genauer an. Alle Buchungen waren mit Kreditkarte fest hinterlegt worden, die Buchungen waren fix. Sie überlegte, was sie tun sollte. Sie entschied bis zweiundzwanzig Uhr zu warten und alles auf eine Karte zu setzen. Wenn es blöd laufen würde, dann würde es heute nicht klappen. Sie stand auf und ging in das Büro des Chefs. Sie holte eine Schere aus der Schublade und öffnete ihr Paket. Die Sachen waren in Folie komplett eingeschweisst mit dem Vermerk, dass ein Umtausch nur in der original versiegelten Verpackung möglich war. So war es gut, dachte Michaela. Ich habe keine Zeit, die Sachen vor dem ersten Tragen zu waschen. Sie öffnete die Versieglungen und holte die Unterwäsche heraus. Die Spitze fühlte sich extrem weich und gut an. Genauso wie die Frauen in den Rezessionen geschrieben hatten. Sie zog den Body aus der Tüte und breitete diesen auf dem Schreibtisch vor sich aus. Die Öffnungen für die Brüste waren groß genug. Sie wurde ruhiger. Das würde ihr definitiv passen. Auch der Strapshalter würde passen. Er hatte genau ihre Größe und lies sich notfalls noch ein wenig dehnen. Alles war perfekt. Sie öffnete die größere Tasche, in der sie die Sachen für den Abend eingepackt hatte und legte die neuen Sachen dazu. Den Lieferschein steckte sie in ihre Handtasche. Alles andere der Verpackung befreite sie von Aufklebern oder Hinweisen was sie bestellt hatte und warf den Rest in den Müll. Die Hinweise zerriss sie sorgfältig bevor sie diese in den Müll warf. Es klingelte an der Tür. Sie ging zur Rezeption zurück. Ein Gast. Sehr gut. Nur noch zwei die fehlen. Nachdem sie die Frau eingecheckt hatte, schaute sie auf die Uhr. Es war kurz vor zweiundzwanzig Uhr. Ok dachte sie sich. Notfalls wartet ein Gast, bis ich fertig bin. Sie ging ins Büro des Chefs und nahm die Tasche mit ihren Sachen. Sie wollte gerade sich einen Schlüssel der noch beiden freien Zimmer nehmen, als das Telefon läutete. Eine Frauenstimme sagte höflich zu ihr, dass sie das Zimmer stornieren müsse, da sie krank geworden war. Leider hatte sie es total vergessen, sich rechtzeitig zu melden. Michaela dankte der Frau für die Information, verwies jedoch darauf, dass sie für die entstandene Buchung den vollen Preis zu begleichen habe. Sie könne es aber morgen gerne nochmals nach zehn Uhr persönlich mit dem Chef sprechen. Vielleicht würde er Kulanz walten lassen. Die Frau bedankte sich für den Tip und Michaela legte auf. Michaela lies die Buchung im System stehen und klicke das Zimmer für morgen zur Reinigung an. Jetzt würde sie definitiv duschen gehen können. Der letzte Gast war, laut Buchung, ein Mann. Sie würde nun schnell machen müssen, da nicht klar war, wann er kommen würde. Im Zimmer angekommen, lies sie Badewasser ein, während sie sich auszog und alles auf dem Bett vorbereitete. Als sie alles soweit hatte, stieg sie in die Badewanne. Sie hatte sich ein Parfüm gekauft, dass einerseits sehr teuer war, dass aber andererseits auch als Duschgel verfügbar war. Dieses Duschgel würde sie nun als Badezusatz verwenden. Sie rasierte sich vorsichtig ihr Dreieck sowie ihre Möse nochmals ganz blank. Sie war super nervös. Dann fühlte sie mit ihren Händen nach, ob sie irgendwo noch nicht ganz weiche Haut bzw. noch Stoppelansätze nicht rasierter Haare fühlen konnte. Gleichzeitig wusch sie sich mit einem kleinen Gesichtswaschlappen, der immer beim Spiegel für Gäste bereit lag, am ganzen Körper ab. Während sie mit zwei Fingern ihre Möse reinigte drehte sie sich zur Seite um den Zwischenraum zwischen Plug und Po zu säubern. Alles war gut. Sie lies das Wasser raus und duschte sich, nahm sich ein Handtuch von der Wandhalterung und trocknete sich in Ruhe am ganzen Körper ab. Gut, dass sie heute morgen schon ihre Haare gewaschen hatte. Während sie zum Bett zurück ging, öffnete sie das Parfüm-Flakon, dass sie nun dauerhaft an der langen Kette baumelnd, zwischen Ihren großen Brüsten trug und das sie heute morgen mit dem neuen Duft gefüllt hatte. Sie verteilte vorsichtig überall etwas davon auf ihrem Hals, Nacken und zwischen ihren Brüsten. Dann nahm sie das Deospray der gleichen Marke und spürte sich ihre Achseln und ihre Schamhaare ein. Sie griff nach Strapshalter und zog sich diesen an. Dann setze sich auf das Bett und fing an, vorsichtig die Strapsstrümpfe an ihren glattrasierten Beinen hochzuziehen. Die Qualität war wirklich sehr gut. Sie befestigte die Strümpfe an den dafür vorgesehenen Halter-Clips. Nun war der neue Body dran. Sie zog sich den Body über den Kopf. Dann führet sie ihre Kette durch den hochsehenden Stehkragen nach draußen, bevor sie in die Arme des Body schlüpfte. Anschliessend zog sie ihre machten Bälle durch die Öffnungen und legte die überstehende Spitze sorgfältig daran. Sie griff nach ihren mit Strasssteinen besetzten Stöckelschuhen, schlüpfte hinein und zog die Riemchen fest. Sie hob ihre Beine an und schlüpfte in den Rock. Sie stand auf, nahm sich den Blazer und während sie zum Spiegel ging zog sie sich diesen im Gehen an. Sie schaute sich kritisch im Spiegel an. Sie hob ihre Schultern um zu sehen, wie und mit welchen Bewegungen sich der Blazer vorne weiter öffnen würde. Es war nämlich nicht klar, wenn sie nun den Body trug, ob das immer noch möglich war. Aber in der Tat, wenn sie ihre Schultern nach hintern und hoch drückte, gab der Blazer ihre Brüste in voller Größe, einschließlich der Brustwarzen frei. Sie ging zum Schreibtisch und setze sich auf den Stuhl. Sofort viel der linke Teil des Rocks zur Seite und gab den Stapshalter, mit den daran befestigten Strampsstrumpf, zur vollen Sicht frei. Aber was noch heisser aussah war, dass man bereits einen Teil ihres roten Dreiecks sehen konnte. Sie stand auf und lief zum Spiegel. Ja mit jedem Schritt würde man ebenfalls die Strapse am linken Oberschenkel erkennen. Sie holte den Stuhl zum Spiegel. Sie wollte wissen, ob man, wenn sie ihre Beine ganz auseinander machte, dann ihre Möse inkl. dem roten Dreieck sehen würde. Oh ja und wie, schmunzelte sie. Sie stellte den Stuhl zurück und ging zurück zum Bett. Mit dem Lippenstift in der Hand, lief sie ins Bad, um sich diesen feste auf ihre schönen Lippen aufzutragen. Genau in diesem Moment läutete das Haustelefon. Das musste der Gast sein. Michaela hob ab. "Ja" sagte sie. Ich werde sie einlassen und gleich zu ihm kommen. Einen Moment bitte". Mit zittrigen Händen trug sie sich den Lippenstift auf. Sie ging zurück zum Bett und räumte alles zusammen in die Tasche. Egal sie würde alles stehen lassen. Jetzt war keine Zeit. Sie musste professionell sein. Für sich und für Lisa. Sie verlies das Zimmer und ging hinunter zur Rezpetion. Sie entscheid sich, den Blazer vorne offen zu lassen. Als sie um die Ecke kam und die letzten Stufen runter schritt, konnte sie den Mann sehen. Er war Mitte vierzig, mit Bauchansatz aber sah sympathisch aus. Ein Geschäftsmann von großer Statur. Seiner Kleidung nach zu urteilen, hatte er sicher Geld. Sie räusperte sich kurz. Der Mann drehte seinen Kopf zu ihr. Es war sicher, dass er nun alles genau in Augenschein nehmen konnte. Sie spürte mit jedem Schritt wie der Rock sich links öffnete und wieder schloss. Da sie die Treppe herunter schritt und er nach oben sehen musste, war es zudem möglich, dass er ihr rotes Dreieck auch sehen konnte. Natürlich nur, wenn er sich wirklich Mühe machte. Ihr großen Brüste wippten rauf und runter unter dem offenen Blazer. „Guten Abend, ich bin Elisa" sagte Michaela. Der Mann stellte sich vor und sagte, dass er ein Zimmer hier im Hotel gebucht bekommen hatte. Michaela setzte sich an den Schreibtisch, beugte sich nach vorne und tat so, als wenn sie etwas im Computer eintippen würde. Aus ihren Augenwinkeln konnte sie sehen, dass der Mann die nackte Haut ihrer Titten, die aus dem Body rausragten ansah. Gut so, dachte sie. Sie hob ihren Kopf und lächelte ihn an. Er lächelte zurück. Bitte füllen sie Ihre Daten in das CheckIn-Dokument. Michaela stand auf und drückte ihren Rücken gerade, so dass der Mann noch mehr von der nackten Haut ihre großen Brüste sehen konnte. Michaela setzte sich wieder hin und öffnete ihre Beine leicht auseinander. Der linke Rockteil war wieder ganz auf die Seite gefallen und gab die Sicht bis ganz nach oben frei. Wenn der Mann einigermaßen denken konnte, so wusste er, dass sie kein Höschen tragen würde. Als der Mann fertig war, streckte er sich und sagte „Es war ein langer Tag heute". Michaela erwiderte, dass ihm sicher nun eine Entspannnug gut tun würde. Der Mann fragte sie, was den zum Beispiel. Sie rollte mit dem Schreibtischstuhl nach hinten, hielt vor dem Unterschrank an, in dem sie vorher seinen Zimmerschlüssel reingelegt hatte und öffnete ihre Beine nun komplett auseinander, während sie den Schlüssel aus dem

Fach nahm. Dabei schaute sie ihm direkt in die Augen und sagte: "Vielleicht ein Glas Champagner oder ein Besuch in der Hotelsauna. Da ist um diese Uhrzeit sicher niemand mehr". Michaela blieb weiter mit geöffneten Schritt sitzen. Der Mann schaute sich in Ruhe alles an ihrem Körper an. Dann fragte er sie was der Champagner denn kosten würde. Michaela erwiderte, dass das vordere Preissegment bei 305 Euro liegen würde. Wenn er sich zusätzlich im hinteren Preisegment aufhalten wollte, so lag der Preis bei 500 Euro. Der Mann fragte, ob er sich die schöne Flasche genauer ansehen durfte. „Selbstverständlich" sagte Michaela und bat dem Mann, um den Pult, zu ihr nach hinten zu kommen. Sie drückte ihren Rücken gerade und der Balzer öffnete sich gänzlich und gab damit ihre großen Titten und ihre harten Brustwarzenkomplett zur Sicht frei. Sie rutsche auf dem Stuhl nach vorne zur Kante, stellte sicher, dass nun auch der rechte Teil des Rocks auf der Seite lag und die Sicht, auf ihr rotes Dreieck und den mit rotem Strassstein besetzen Plug im Po-Loch, freigab. Der Mann blieb stehen und schaute sie genau an. „Nur zu, testen sie die Ware ruhig" sagte Michaela. Der Mann kam näher und fasste ihr an ihre großen Brüste. Dann nahm er seine Brieftasche und zog fünf einhundert Euro Scheine raus und legte diese Michaela auf den Schreibtisch. Michaela stand auf, drehte sich zum Schreibtisch und zählte das Geld ab. Sie lächelte ihren ersten Kunden hier im Hotel an. Dann griff sie in die Aussentasche des Blazers und zog drei schwarze Visitenkarten heraus. Sie überreichte sie dem Mann mit dem Hinweis, dass er sie gerne, wenn er zufrieden war, weiterempfehlen dürfe. Der Mann nickte, steckte die Karten in seinen Geldbeutel und ging zurück vor den Pult der Rezeption. „Also in 30 Minuten dann in der Sauna, Elisa" sagte er. Michaela nickte, gab ihm den Zimmerschlüssel und zeigte ihm den Weg in Richtung Treppe. Als der Mann verschwunden war löschte, sie das Licht der Eingangshalle. Sie zitierte am ganzen Körper. Erst jetzt bemerkte sie, dass sie im Schritt bereits komplett nass geworden war. Sie wischte sich mit ihrer Hand Ihre Pussy, so gut es ging, trocken und leckte sich dann genüsslich den Saft von der Hand und ihren Fingern. Sie stand auf und ging ins Büro des Chefs und holte eine Champagnerflasche aus dem Kühlschrank raus. Sie öffnete die Flasche und trank einen großen Schluck direkt aus der Pulle. Das ist echt mal gut gegangen, dachte sie. Aber in Zukunft musste sie an der Rezeption sitzen, wenn der Gast eintraf. Was, wenn es eine ältere Frau oder ein älterer Herr sein würde. Dann ging es gar nicht, dass man ihr Straps-Set oder gar ihre blanke Haut der großen Brüste sehen konnte. Sie nahm zwei Gläser und füllte diese mit Champagner. Dann stellte sie die Flasche zurück in den Kühlschrank. Sie lies die Gläser im Büro und schloss die Türe ab. Sie würde sich einen Bademantel nehmen und auch die Hotelpantoffeln und dann pünktlich in 25 Minuten zur Sauna kommen. Sie ging zurück nach oben ins Zimmer. Vorsichtig zog sie sich komplett nackt aus. Sie, legte alle Kleidungsstücke fein säuberlich zusammen und dann zurück in ihre Tasche. Sie würde die Sachen am Mittwoch wieder brauchen. Dann steckte sie die 500 Euro in die Innentasche, die mit einem Reißverschluss gesichert war. Nachdem Sie alles verstaut und nichts vergessen hatte, zog sie sich den Bademantel und die Hotelpantoffeln an. Sie öffnete nochmals ihre Tasche und nahm sich zwei Kondome aus der Schachtel und steckte diese in den Bademantel. Sie würde später zurück kommen, um sich hier ihre normalen Klamotten, die noch immer auf dem Bett lagen, anzuziehen um dann nach Hause zu fahren. Sie schloss das Zimmer ab und ging runter zum Büro, um sich die beiden Champagnergläser zu holen. Erneut nahm sie einen großen Schluck aus der Champagnerpulle die im Kühlschrank stand. Sie schloss die Tür ab und steckte den Schlüssel vom Büro in ihren Bandemantel. Mit den beiden Gläsern in der Hand ging sie runter in den Wellnessbereich. Der Mann war noch nicht da. Sie stellte die Gläser auf den Tisch und ging zum

Lichtschalter. Sie schaltete das große Licht aus. Nur noch das orangefarbene Licht aus der Sauna erhellte den Raum.

Rasch entschied sie, den Bademantel für einen Moment abzulegen, um sich ein Handtuch um ihren Körper zu wickeln. Sie nahm den Kondom aus ihrem Bademantel und steckte diesen oben bei ihrer Brust hinein. Dann schlüpfte sie wieder in den Bademantel. Es war ein perfektes Timing. Als sie fertig war, hörte sie Schritte die Treppe runter kommen. Sie nahm die Gläser in ihre Hände. Der Mann öffnete die Tür zum Wellnessbereich und kam auf sie zu. Sie reichte ihm das Glas und sie stießen an. „Auf das Du mich gleich gut und fest von hinten stößt" sagte Michaela zu dem Mann. Der Mann lachte sie an. „Ja, dass kann ich Dir besorgen" sagte der Mann. Michaela stellte ihr Glas ab, öffnete ihren Bademantel und drehte sich mit dem Rücken zu dem Mann damit er ihr aus dem Bademantel helfen konnte. Sie drehte sich zu dem Mann zurück, öffnete ihm den Bademantel, half ihm ebenfalls beim Ausziehen und legte seien Mantel zu ihrem dazu. Sie ging zur Sauna und nahm ein Handtuch. Sie öffnete die Tür, ging in die extrem heisse Sauna hinein und bereitete ein Tuch für den Mann in der Mitte der Sauna zum sitzen aus. Sei selbst setze sich im rechten Winkel zu ihm auf die Bretter. Als der Mann Platz genommen hatte und sie ansah, öffnete sie ihr Handtuch und gab ihren nackten Körper für seine Blicke frei. „Entspann Dich" sagte sie. „Lehn Dich zurück und schau Dir genüsslich alles an". Sie nahm mit ihren beiden Händen eine der großen Brüste in die Hand und fing an sich ihre Brustwarze mit der Zunge abzulecken. Dabei schaute sie dem Mann tief in die Augen. Dann nahm sie sich die andere Brustwarze, auf die gleiche Art und Weise vor. Michaela wurde, extrem feucht. Sie genoss die Blicke des Mannes und vor allem die Tatsache, dass sein Schwanz sich von ihrer Aktion langsam aufstellte. Sie öffnete ihre Beine und schob ihren Arsch in seine Richtung. Dann stellte sie einen Fuss direkt hinter seinen

Kopf und fing, keine 30 Zerntimeter von seinen Augen entfernt, an sich ihre Klitoris zu reiben. Mit ihren anderen Hand begann sie ihre nasse Möse auseinander zu drücken und sich zwei Finger rein und wieder raus zuschieben. Sie stöhne laut auf. Sie wurde richtig geil. Die heisse Luft, die Blicke des Mannes auf Sie und ihre Möse und die Aktionen ihrer Hände gerichtet, der immer höher und härter stehende Schwanzes Manns liessen ihr immer stärker ihren Mösensaft an den Schenkeln runter auf das Handtuch laufen. Sie beugte sich zu dem Mann vor und die beiden begannen sich wild küssen und mit ihren Zungen zu spielen. Michaela beugte sich wieder zurück und rieb sich ihre Clit stärker weiter. Dann stand der Mann auf und stieg eine Stufe höher. Er hob seinen Schanz Michaela vor den Mund. Michaela öffnete den Mund und lies den harten Schwanz rein. Sie leckte seine Eichel und den Schaft entlang runter bis zu einen Eiern und wieder zurück. Dann fing sie mit ihrer Hand an seinen Schwanz zu masturbieren, während sie mit ihrem Mund weiter seine Eichel liebkoste. Der Mann stöhne immer wieder laut auf. „Ja, mach weiter so, das ist gut." Michaela rieb unterdessen ihre Möse und Ihre Klitoris wie blöd weiter. Sie war kurz davor zu kommen. Sie sagte dem Mann, er solle sich wieder hinsetzen und ihr zusehen, wie das erste Mal nun kommen würde. Der Mann setze sich auf seinen Platz zurück. Michaela stöhne immer lauter. Sie wollte dem Mann zeigen wie sie gleich abspritzen würde. Jetzt war es soweit. Sie stöhnte ihre Lust laut raus. Im gleichen Moment spritze sie vor dem Mann eine gewaltige Ladung ihres Honigsafts auf den Boden. Es kam wie in Pipi-Strahlen raus. Sie schaute den Mann an. „Ja mach weiter" sagte er. „Du geiles Luder". Das war zu viel für sie. Ja, sie war ein geiles Luder. Wieder stöhnte sie laut auf und spritze erneut im hohen Bogen einen dicken Strahl Mösensaft raus. Noch heftig schnaufend von ihrem Orgasmus, nahm sie die Kondomverpackung, öffnete diese und kletterte zu dem Mann runter. Sie streifte ihm den Kondom über seinen harten Schwanz. Dann setze sich sich breitbeinig auf ihn darauf und schob sich gleichzeitig mit ihrer Hand, seinen harten Schwanz in ihre Möse. Sie spürte wie sein Schwanz tief in sie eindrang. Sie spürte den Plug im Arsch. Sie war richtig geil. Sie nahm den Kopf des Mannes in ihre Hände und begann ihn leidenschaftlich zu küssen, während sie auf ihm ritt. Ihre Brüste rieben auf seiner Brust rauf und runter. Der Mann fing an zu stöhnen. Sie merkte, dass wenn sie so weiter machen würde, er bald kommen musste. Sie stieg von ihm ab und ging vor ihm in die Hocke. Langsam zog sie sich den Anal-Plug aus ihrem Po-Loch raus. Sie stöhnte dabei laut auf. Während sie vor dem Mann wieder aufstand, legte sie den Plug auf ihr Handtuch und klettere die Stufe hoch, so dass sie mit ihren Knien auf dem Handtuch war. Sie drehte ihr geweitetes Popo-Loch zu dem Mann hin. Der Mann verstand genau und stand auf. Sie spürte seinen harten Schwanz an ihrem Arschloch. Dann stiess er heftig zu. Michaela schrie vor Lust auf. „Oh ja" sagte sie. „So wolltest Du es doch" sagte er zu ihr. „Ja das stimmt. Besorg's mir richtig hart". Michaela lies den Mann sie richtig hart ihren Arsch rein ficken. Er hatte dafür 500 Euro bezahlt. Und darüber hinaus würde sie alles tun, damit sie genug Geld für die Reise nach Zürich zusammen bekommen würde, um Lisa zu sehen. Oh Lisa, wenn Du mich so sehen könntest. Das würde Dir sicher total gefallen. Michaela konnte spüren, wie Honigsaft aus ihrer Möse auf das Handtuch tropfte. Sie fing an ihre Klitoris zu reiben. „Ja, mach weiter so" sagte sie zu dem Mann und schob ihr Becken näher in seine Richtung. Sie spüre wie sein Schwanz immer dicker wurde. Gleich würde er kommen. Und sie wollte das auch. Sie bewegte ihr Becken, bei jedem Stoss den er machte zu ihm hin, und wenn er den Schwanz rauszog um zum nächsten Stoß anzusetzen, wieder weg von Ihm. Es dauerte keine Minute mehr und sie konnte ihn, laut stöhnen hören. Das war zu viel für sie. Jetzt kam sie auch. Sie schrie ihre Lust raus, während ihr der Saft wieder aus der Möse rauszuspringen begann. Der Mann keuchte hinter ihr laut vor sich hin. „Das war gut. Du bist jeden Euro wert" sagte er. Dann lies er von ihr ab. Sie hörte die Saunatür sich öffnen und wieder schließen. Sie war alleine. Sie blieb noch eine Weile in dieser Position kniend auf dem Handtuch. Sie genoss es ihr weit geöffnetes und durchgeficktes Loch im Hintern zu spüren. Sie nahm den Plug und steckte sich diesen wieder rein. Langsam wurde ihr Loch wieder kleiner und umschloss den Plug fest und hart. Michaela drehte sich um und setze sich, in das komplett nasse, von ihrem Mösensaft getränkte, Handtuch. Sie atmete tief durch. Dann nahm sie die Kondom-Verpackung, stand auf und nahm sich das Handtuch, auf dem Ihr Gast gesessen hatte. Sie wickelte ihr triefendes Handtuch in das des Mannes, öffnete die Saunatür und warf die Handtücher, in den dafür vorgesehenen Wäschekorb, hinein. Sie schloss die Saunatür und ging zu ihrem Bademantel und zog ihn an. Die beiden Gläser standen noch immer fast wie unberührt nahezu voll an Ort und Stelle. Michaela entscheid beide Gläser hier und jetzt sofort auszutrinken. Der Alkohol tat gut. Dann ging sie zurück nach oben in ins Büro und stellte die Gläser ab. Von dort ging sie zurück in das Hotelzimmer. Sie nahm das noch unbenutzte Kondom sowie die leere Verpackung des anderen Kondoms und warf diese in den Mülleimer im Bad. Sie lies sich erneut Badewasser ein. Sie holte ihr Duschgel aus der Tasche und setze sich in die Badewanne. Sie seifte sich überall ein und wusch sich auch die Haare. Sonst würde sie sich, so verschwitzt wie sie aus der Sauna gekommen war, sicher noch eine Erkältung auf dem Heimweg holen. Und das ging gar nicht. Als sie fertig war, lies sie das Wasser ab, nahm ein frisches Handtuch und stieg aus der Badewanne. Sie rieb sich ihre Haare, so gut es ging trocken und föhnte diese dann vollends. Sie ging zum Bett und zog sich an. Sie holte den Lippenstift, den sie vorher im Bad nicht gesehen und deshalb am Badespiegel hatte liegen lassen und steckte diesen in ihre große Tasche zu ihren Sachen, die sie am Mittwoch wieder brauchen würde. Erneut ging sie durch das

Hotelzimmer. Sie schaute nochmals genau nach, ob sie wirklich alles hatte. So jetzt war aber wirklich alles gut. Sie schaltete das Licht aus und verlies den Raum. Im Büro angekommen ging sie zum Kühlschrank und holte die Champagnerflasche raus. Sie schüttete den Rest in das Waschbecken und stellte die Flasche zu den andren leeren im Eck dazu. Sie wusch die beiden benutzten Champagnergläser ab und stellte diese zurück ins Regal. Sie kreuzte die Entnahme einer Champagnerflache an, holte aus ihrem Geldbeutel, die für die Flasche fälligen 20 Euro und legte diese, zu dem andern Flaschengeld in die Kasse. Sie ging zum Schrank, holte ihren Mantel, nahm ihre Sachen aus dem Büro, löschte das Licht und schloss die Burötüre ab. Sie ging zum Computer und schalte ihn aus. Alles war so wie immer. Dann ging sie mit ihren beiden Taschen zum Vordereingang raus hinüber zur Haltestelle für die Strassenbahn. Gut, das sie in Berlin war, dachte sie. Ich werde haufenweise Kunden haben. Und niemand würde annehmen, dass ich direkt an der besten Quelle sitze. Sie setze sich. Es war weit nach Mitternacht. Noch immer brannten Licher hinter den Vorhängen in dem ein oder anderen Hotelzimmer. In der Bar nebenan war Hochbetrieb. Kein Wunder es war Messe. Michaela war zufrieden mit sich. Sie hatte innerhalb von nur drei Tagen 1000 Euro verdient. Sie zog ihr Handy aus der Tasche. Sie hatte eine neue Nachricht von Lisa. Sie wischte den Sperrbildschirm zur Seite und lass. „Nur noch 12 Tage. Ich verglühe schon vor Lust nach Dir. Kuss. Deine Lisa". Michaela schloss die Nachricht und blickte auf das Photo von Lisa beim Schuhe kaufen. Sie war total verliebt in die Frau. Sie hoffte nur, dass dies auch so in der Realität war, wenn sie sich dann wirklich begegnen würden. Dann schrieb sie Lisa: „Ich weiss! Ich zähle schon die Stunden:-) Schlaf schön und träum von mir. Ich küsse Dich heiss zwischen Deine Oberschenkel, da wo es dann schön nass ist;-). Michaela". Die Straßenbahn kam. Michaela stand auf. Nachdem die Straßenbahn gehalten hatte, stieg sie ein und suchte sich einen Platz, wo sie alleine und in Ruhe sitzen konnte. Sie sah aus dem Fenster in das nächtliche Berlin hinaus. Der Mann hatte ihr in der Sauna zum Schluß gesagt, dass sie jeden Euro wert gewesen sei. Zuerst hatte sie es als Kompliment aufgefasst. Doch nun, je länger sie darüber nachdachte, wie einfach und schnell er die 500 Euro auf den Tisch gelegt hatte, vielleicht hatte sie zu wenig verlangt. Sie zog ihr Handy raus und begann im Internet nach Escort-Services zu suchen. Sie entdeckte diverse Seiten, auch von Services in Berlin. Teilweise wiesen die Seiten Honorare aus. Sie war verblüfft über die Höhe, die dort pro Stunde oder Tag, ja sogar für Tage verlangt wurden. Sie konnte sehen, dass, falls eine Anreise der jeweiligen Escort-Dame notwendig wurde, auch hier Kosten anfielen. Ebenfalls war immer eine Anzahlung dann fällig, wenn ein Termin längere Zeit im Voraus gebucht wurde. Michaela musste definitiv ihren eigenen Wert und daraus resultierend, die Preise neu überdenken. Zusätzlich war sie in einem fünf Sterne Hotel tätig. Hier stiegen Menschen ab, die entweder viel Geld hatten oder aber gut bezahlt wurden. Sie würde sicher und einfach mehr bekommen können. Sie beschloss, in den kommenden Wochen, mit den Preisen für Ihre Dienste zu variieren und zu spielen. Jetzt aber würde primär ihr Ziel sein und das war ihr sehr wichtig, dass Geld für den Flug zusammen zu bekommen, um Lisa zu treffen und ihre Gefühle für sie zu klären.

Der Mittwoch Abend im Hotel verlief nicht sehr gut. Es war kein Vergleich zu dem Montag Abend vor zwei Tagen. Es zu viel los und sie hatte massive zeitliche Schwierigkeiten, sich für den letzten Gast des Abends fein zu machen. Sie musste auch dieses Mal den männlichen Hotelgast in die Lobby lassen. Als sie die Treppen runterkam, stand der Mann seitlich an einer Vitrine. Sie erschrak. Der Mann war sicher sechzig Jahre alt. Das würde definitiv Ärger geben. Sie stolperte fast in ihren Stöckelschuhen. In Windeseile knöpfte sie sich den Blazer komplett, so gut es ging, zu. Sie fasste sich an den Rock und drehte den Schlitz nach hinten zwischen Ihre Beine. Gerade als sie fertig war, drehte sich der Mann zu Ihr um. Michaela hoffte inständig, dass es dem Mann nicht möglich gewesen war, im spiegelnden Glas der Vitrine, ihr Kommen zu beobachten. Sie begrüßte den Mann. Er grüßte sie freundlich zurück. Dieses Mal würde sie sich nicht setzen können. Zu groß war die Gefahr, dass er ihr in den Abschnitt sehen konnte. Sie reichte im das CheckIn-Dokument mit Stift. Während der Mann schrieb, setzte sie sich auf den Stuhl und rollte rückwärts, den Mann nicht aus den Augen lassend, zurück. Sie griff nach dem Schlüssel im untern Fach. Der Mann war noch immer mit dem Ausfüllen beschäftigt. Sie stand auf und stellte den Schlüssel neben dem Mann auf den Pult der Rezeption. Der Mann reichte ihr das Dokument und den Stift. Ob sie wohl so freundlich sein könne und ihm mit seinen vier Taschen zum Zimmer helfen konnte. Er sei müde und genervt und wolle nur noch seine Ruhe haben. Und dies so schnell wie möglich. Michaela befand sich nun in der Zwickmühle. Das Protokoll verlangte, dass sie vor dem Mann gehen musste. Es gab keine Möglichkeit den Rock zur Seite zu ziehen. Dem Mann würde der riesige Schlitz im Rock und ihr blanken Arsch bei jedem Schritt regelrecht ins Gesicht springen. Michaela wurde knall rot im Gesicht. Sie schaute den Mann an. Er fragte sie, was los war. Michaela rang mit den Worten. In letzter Sekunde kam ihre eine Idee. Sie würde sich vielmals entschuldigen wollen, aber sie müsse wirklich dringend zur Toilette. Sein Zimmer wäre lediglich nur die Treppe in das erste Geschoss hoch und dann das zweite Zimmer auf der linken Seite. Es wäre ihr unverzeihlich, aber das wäre die Wahrheit. Der Mann lächelte sie an, wünschte eine Gute Nacht, nahm den Schlüssel und die ersten beiden Taschen und ging in Richtung Treppe. Als der Mann oben im Gang in Richtung seines Zimmers verschwunden war, drehte sie den Rock zur Seite und ging so schnell es ging, zum Aufzug. Sie wollte nur noch zurück ins das Gästezimmer wo Ihre Sachen waren. Sie wollte jetzt nur noch weg von hier. Sie war fix und fertig. Das war eine Situation auf die sie überhaupt nicht vorbereitet gewesen war. Sie hatte wirklich Glück gehabt, dass der Mann nichts bemerkt hatte. Nicht auszudenken, wenn sie aufgeflogen und am nächsten Tag vom Chef deshalb gekündigt worden wäre. Ihr Plan Lisa zu treffen und auch ihre Reputation dem Chef gegenüber, wäre dahin gewesen. Als sie im Zimmer angekommen war, setzte sie sich erst einmal. Sie musste zur Ruhe kommen. Als sie sich einigermaßen wieder beruhigt hatte zog sie sich um. Sie legte die Sachen fein säuberlich zusammen zurück in die große Tasche. Freitag würde sie es erneut versuchen. Sie ging zurück zur Rezeption, schloss alles ab, nahm ihren Mantel und ihre Taschen und lief zur Strassenbahn. Sie musste sich unbedingt am Rock in der Mitte einen Knopf hinmachen. Ebenfalls am Blazer einen weiteren Knopf im oberen Bereich. Das war gerade nochmals ganz knapp gut gegangen. Sie musste abermals an die Situation mit dem alten Herrn denken. Aber es hätte auch anders laufen können. Und was, dann? Sie wäre rausgeflogen, wenn der ältere Mann sich beim Chef beschwert hätte. Dann würde ihr Traum sich mit Lisa in Zürich zu treffen, wie eine Seifenblase, platzen. Während sie heimfuhr, überlegte sie weiter. Das sie nochmals zu spät in die Lobby kommen würde das ging nicht mehr. Sie musste dort bereits sein, wenn der letzte Gast kommen würde. Dann hätte sie genug Zeit den Gast, wenn dieser noch vor der Tür stand, zu mustern und sich ggf. den Knopf an Rock und Blazer zu öffnen. Auch würde sie, sollten noch andere Gäste zum Hotel nach einem Ausflug ins nächtliche Berlin zurückkehren, keinerlei Probleme mit ihrem Outfit haben. Und wer weiss, vielleicht würde sie sich mit einem zurückkehrenden Gast auch verabreden können. Um dies möglich zu machen, musste sie in Zukunft früher von der Uni gehen. Sie würde zuerst nach Hause fahren, sich dort bereits duschen, sich bis auf den Blazer und den Rock bereits alles unter einer Jeans und einer Bluse anziehen, bevor sie dann zum Hotel ging. Auch auf die Gefahr hin, dass ihr Chef dann ihre stark wackelnden Brüste bemerken würde. Sie würde sich weitere Unterteile und auch ein weiteres anderes Outfit für oben rum unter den Blazer suchen müssen. Aber bis Freitag würde sie nichts zugesendet bekommen können. Das war in der kurzen Zeit nicht machbar. Sie zog ihr Handy aus der Tasche, um die Unterwäschen-Seite, von der sie schon die aktuellen Sachen gekauft hatte, zu öffnen und dort nach einem weiteren Outfit zu schauen. Sie wischte den Sperrbildschirm zur Seite und betrachtete das Bild von Lisa. Sie hatten heute noch kein Wort gewechselt. Was für volle und schöne Brüste Lisa doch hatte. Sie betrachtete das Bild intensiver. Sie erinnerte sich daran, dass ihr Lisa geschrieben hatte, dass sie dort einen Hebe-BH getragen hatte und so ihre Brüste noch größer aussahen. Michaela viel ein, dass sie irgendwo im Schrank zu Hause auch so ein Ding hatte. Sie wollte damals ihren Freund damit beeindrucken. Vielleicht würde es möglich sein, diesen BH unter dem Body zu tragen. So würden ihre Möpse am Freitag unter der Bluse nicht so stark hin und her baumeln können. Sie würde es gleich zu Hause ausprobieren. Ihr war absolut klar, dass ihre Oberweite, dann noch größer unter der Bluse wirken musste. Aber es war sicher besser, wie wenn alle Blicke auf sie gerichtet waren, weil jeder die großen Glocken unter der Bluse läuten sehen konnte. Sie würde es in jedem Fall ausprobieren. Sie hatte in der Kürze der Zeit auch keine Wahl. Und wer weiss, dachte sie, vielleicht werden meine Brustwarzen vom Reiben an der Bluse davon hart und es gibt mir einen Kick. Ja, so würde sie es machen.

THIDE

Michaela trat in die Lobby des Hotels. Ihr Haar, Gesicht und Mantel waren ebenso, wie auch ihre beiden Taschen, auf der kurzen Strecke, von der Haltestelle bis hierher zum Hoteleingang, vom Schneetreiben feucht geworden. Jetzt in der Wärme angekommen, öffnete sie ihren Mantel und spürte, dass sie nicht nur oben nass geworden war. Das Gefühl mit dem Hebe-BH under der Bluse im Mantel in der Strassenbahn und nun auch im Hotel, ihre Brüste nochmals fast eine Nummer größer aussehend, hatte sie richtig wuschig werden lassen. Sie zog sich den Mantel aus und schüttelte ihn ab. Dann wischte sie die beiden Ledertaschen mit der Innenseite des Mantels trocken und stellte alles in den Schrank. Ihr Chef saß im Büro. Sie wollte nicht stören und sagte nur von draußen kurz "Hallo", während sie zur Rezeption ging. Ihre Titten wackeln rauf und runter. Ihre Brustwarzen rieben an der Bluse. Sie sah zu ihren Möpsen hinunter und erkannte, dass wenn jemand ihre Bluse an dieser Stelle aufmerksam ansehen würde, er die harten Hügel ihrer Warzennoppen rausdrücken sehen würde. Sie zog die Bluse vorne noch ein wenig lockerer. Sie wollte nicht wie ein billiges Flittchen abgestempelt werden. Nach 10 Minuten kam ihr Chef raus. Er teilte Michaela mit, dass das Penthouse für vier Tage kurzfristig gebucht worden sei und dass sie bei einem Preis von 1500 Euro pro Nacht, besonders höflich mit den Gästen sein sollte. Er konnte sich heute leider nicht persönlich darum kümmern, da er geschäftlich auf einen Empfang für Hoteliers gehen musste. Michaela beruhigte ihn und sagte, dass sie so gut wie seine rechte Hand sei und er sich absolut auf sie verlassen können würde. Er atmete auf, lächelte und dankte ihr. Dann drehte er sich um und ging zurück ins Büro, holte seinen Mantel und verschwand in Richtung Hinterausgang. Michaela war alleine. Sie schaute die Buchungen an. Sie entschied nicht warten zu wollen. Dieses Mal würde sie nichts dem Zufall überlassen.

Sie nahm ihre Tasche mit dem Blazer und Rock und ging in das Büro des Chefs. Sie schloss die Tür. Sie zog sich die Bluse vorsichtig über den Kopf aus, setze sich und öffnete ihre Schuhe. Sie streifte sich ihre elegante Hose ab. Sie holte die Stöckelschuhe raus und zog sie an. Sie stand auf und schlüpfte in den Rock, dem sie mittlerweile den Knopf verpasst hatte. Dann nahm sie den Blazer, zog diesen an und knöpfte hier alle vorhanden, inklusive dem neuen Knopf weiter oben, zu. Sie legte ihre Bluse und die Hose zusammen und dann in die Tasche. Mit der Tasche in der einen und den Schuhen in der anderen Hand ging sie zurück in die Lobby und verstaute alles im Schrank. Dann setzte sie sich wieder an den Schreibtisch. Während sie wartete, betrachtete sie Lisa auf dem Bild am Handy. Wie es wohl sein würde, dass erste Mal von einer Frau sinnlich berührt zu werden oder was sie fühlen würde, wenn sie Lisa sinnlich streicheln und liebkosen würde. Sie wurde feuchter zwischen ihren Beinen. Sie fragte sich, weshalb ihr das noch nie früher aufgefallen war, dass ihr eine Frau gefallen könnte. Oder würde es nur an Lisa liegen? Sie beschloss, bis weitere Gäste kamen, sich Aktphotos nackter Frauen im Internet anzusehen. Je länger Michaela sich so Bilder ansah, um so mehr wurde sie erregter davon. Ja, dachte sie, ich stehe auf Frauen. Sie öffnete sich den Knopf am Rock, drehte sich zum Regal, wo sie die Schlüssel für den letzten Gast immer hintat und nahm sich von dort ein paar Klinex. Dann öffnete sie ihre Beine weit auseinander und wischte sich die Möse trocken. Sie musste sich jetzt beherrschen. Sie würde jetzt nicht in WC verschwinden oder sich hier an der Rezeption masturbieren können. Sie stand auf, nahm sich zwanzig Euro aus ihrem Geldbeutel und ging zurück ins Büro. Sie öffnete sich eine Flasche Champagner. Sie musste runter kommen und lockerer werden. Sie redete sich ein, dass sie vielleicht so, ihre Lust in den Griff bekommen würde, auch wenn sie aus Erfahrung wusste, dass es nun kein zurück mehr geben würde. Sie würde die ganze Zeit feucht bleiben.

Sie würde immer geiler werden und irgendwann, wenn es nicht mehr ging, sich dann zum Orgasmus bringen müssen. Sie hoffte nur, dass ihre Erektion nicht so schnell stärker werden würde. Noch im Büro trank sich das erste Glas auf einen Schlag leer. Dann füllte sie sich nach, stellte die Flasche zurück. Sie buchte eine Flasche für privat in die Liste und ging mit dem vollen Champagner-Glas zurück an ihren Platz. Der Abend verlief ruhig. Es war Freitag. Gäste kamen zurück vom Abendessen, andere checkten mit ihrer Frau oder Geliebten im Hotel ein. Bei einer Frau war sie der Meinung, dass diese sicher eine Eskort-Dame sei. Spätestens, wenn die Frau eine Stunde später wieder nach unten kam, würde sie es wissen. Doch manches Mal blieben die Frauen auch über Nacht. Michaela erinnerte sich, welche Preise verlangt wurden. Das war abenteuerlich. Sie war sich jedoch auch sicher, dass sie selbst auch langsam in dieses preisliche Segment kommen würde. Nur würde sie nicht als Eskort arbeiten. Sie würde mit Ihrer Strategie, Visitenkarten zu verteilen, sich ihr Netzwerk auf- und ausbauen. Weshalb sollte sie einer Agentur, wer weiss wie viel, Provision für eine Vermittlung zahlen. Das würde sie niemals machen. Der Abend verging und Michaela hatte sich mittlerweile das dritte Glas der Flasche gegönnt. Sie würde nun aufhören. Sie würde die zwei verbleibenden Gläser vielleicht noch später für sich und hoffentlich einen Gast benötigen. Sie musste unbedingt Geld verdienen, damit sie den Flug bezahlen konnte. Es waren nur noch zwei Buchungen für heute Abend offen. Das Penthouse und ein Doppelzimmer. Michaela hoffte sehr, dass das Doppelzimmer zur Einzelbelegung sein würde. Das Penthouse wurde sicher nicht von einer Person alleine gebucht worden sein. Als Michaela an der Tür ein Paar, schätzungsweise um die fünfzig Jahre alt, ankommen sah, war sie noch guter Dinge. Doch als sich herausstellte, dass die beiden das Doppelzimmer gebucht hatten und sie diese zu ihrem Zimmer gebracht hatte und danach dreißig Euro Trinkgeld in ihren Händen hielt, schwanden alle

Hoffnungen. Auf der anderen Seite, wie naiv war sie wohl gewesen, zu glauben, dass an einem Freitag Abend noch Geschäftsmänner alleine ein Zimmer für die Nacht gebucht hatten. Michaela ging zurück ins Büro und schenkte sich ein weiteres Glas Champagner ein. Sie merkte, dass der Alkohol seine Wirkung zeigte uns sie davon beschwipst geworden war. Aber das war nun auch egal. Sie war enttäuscht. Bisher hatte sie insgesamt nur etwa 850 Euro zusammen bekommen. Und, sollte sie kurzfristig buchen müssen, würden die Flüge alle um 1500 bis 1600 Euro liegen. Sie hatte nur noch eine Woche Zeit. Sie setzte sich an den Schreibtisch und trank das Glas in einem Schluck aus. Gerade, als sie ihren Kopf wieder nach vorne beugte, fuhr ein Taxi vor. Michaela stellte das Glas nach unten in das Regal. Sie konnte sehen, wie der Taxifahrer ausstieg, um den Wagen herum ging und hinten die Türe öffnete. Michaela konnte eine Frau in einem langen schwarzen Pelzmantel aussteigen sehen. Die Frau unterhielt sich am Telefon. Der Taxifahrer schloss die Tür des Wagens und ging zum Kofferraum. War die Frau wirklich alleine gekommen? Die Frau kam näher zur Tür. Michaela konnte sehen, dass die Frau aufgeregt ins Telefon sprach. Als die Frau sich zu Michaela drehte schauten sich die beiden kurz an. Die Frau war nicht alt. Sicher nicht einmal vierzig Jahre. Eher um die dreissig oder fünfunddreissig Jahre. Sie sah wirklich gut aus, dachte Michaela. Aber vielleicht bin ich einfach nur scharf vom Alkohol und den Aktphotos. Die Frau schaute sie nochmals an. Dieses Mal intensiver. Michaela spürte, wie sie rasch feuchter wurde. Sie hatte langes Haar, das ungezügelt im Wind und Schneetreiben, vor der Tür hin und her flog. Die Frau drehte sich wieder um und ging in Richtung Taxi und sagte irgendetwas zu dem Fahrer. Der Taxifahrer lud den bereits herausgenommen Koffer wieder ein und schloss den Kofferraumdeckel. Dann begann die Frau wiederum ihm andere Anweisungen zu geben. Er öffnete den Kofferraum erneut und lud drei Koffer nach und nach am Hoteleingang ab. Als er den Kofferraum geschlossen und wieder zur Tür kam drückte Michaela den Öffner. Der Taxifahrer kam mit einem Koffer herein. Michaela, fragte was los sei und der Fahrer schüttelte nur mit dem Kopf: "Fragen Sie bitte nicht. Die Frau war wohl irgendwie für das Wochenende verabredet und jetzt ist die ganze Sache geplatzt. Wenn ich alles richtig verstanden habe, hat sie mit einer Detektei gesprochen, die ihr sagte, dass ihr Partner wohl fremdging." Michaela schaute den Fahrer mit großen Augen an. Der schüttelte nur den Kopf. "Ich hole die anderen zwei Koffer rein, bevor sie sonst vielleicht wieder zum Flughafen zurück will" scherzte er. Als er mit den beiden anderen Koffern wieder kam, fragte Michaela, ob er bitte so freundlich sein würde, die Koffer zu dem Aufzug, neben der Treppe zu tragen und reinzustellen. "Na klar, die sind schwer. Mache ich gerne für Sie." Als er die drei Koffer in den Aufzug gestellt hatte, kam er zu ihr an den Pult. "Armes Ding" sagte er. "Das ist sicher kein Spass, beschissen zu werden." "Ja!" stimmte Michaela zu. Sie beobachteten die Frau gemeinsam, wie sie draussen in der Kälte, vor dem Hotel auf und ab ging. Irgendwann sagte der Fahrer, dass er nicht länger warten könne, und sein Geld brauche. Schließlich habe er noch andere Gäste vor zu fahren. Michaela fragte den Fahrer, wie hoch die Rechnung sei. Dann ging sie ins Büro holte Geld und bezahlte den Fahrer mit einem guten Trinkgeld. Die Frau hatte sicher genug andere Sorgen. Der Fahrer verabschiedete sich von Michaela und wünschte ihr viel Glück mit der Frau. Michaela setzte sich wieder an den Schreibtisch. Nachdem das Taxi abgefahren war, stand die Frau noch immer draussen und telefonierte. Michaela konnte sehen, dass der Frau Tränen die Wangen runter liefen. Schwarze Wimperntusche auf, von der Kälte und Wind abgekühlten Wangen, dass sah nicht gut aus. Aber sie würde auch nicht zu der Frau hingehen können. Michaela entschied, der Frau einen Tee zuzubereiten, damit sie sich, wenn sie dann reinkommen würde, daran aufwärmen konnte. Es vergingen gute weitere fünfzehn

Minuten. Der Tee war längst fertig und lauwarm geworden. Dann klingelte die Frau. Michaela öffnete ihr. Die Frau kam herein und Michaela konnte sehen, dass sie fix und fertig war. "Guten Abend." sagte Michaela zu der Frau. Michaela stand auf und stellte den Tee auf den Pult der Rezeption. "Für Sie, ich hoffe sie können sich damit ein wenig aufwärmen". Die Frau wischte sich mit ihrem Pelzmantel eine Träne und die Feuchtigkeit des Schneetreibens von den tiefroten Wangen ab. Dann nahm sie mit ihren beiden Händen, deren Fingernägel in knall-grün lackiert waren, einen Schluck vom Tee und dankte Michaela. Michaela griff nach den Klinex-Tüchern, stand auf und ging um den Pult herum zu der Frau. "Bitte lassen Sie mich ihnen die Wimperntusche von den Wangen wischen." Die Frau nicke und drehte sich zu Michaela. Sie begann der Frau vorsichtig das Gesicht abzutupfen. "So, schon besser". Sehen Sie, gleich ist alles wieder in Ordnung". Michaela entdeckte, dass die Frau schöne, grüne, circa zwei Zentimeter große, tropfenförmige Kristall-Ohrringe trug. "Ihre Ohrringe sind wunderschön". Sie wollte die Frau, egal wie, auf andere Gedanken bringen. "Warten Sie" sagte Michaela und begann der Frau den Pelzmantel an den großen Schließen zu öffnen. Den ziehen wir auch gleich aus. Dann wird Ihnen wärmer. Hier drin ist es schön kuschelig warm. Die Frau wollte reagieren aber Michaela hatte ihr den Mantel schon komplett vorne auseinander geöffnet damit sie den Mantel abnehmen konnte. "Jetzt ist es schon egal" hörte sie die Frau sagen. Michaela traute ihren Augen nicht. Während der Mantel langsam über die Schulter der Frau nach unten in ihre Arme glitt sah sie, dass die Frau, die nahezu genauso groß wie sie war ein knall-grünes Abendkleid, dass am Rücken bis hinunter zum Po-Ansatz offen war, trug. Der Stoff war nahezu transparent und von der Seite konnte sie die riesigen Brüste, die sicher genauso groß wie ihre, wenn nicht sogar noch ein wenig größer waren, sehen. Die Frau trug keine BH. Michaela ging in Richtung Aufzug und legte den Pelzmantel über den Stuhl beim Penthouse-Aufzug. Sie war nun extrem gespannt, wie die Frau von vorne in diesem Abendkleid aussehen würde. Michaela drehte sich um und bewegte sich langsam in Richtung der Frau. Die Frau stand zu Michaela gewendet vor ihr am Pult. Michaela ging mit zittrigen Händen zu der Frau, der mittlerweile wieder die Tränen über die Wagen liefen und dann, auf die Brüste, die man eindeutig unter dem Stoff in voller Pracht erkennen konnte, fielen. Michaela wischte der Frau mit einem frischen Klinex die Tränen aus dem Gesicht. "Bitte passen sie auf, Ihre Wimperntusche wird das ganze Kleid ruinieren." Michaela schaute auf den schwarzen Fleck auf dem Kleid. Erst jetzt sah sie, dass der Frau die Nippel der beiden Brustwarzen deutlich hervor standen. Beide Nippel waren gepierst. Michaela konnte unter dem grünen Stoff nur erkennen, dass an den Brüsten der Frau große, tropfenförmige Anhänger waren. Von der Form ausgehend, sahen sie denen am Ohr ähnlich, jedoch waren diese, vergleichen mit den Ohrringen, sicher noch einen guten Zentimeter größer und sahen auch viel schwerer aus. Michaela wurde scharf. Sie sah ihre Chance kommen. Lisa hatte ihr gesagt, dass sie aus Rache, weil sie betrogen worden war, dann fremdgegangen war. Vielleicht würde dies hier auch klappen. Die Frau schluchzte. Michaela hob ihr den Tee hin und die Frau nahm noch einen Schluck. "Was ist den passiert?" fragte Michaela die Frau und drehte sich um, damit sie zum Schreibtisch zurück gehen konnte. Michaela öffnete im Gehen alle Knöpfe des Blazers. Sie spürte den Plug im Arsch und wie ihre Clit zu pulsieren begann. Dann setze sie sich an den Schreibtisch und öffnete den Knopf in der Mitte des Rockes. Die Frau begann zu erzählen, dass erst vor Kurzem, genauer gesagt vor ein paar Wochen, ihre Lebensgefährtin hier im Hotel abgestiegen war und ihr so von hier vorgeschwärmt hatte. Darauf buchte sie hier und wollte dieses Wochenende jetzt mit ihr hier verbringen. Michaelas Puls wurde schneller. Die Frau hatte Lebensgefährtin gesagt. Michaela sah, dass der Frau wieder

Tränen runter kullerten. Nun würde sie alles auf eine Karte setzen. Sie öffnete Ihr Beine, so weit sie konnte auseinander. Gleichzeitig warf sie den Stoff des Rocks unter dem Tisch links und rechts auf die Seite. Sie rollte so den Stuhl langsam in Richtung der Klinex Tücher. Sie schaute dabei die Frau genau an. Ihre Blicke trafen sich. Sie konnte sehen, wie die Frau ihre nasse Möse im Rock, mit dem roten Dreieck darüber genau und intensiv betrachtete. Michaela beugte sich nach unten, um die Klinex-Tücher zu nehmen, drückte gleichzeitig ihren Rücken so gerade wie es ging. Als sie wieder nach oben kam, öffnete sich ihr Blazer komplett. Mit dem Hebe-BH wurden ihre Brüste so stark nach vorne und hoch gepusht, wie dies nur möglich war. Der Blazer viel links und rechts auf. Die Frau betrachtete Michaela, so vor sich sitzend. Michaela konnte die plötzliche Lust der Frau in deren Augen erkennen. Immer wieder trafen sich ihre Blicke. Michaela versuchte mit der Frau zu flirten. "Du bist wunderschön, weisst Du das?" sagte die Frau. "Ja" sagte Michaela und begann sich, vor der Frau sitzend, ihre Knospe zu streicheln. Michaela fuhr fort. "Und ich versuche damit, hin und wieder, Geld zu verdienen". Die Frau wollte wissen, wie alt sie sei. "Fast 25 Jahre alt". lächelte sie die Frau an. Michaela steckte sich den Finger in ihr Loch, zog diesen wieder raus und verteilte den Saft auf dem Finger auf ihrer Knospe, noch immer die Frau ansehend. "Deine Brüste sind noch richtig fest. Meine beginnen mit meinen 34 Jahren schon langsam die Schwerkraft zu spüren". Die Frau kam um den Pult herum. Michaela drehte sich mit dem Stuhl in ihre Richtung. "Wie heissen Sie?" wollte Michaela wissen? "Sag Du zu mir" hauchte die Frau sinnlich Michaela zu. "Bitte sag Edith zu mir". Michaela nickte, sich weiter vor der Frau ihren Kitzler reibend. Edith kam näher. Michaela stöhnte auf. "Kannst Du heute Nacht bei mir bleiben?" fragte Edith. "Ja das ist möglich. Für 1000 Euro bleibe ich die ganze Nacht". Michaela setzte auf alles oder nichts. Die Frau hatte sicher Geld. An ihren Händen waren mehrere Goldringe. An zweien der Ringen waren funkelnde Steine eingesetzt. Die Frau hatte das Penthouse für 4.500 Euro gebucht. Die 1000 Euro wären sicher kein Problem. "Und wenn ich Dich die ganzen drei Nächte und Tage bei mir haben will?" Michaela schnappte nach Luft. Sie konnte nichts sagen. "Also gut. Ich vermute, dass Du nur Bargeld nehmen wirst. Der Automat lässt jeden Tag 2000 Euro in Bar zu." Sagen wir 1000 Euro jetzt und 5000 Euro verteilt über die weiteren zwei anderen Tage. Ok?" Michaela nickte sofort. Sofort schoss ihr der Gedanke durch den Kopf, dass sie Lisa nun definitiv treffen konnte. Michaela stand auf und ging auf die Frau zu. Sie fragte, ob Edith noch die Ware testen wollte, bevor sie die 1000 Euro Anzahlung leisten musste? Michaela kam so nahe, wie möglich, an Edith heran. Sie spürte den Atem von Edith auf ihren Wangen. Ihre großen Brüste berührten sich gegenseitig. "Du riechst verboten gut, meine kleine Süsse" sagte die Frau. Dann drehte sie sich um, ging zu ihrer Handtasche die am Pult stand, öffnete diese und nahm ihren Geldbeutel heraus. Michaela konnte sehen, dass dort locker mehr als 2000 Euro drinnen waren. Während die Frau Michaela das Geld gab, holte Michaela aus Ihrem Blazer drei der schwarzen Visitenkarten heraus und händigte sie Edith im Gegenzug aus. "Für Empfehlungen oder um mich, bei Gefallen, noch einmal zu buchen" sagte Michaela. Michaela bat Edith, sich Zeit zu lassen und noch einen Moment hier an der Rezeption zu warten und ihren Tee zu Ende zu genießen. Die Frau stimmte zu. In Windeseile fuhr Michaela den Computer runter, schloss das Büro ab, holte ihre Sachen aus dem Schrank und schaltete das Licht der Lobby schwächer. Edith nahm ihren Pelzmantel vom Stuhl. Michaela bot Edith mit ihr zum Lift zu kommen, der die beiden Frauen, nach oben ins Penthouse bringen würde. Die Koffer nahmen fast den ganzen Aufzug ein. Michaela steckte den Schlüssel in den vorgesehen Platz, damit der Aufzug sich in Bewegung setzen und nach oben fahren konnte. Edith, die nun schon in den Aufzug eingestiegen war, nahm Michaela die beiden Taschen und Mantel ab und verstaute alles auf den Koffern.

Dann reichte sie Michaela die Hand und zog sie sanft zu sich in die Aufzugkabine. Während sich die Türe schloss, spürte Michaela Ediths Hand an ihrem Rücken, sie weiter und noch näher zu sich ziehend. Ihre großen Brüste drücken gegenseitig aufeinander. Die beiden Frauen Sie schauten sich an. Michaela sagte: "Ich hoffe, ich kann Dich in den kommenden drei Tagen auf andere Gedanken bringen". Edith kamen wieder Tränen in die Augen. Schluchzend sagte sie "Danke, dass Du mich unten in der Lobby aufgefangen hast." und legte ihren Kopf, so gut es ging, auf Michaelas rechte Brust und Schulter. Michaela streichelte Edith sanft über ihre weichen Haare. Edith rannen weiter die Tränen über ihr Gesicht. "Alles ist gut, so wie es ist" sagte Michaela und drückte Edith nun, so fest wie es möglich war, an sich heran. Der Aufzug hielt und die Türe öffnete sich. Michaela entschied, dass es egal war. Sie würde Edith so lange im Arm halten, streicheln und trösten, wie es nötig war. Das Geld das sie erhalten hatte war für Rache-Sex. an ihrer Ex. Jedoch nicht aber dafür, dass sie die Situation ausnutzen würde. Das wäre nicht in Ordnung. Überhaupt nicht. Sie würde nicht manipulieren oder unehrlich gegenüber Edith sein. Das hatte niemand verdient, was Edith nun passiert war. Sie würde sich genau so verloren fühlen, wenn sie so was erleben würde. Warme Luft kam aus dem Penthouse in den Aufzug geströmt. Ihr Chef war ein Meister was dies betraf. Er hatte die Gabe alles perfekt zu machen. So würden sie beide sich später, nackt im Penthouse bewegen können, ohne nur ansatzweise frieren zu müssen. Edith hob ihren Kopf und schaute Michaela lange und intensiv an. Dann lösten sie sich beide aus der Umarmung und betraten das Penthouse. Während Edith sich die Räumlichkeiten ansah, holte Michaela Ihre Sachen und die Koffer von Edith aus dem Fahrstuhl in den Vorraum. Sie zog den Schlüssel aus dem Aufzug ab und steckte den Schlüssel in das Schloss, das aussen links neben dem Fahrstuhl an der Wand angebracht war und drehte den Schlüssel nach links. Der Türen schlossen sich. Jetzt waren sie für sich. Nur wenn sie den Schlüssel erneut nach rechts drehen würden, konnte der Aufzug geöffnet werden. Für Notfälle hatte der Chef noch einen Schlüssel, aber den würden sie nicht benötigen. Dafür würde sie schon sorgen. Nicht auszudenken, wenn der Chef wissen würde, dass sie hier die ganze Zeit war. Sie ging in das Penthouse hinein. Alles war dunkel. Sie fand Edith im Schlafzimmer vor der großen Fensterfront stehend und das nächtliche Berlin betrachten. "Ist es nicht atemberaubend?" fragte Michaela. "Ja, das ist es. Wie schön es hier ist". "Bleib noch ein wenig stehen und genieß das" sagte Michaela. "Ich werde Dir ein Bad einlassen und uns einen Champagner öffnen." Michaela ging durch das Bad nach hinten zum Whirlpool. Sie würde kein Licht machen. Stattdessen würde sie die Vorhänge offen lassen und die Beleuchtung des Pools schwach gedimmt einschalten, damit man sich im Pool sehen aber gleichzeitig auch noch nach draussen sehen konnte. Sie lies Wasser einlaufen. Der Pool war perfekt. Man musste sich nicht um die Temperatur kümmern. Stattdessen war alles programmiert. Einzig, die Lichtstärke musste man anpassen. Das Wasser lief über eine besondere Pumpe binnen zwei Minuten ein. Als sie fertig war ging sie an Edith, die noch immer vor der großen Fensterfront rausschaute, leise vorbei in den Salon. Sie holte eine Flasche Champagner aus dem Kühlschrank. Sie nahm einen Sektkübel und zwei Gläser aus dem Regal. Dann stellte sie die Flasche hinein, band ein Tuch um deren Hals und ging mit allem zusammen zurück ins Bad zum Whirlpool und stellte es an der Fensterseite ab. So konnte es nicht umfallen, wenn jemand dagegen stossen würde. Sie ging zu der Bank, die neben dem Durchgang zurück ins Bad stand und entkleidete sich. Sie legte alles sorgfältig zusammen. Sie würde es wieder brauchen und bisher hatte sie Glück gehabt, dass sie es noch nicht waschen musste. Als sie fertig war ging sie ins Schlafzimmer. Edith stand noch immer am Fenster und schaute in die Nacht hinaus. "Schön, nicht wahr?" sagte Michaela. "Ja" sagte Edith leise und den Tränen nahe. Michaela legte ihre Arme um Edith und zog sie zu sich her. Sie würde warten bis Edith sich zu ihr umdrehen würde. Nach einer Weile löste sich Edith aus der Umarmung und drehte sich zu ihr um. Edith konnte Michaelas nackten Körper im Halbdunkel erkennen. Michaela begann Edith mit Ihren Händen sanft an die Arme entlang nach oben zu ihren Schultern zu streicheln. Dann zog sie das Kleid einfach an den Schultern nach vorne. Der Stoff, angezogen von der Schwerkraft, glitt über die großen Brüste Edith's langsam hinunter und das Kleid fiel zu Boden. Nun stand auch Edith, bis auf ihre Straps-Set, nackt vor Michaela. Sie war etwas dünner wie Michaela. Sicher war sie zehn Kilogramm leichter. An ihren beiden Brüsten baumelten, an den deutlich hervorstehenden Brustwarzen, die größeren Kopien der treppenförmigen Ohrringe hin und her. Die beiden Frauen sahen sich in die Augen. Wie zerbrechlich Edith vor ihr stand. Michaelas Herz klopfte schneller. Sie musste zugeben, dass sie Edith wahnsinnig attraktiv fand. "Komm" sagte Michaela und nahm Edith an der Hand, um sie ins Bad zu führen. Auf dem Weg zum Whirlpool spürte sie zum ersten Mal, wie zärtlich Ediths Haut an den Händen war. Sie fühlte, wie sie dies erregte. Als sie um die Ecke im Bad zum Whirlpool kamen, blieb Edith stehen. Michaela drehte sich zu ihr um. Edith war sprachlos. "Wahnsinn. das ist echt schön hier" sagte sie. Michaela bat Edith auf der Bank Platz zu nehmen und kniete sich vor ihr nieder. Sie zog ihr die vorne geschlossenen Stöckelschuhe aus. Dann löste sie nacheinander die Clips, die die Strapsstrümpfe am Strapsband hielten, ab. Edith hatte in der gleichen knallgrünen Farbe wie ihre Fingernägel ein drei auf drei Zentimeter großes, ebenfalls knall-grün gefärbtes Quadrat aus Schamhaaren direkt oberhalb ihrer Knospe. Michaela war fasziniert davon, wie viel größer diese Knospe, verglichen mit ihrer war. Das Ding war, wie ihre eigene, jedoch über zwei Zentimeter groß aber stand zudem über einen Zentimeter zwischen den ihr weiter untern umschließenden

Schamlippenhaut raus. Wie Michaela hatte auch Edith langebreite und vom Körper abstehende Schamlippen. Michaela wusste, dass wenn Edith einen Slip tragen würde, dies genauso wie bei ihr, eine wahnsinnige Wölbung im Slip rausdrücken würde. Sie spürte wie dieser Gedanke und dieser Anblick sie extrem erregte. Sie war fast soweit, dass sie einfach los lecken wollte, wusste jedoch, dass sie nichts überstürzen durfte. Sie rollte die Strapsstrümpfe, an Ediths weicher Haut ihrer dünnen Beine entlang hinunter. Während sie dies tat, schaute sie immer wieder nach oben, über die große Knospe zwischen Ediths Beinen, weiter hinauf durch den Spalt zwischen den massiven großen Brüsten, zu Edith. Ihre gegenseitigen Blicke sagten mehr als tausend Worte. Michaela gefiel, dass Edith, wie sie auch ihre Fussnägel in der gleichen Farbe lackierte. In diesem Fall natürlich wie alles andere an Ediths Körper in knall-grün. Als sie fertig war, half sie Edith aufzustehen, führte sie zum Whirlpool und bat sie in das heisse Wasser hinabsteigen. Sie war fasziniert, wie schön Edith war und auch darüber, wie ihre ganze erotische Ausstrahlung auf sie wirkte. Sie erinnerte sich an das, was Andreas ihr im Taxi gesagt hatte. So also sah sie aus. Sie konnte definitiv stolz auf sich und ihren Körper sein. Edith reichte ihr die Hand, damit nun auch Michaela vorsichtig in den Whirlpool einsteigen konnte. Die Temperatur war perfekt. Michaela öffnete die Champagnerflasche und goss die beiden Gläser voll. Dann reichte sie Edith ein Glas. "Trink das gleich ganz aus" befahl Michaela. Edith gehorchte. "Dann reichte sie ihr das zweite Glas. "Und das auch". Edith nickte und trank es aus. Michaela goss die beiden Gläser wieder voll und reichte Edith erneut das Glas. "Lass uns anstossen und dann erzähl mir alles" sagte Michaela. Die beiden Frauen lagen sich gegenüber im Whirlpool, das Wasser blubberte ganz leise am Rücken hoch. Der Pool hatte eingebaute Mulden, so dass man bequem an Ort und Stelle, sitzen konnte. Edith fing an zu erzählen. Sie begann damit, dass es für sie immer sehr schwer sei Menschen zu treffen, die ehrlich mit ihr wären. Dies liege vor allem daran, dass sie aus einer Großindustriellen-Familie kam. Dies wäre einerseits umerdenklich schön, da sie sich alles, was sie wollte, kaufen konnte. Gleichzeitig aber war es ein goldener Käfig, da sie immer in der Situation sei, dass Menschen, nur aufgrund des Geldes, jedoch nicht aufgrund wahrer Freundschaft oder Ehrlichkeit die Nähe zu ihr suchten. Michaela nickte. Vor etwas mehr als einem Jahr hatte sie dann Vera kennengelernt. Vera schien anders zu sein. Sie zeigte kein Interesse an ihrem Geld. Vielmehr war Vera darauf bedacht, das sie beide ein glückliches Paar sein konnten. Edith hatte sich in Vera, so wie sie war, total verliebt. Einmal hatte sie Vera dann, für ein Wochenende, mit zu ihr nach Hause gebracht. Auch, um sie ihrer Familie vorzustellen. Nach dem Wochenende hatte sie dann ihr Vater mehrfach gewarnt, dass er nicht glaube, dass Vera loyal und ehrlich sei. Edith war deswegen über Monate hinweg spinnefeind mi ihrem Vater gewesen. Michaela nickte, setzte sich auf und bat Edith das Glas auszutrinken. "Du willst mich wohl besoffen machen?" schmunzele Edith. "Nein, auf keinen Fall. Ich will einfach nur, dass Du Dich entspannst". Sie füllte den Rest der Flasche in das Glas von Edith. Edith sprach weiter. Heute nun, waren Vera und sie, für dieses Wochenende fix verabredet gewesen. Es war klar, dass sie sich irgendwo in Europa treffen würden. Wenn es dabei nicht möglich war, dass Vera einen Firmenjet nutzen konnte, so habe sie, wie immer, die Tickets für Vera gebucht, damit diese keine Kosten haben würde. Nun, gestern rief das Reisebüro an und teilte mit, dass die Flugtickets nach Berlin storniert worden waren. Darauf hin hatte sie Vera versucht zu erreichen. Diese war jedoch nicht zum Telefon gekommen. Als sie dann am späten Nachmittag einen Anruf von Ihrem Vater erhalten hatte und sie drei Kuverts im Flugzeug mit jeweils eindeutigen Photos von Vera beim Sex mit zwei Männern und auch einer anderen Frau zeigte, brach für sie die Welt zusammen. Sie rief ihren Vater an und entschuldigte sich. Ihr Vater teilte ihr mit, dass die von ihm engagierte

Detektei ihn erneut kontaktiert hatte und weitere Photos voneiner weiteren Frau, mit Datum von heute, in München zeigen würde. Ihr Vater hatte Recht behalten. Vera war nicht ehrlich mit ihr gewesen. Dann endlich heute Abend, als sie vor dem Hotel angekommen war, rief Vera sie zurück. Vera sagte ihr, dass sie dieses Wochenende arbeiten musste, weil die Werbeagentur, in der sie tätig war, einen Sonderauftrag erhalten hatte. Edith suchte das Gespräch mit Vera, doch diese log zunächst weiter. Dann im Laufe des Gesprächs, als die Beweislage zu eindeutig wurde, gab Vera alles zu. Irgendwie hatte sie nicht bemerkt, dass der Taxifahrer alles ausgeladen hatte. Er war sogar einfach ohne sein Honorar abgefahren. Dies war ihr nun um so mehr peinlich. Michaela sagte zu Edith, dass sie sich keine Sorgen machen sollte. Sie hatte die Taxirechnung beglichen. Edith schaute Michaela an. "Es ist unglaublich, dass ich Dir begegne. Schon den ganzen Abend, seit ich Dir in die Arme gelaufen bin, läuft alles so einzigartig gut ab." Michaela lächelte Edith an. "Ich hole uns noch eine neue Flasche, ok?". Michaela erhob sich langsam aus dem super konstant temperierten Wasser. Sie stellte ein Bein auf den Rand um nach oben auszusteigen. Sie hörte plötzlich Edith sagen: "Woher hast Du diesen roten Plug mit dem eingesetzten Diamanten?". Michaela drehte ihren Kopf zurück zu Edith und lächelte sie an: "Das ist eine lange Geschichte." Gerade als Michaela sich nach oben drücken wollte spürte sie Edith´s Hand zwischen ihren Po-Backen. Sie hielt, weiter mit einem Bein am Rand des Whirlpools stehend, inne. Sie spürte wie Edith´s Finger das Ende des Plugs umgriffen und den Plug ganz langsam, sanft und behutsam aus ihrem Loch herauszog. Michaela stöhnte laut auf. "Bleib ruhig" befahl Edith. "Ich werde Dir nicht weh tun. Bitte vertraue mir". Edith bewegte den Plug langsam vor und zurück bis sich Michaela langsam entspannte. Michaela hatte mit allem gerechnet, aber dass ihr Edith so schnell so nahe kommen wollte, nur weil sie den Plug sah, überraschte sie. Sie wurde total erregt davon. Sie stöhnte erneut auf.

Dann zog Edith den Plug raus. Michaela spürte die große Öffnung in ihrem Anus. "Komm wieder zurück in den Pool" sagte Edith. Michaela gehorchte, setzte sich zurück ins Wasser. Sie spürte wie ihr offenes Po-Loch das Wasser des Pools rein lies. So etwas hatte sie noch nie erlebt. Michaela griff zu ihrem Po-Loch und steckte sich einen Finger hinein und wusch sich ihr Loch behutsam aus. Edith schaute ihr zu. Michaela wurde erregt durch die intensiven Blicke von Edith. Gleichzeitig war alles wie vertraut. So als ob die beiden Frauen sich schon ewig kennen würden und dies das normalste der Welt wäre. Als sie fertig war begann Edith, den Plug mit ihren Händen im Seifenwasser der Pools sauber zu waschen. Edith kam zu Michaela hinüber. Dicke Tränen kullerten ihr über ihre Wangen. "Kannst Du lesen, was auf dem Plug steht? fragte sie Michaela. "Ja, klar, das habe ich schon zig mal gelesen. Das heisst HTIDE". Das wird der Hersteller sein." Michaela verstand nicht, weshalb Edith so aufgebracht war. "Und was liest Du, wenn Du es rückwärts liest?". Michaela stockte der Atem. "Edith" sagte sie fassungslos und starrte Edith mit großen Augen an. Edith wollte wissen, wie und wann sie zu diesem Plug gekommen war. Michaela erzählte alles. Wie sie die Frau von der gegenüberliegenden Haltestelle der Strassenbahn am Fenster im ersten Stock sich auf einem Stuhl masturbieren sah, während diese telefonierte, wie sie zum Plug kam, dass sie sich um Lisa zu gefallen, dann die Möse genauso als Dreieck rasiert und in knall-rot gefärbt habe, ebenso wie die Ihre Nägel an Händen und Füssen. Was bei der Fahrt mit Andreas im Taxi alles passiert war und den Beginn vor einer Woche mit Sex für Geld, um sich das Ticket nach Zürich kaufen zu können. In Wirklichkeit würde sie Michaela heißen. Den Namen Elisa auf der Visitenkarte hatte sie aus der Kombination Erotik und Lisa dann zu den Namen Elisa kreiert. Edith hörte Michaela ohne Unterbrechung zu. Michaela sagte Edith, dass sie sich in Lisa verknallt hatte und so zum ersten Mal in der Situation war, dass sie entdeckte, dass sie vielleicht lesbisch wäre. Sie fuhr fort und erzählte Edith weiter, dass sie dann sich mit der heissen Unterwäsche, die siehe auch heute Abend an der Rezeption getragen hatte, kombiniert mit ihrem Rock und Blazer, so auf Kundenfang im Hotel ging. Sie habe bereits am Montag einen ersten männlichen Kunden gehabt, den sie dann in die Sauna gelockt und dort verführt hatte. Auch wenn der Grund Lisa war, sich von dem Mann für Geld in alle Löcher bumsen zu lassen, so hatte sie für sich alleine doch festgestellt, dass es sie total angetörnt hatte, dem Mann als Lustobjekt zu dienen und sich für Geld im hinzugeben. Als der Mann sie dann richtig durchgefickt und wie ein Stück Fleisch benutzt, in der Sauna ohne Worte zurück gelassen hatte, fühlte sie sich nicht erniedrigt, sondern erst recht in ihrer Lust ein Sexobjekt für den Mann gewesen zu sein, bestätigt. Als Michaela begann Edith von dem Photo und dem Video-Clip zu berichten, den Lisa im Schuhgeschäft in Zürich mit einem Mann gemacht hatte, wollte Edith dies sofort ansehen. Die beiden Frauen stiegen aus dem Whirlpool und liefen nackt und noch nass durch das Schlafzimmer in den Salon. Michaela schaltete das Licht im Salon ein und nahm das Handy aus ihrer Tasche. Sie zeigte Edith das Photo und den Clip. "Das ist nicht Lisa oder wie sie Dir gesagt hat das sie heisst, das ist Vera!". Michaela kullerten Tränen aus den Augen über ihre Wangen. Ihr wurde schwindelig. Sie hatte mit allem gerechnet gehabt, aber nicht mit sowas. Sie spürte, wie Edith sie in den Arm nahm und sie an sich drückte. Die beiden Frauen standen so, sich eng umschlugen gegenseitig festklammernd, weinend im Salon. Edith begann Michaela die Tränen von den Wangen zu küssen. Tröstend sagte sie dann zu Michaela "Mach Dich nicht verrückt. Das alles ist nicht ohne Grund passiert, dass wir uns heute hier und jetzt begegnen. Komm lass uns zurück in den Whirlpool gehen. Ich möchte Dir was erzählen." Michaela nickte. Noch immer liefen ihr die Tränen runter. Sie spürte ihre große Brustwarzen auf der weichen Haut der Brüste von Edith. Edith streichelte

Michaela sanft über ihren nackten Rücken. Die beiden Frauen schauten sich, noch immer mit Tränen in den Augen an. Michaela spürte ein massives Kribbeln im Bauch als sie merkte, dass Edith mit ihrem Kopf langsam näher zu ihrem Kopf kam, während sich ihre Lippen langsam öffneten. Dann spürte Michaela zum ersten Mal in ihrem Leben, die extrem zarten und weichen weiblichen Lippen einer Frau auf ihren. Während sie ihren Mund leicht öffnete, fühlte sie Edith´s Zungenspitze die ihre suchen. Sie küssten sich zärtlich beginnend und dann immer leidenschaftlicher. Michaela´s Herz klopfte wie blöd. Sie spürte ihre Knospe unten zwischen den Beinen vor Erregung verrückt spielen. Wohlige Wärme bereitete sich in ihrer Lustgrotte aus und die Honigproduktion begann stark und fest. Ja, dachte Michaela. Ich bin ganz sicher total lesbisch veranlagt. Nach und nach Liesen die beiden von einander ab und schauten sich tief in die Augen. Michaela konnte die Leidenschaft für sie in den Augen von Edith sehen. Dann löste sich Edith zärtlich von Michaela los. Sie nahm ihre Hand und ging zum Kühlschrank. Mit einer weiteren Flasche Champagner gingen die beiden Frauen eng umschlungen zurück ins Bad, auf den Weg, in Richtung Whirlpool. Dieses Mal war es Edith, die Michaela, aufforderte zwei Champagnergläser auf ex auszutrinken. Michaela gehorchte ihr und tat wie geheissen. Die beiden Frauen legten sich im Whirlpool nebeneinander hin so dass sie sich berühren und besser, im schwachen Licht des Raumes, ansehen konnten. Edith streichelte Michaela die Haare und das Gesicht. Dann fing sie an Michaela zu erzählen, dass sie einmal bei einer Wahrsagerin gewesen war. Diese hatte ihr erzählt, dass Edith ihre große Liebe finden würde. Und das Edith dies wissen würde, wenn sie ihr eigenes körperliches Spiegelbild, weinend vor sich sehen würde. Michaela schaute Edith mit großen Augen an. Edith sprach weiter. Als sie jung gewesen war, hatte sie versucht, natürlich wie jede Frau, sich auf einen Mann einzulassen. Doch egal wie, sie wurde zwar beim Sex erregt und hatte bekam auch starke Orgasmen. Sie verstand deshalb die Deutung der Wahrsagerin überhaupt nicht. Aber dann war sie vor mehreren Jahren auf einem Wellness-Wochenende gewesen. Sie war spät Abends nochmals alleine in der Sauna. Die Sauna selbst lief rund um die Uhr, jedoch war das Licht schon komplett gelöscht worden. Sie hatte sich ganz hinten in der großen Sauna hingelegt, um für den Fall, dass eine Kontrolle stattfinden würde, sie nicht auffallen konnte. Dann war plötzlich die Tür aufgegangen und zwei Frauen waren hereingekommen. Sie hatten Edith nicht bemerkt und sich wild auf der anderen Seite des Raumes geliebt. Edith hatte den Frauen zugesehen und sich dann dabei selbst befriedigt. Das Stöhnen der Frauen und der gegenseitige zärtliche Umgang der Frauen hatten ihr klargemacht, dass sie lesbisch war. Heute nun, als sie Michaela unten breitbeinig und mit offenem Blazer an der Rezeption vor ihr sitzen hatte sehen, dachte sie sie würde nicht recht sehen. Es war, als wenn sie in ihr eigenes körperliches Spiegelbild sehen würde. Michaela nickte Edith an. "So ging es mir vorher auch." Edith schaute Michaela an. "Und wo Du dann geweint hast, da war es dann einhundert Prozent klar". Die Wahrsagerin hatte es ihr so erzählt. Sie schauen sie lange in die Augen. Michaela zog Edith zu sich her. Die beiden Frauen begannen sich wieder wild zu küssen. Eng umschlungen tauchten sie dabei immer wieder vollkommen mit ihren Körpern im Whirlpool unter. Ihre Beine umklammerten sich gegenseitig und sie rieben ihre Schamlippen gegenseitig an den Oberschenkeln. Voller Leidenschaft und Erregung stand Michaela auf, nahm das Glas von Edith und hielt es sich vor den Bauch. Absichtlich schüttete sie sich Champagner auf den Bauch. Sie konnte sehen, wie Edith den Lauf des Getränks verfolgte. Als es tropfend begann, in den Whirlpool zu fallen, kam Edith näher und begann Michaela die Oberschenkel hoch zu küssen. Immer wieder schüttelte Michaela ein klein wenig vom Champagner nach. Dann endlich spürte sie Edith ihre Schamlippen und ihre Knospe vom Champagner freilecken.

Michaela stöhnte auf. Nie im Leben hätte sie gedacht, dass sich das so verrückt gut anfüllen konnte. Es war gänzlich anders, wie, wenn ein Mann sie leckte. Eine Frau wusste vermutlich besser was einer anderen Frau gefiel. Michaela setze sich langsam ins Wasser runter. Edith küsste Michaela den Bauch hoch und fing an Ihre beiden Brüste und die Brustwarzen zu liebkosen und zu saugen. Michaela stöhnte immer wieder ihre Lust heraus. Noch immer die Champagnerflasche in der Hand halten nahm sie einen Schluck. Edith küsste sich am Hals langsam nach oben zum Ohr. Sie biss in das Ohrläppchen von Michaela sanft hinein und leckte ihr das Ohrloch aus. Michaela stöhnte laut auf. Das war unglaublich. Sie spürte, wie sie dabei einen leichten Strahl ihres Honigsafts ins Wasser spritzte. Als Edith ihren Mund erreichte, begannen sich die beiden wild und leidenschaftlich zu küssen. Sie gab Edith die Flasche und bat sie einen großen Schluck direkt aus der Flasche, genauso wie sie, zu nehmen. Sie hob die Flasche hoch, so dass Edith keine Chance hatte abzusetzen und trinken musste. Als Michaela der Meinung war, dass es genug war, änderte sie den Winkel der Flasche und lies Edith wieder zu Luft kommen. "Du Luder" sagte Edith und lächelte Michaela an. Michaela zog Edith zu sich her und streichelte ihr über den Rücken nach unten zum Po. Dann zwickte sie Edith in den Arsch. Edith schrie auf. "Du Luder, Dir werde ich es zeigen". Die beiden Frauen sprangen auf und spritzten sich gegenseitig im Whirlpool stehend, nass. Michaela zog Edith zu sich her und küsste sie erneut leidenschaftlich. Mit ihren Händen streichelte sie Edith am ganzen Körper. Irgendwann fing sie an, mit ihren Fingern, Edith entlang ihrer Po-Ritze nach unten zu fahren. "Ist es das, was ich fühle?" fragte sie. "Ja" sagte Edith. "Es ist der gleiche Plug, nur mit grünen Steinen und einem Diamanten in der Mitte". "Hast Du auch was da eingravieren lassen?" wollte Michaela wissen. "Nein. da ist nichts drauf. Aber weshalb schaust Du nicht selbst einmal nach?" erwiderte Edith. Michaela zog Edith in Richtung der

Fensterfront. Sie stand auf und bat Edith aus dem Becken auf allen vieren kniend rauszukommen. Edith tat wie ihr von Michaela befohlen wurde. Edith musste ihren Kopf seitlich an die Fensterscheibe gepresst halten, damit die Bodenfläche zwischen Whirlpool und Fensterfront ausreichte. Michaela stellte sich hinter Edith im Whirlpool auf. Ihre Blicke trafen sich. Sie begann Edith den Arsch überall zu liebkosen, während Edith ihr dabei zusah. Der Anblick musste Edith total erregen. Michaela, die eine ihrer Hände direkt am Rand des Pools unter Ediths Liebegrotte zum Abstützen hatte wurde von Mösensaft regelrecht voll getropft. Dann verkleinerte sie den Radius ihrer Arbeitsfläche und näherte sich nach und nach dem Plug dessen grüner Stein und Diamant vom Licht des Wasser glitzerte. Michaela fing an den Plug an seinen Umrandungen zu lecken. Edith stöhnte laut auf. "Mach Deine Beine weiter auseinander" sagte Michaela. "Das geht nicht" erwiderte Edith. Michaela schaute Edith an. "Dann heb Deine Arme an die Scheibe und drück Deine Titten dagegen. Vielleicht sieht Dir jemand zu wie ich es Dir besorge". Edith rutsche vor und machte genau das, was Michaela von ihr verlangte. Michaela hob ein Bein aus dem Wasser und stellte es auf den Rand. So konnte sie leicher arbeiten. Mit zwei Fingern der einen Hand fing sie an Edith ihre Möse zu bearbeiten, während sie mit der anderen Hand anfing, den Plug im Arsch zu bewegen. Edith stöhnte laut vor Lust auf. Michaela zog ihre Finger aus der feuchten Möse raus und verteilte den Saft auf der gigantisch wirkenden Knospe. In kreisenden Bewegungen rieb sie die Knospe. Edith stöhnte lauter. Michaela fing nun auch an, den Plug immer weiter rauszuziehen und langsam wieder sich selbst reinziehen zu lassen. Edith schrie vor Lust auf. "Und wie gefällt Dir der Blick über das nächtliche Berlin, meine Süsse". Edith stöhnte lauter. "Ich glaub uns schaut jemand zu". Oh ist das geil. Michaela zog den Dildo immer weiter raus, um diesen dann langsam wieder in Edith einzuführen. Edith ging bei diesen Bewegungen mit. Michaela konnte im

Spiegelbild der Scheibe sehen, wie die großen Kristalle, die an Ediths Brustwarzen baumelten, dabei immer an die Scheibe schlugen. "Ja" wiederholte Edith. Da schaut jemand zu... und es blitzt immer wieder... wir werden photographiert". "Gefällt Dir das, Dich so zu zeigen?" fragte Michaela. "Oh ja, es macht mich richtig geil". "Na dann, genieß es voll und ganz". Edith stöhnte immer schneller. Dann kam sie laut und heftig. Mösensaft spritze Michaela in einer riesigen Menge gegen ihren Bauch, suchte sich den Weg entlang Michaels Kitzler und Möse auf den Boden. Michaela spürte wie Ediths Saft von ihren Schamlippen auf den Boden tropften. Edith stöhnte weiter. Michaela zog den Plug ganz raus und schob in dann ganz wieder rein. Sie rieb die Clit mit festem Druck immer schneller. Edith schrie immer lauter ihre Lust in die Nacht hinaus. Gleichzeitig squirtete sie, nicht aufhören wollend, Mösensaft weiter auf Michaelas Bauch. Dann zog Michaela den Plug ganz raus und lies in langsam ins Wasser des Pools fallen. Sie streichelte die offene Anus-Öffnung von Edith am Rand entlang. Sie hörte wie Edith sie um Gnade bat, doch Michaela machte weiter. Erneut kam Edith lautstark und heftig. Michaela fing einen Teil des Mösensafts mit ihrer Hand auf und lies diesen in das geöffnete Loch im Arsch von Edith verschwinden. Immer wieder. Sie schaute dem zuckenden Loch zu, wie es kleiner wurde und den süssen Honigsaft darin verschloss. Michaela konnte sehen, dass noch immer, von der anderen Hausseite wild photographiert wurde. Sie zog Edith weg von der Scheibe zurück in den Pool. Edith war fix und fertig. Michaela legte sich hinter Edith ins Wasser und umschlang mit ihren Beinen ihren Bauch. Sie streichelte Edith zärtlich am ganzen Körper so gut dies möglich war. "Ich bin so froh, dass Du da bist" sagte Edith. "Mir geht es genauso so, sagte Michaela. Edith drehte sich zu Michaela um. Die beiden Frauen begannen sich zärtlich zu küssen. Michaela griff nach dem Plug mit dem grünen Stein. Nachdem sie den Plug im Wasser sauber gewachsen hatte schaute sie diesen sehr genau an. Aber es gab keine Gravur darin. "Ich werde Dich nie anlügen, niemals" sagte Edith zu Michaela. Dann drehte sie sich um und holte den Plug mit dem roten Stein. Edith lachte Michaela an. "Willst Du ihn noch haben?" "Ja" sagte Michaela. Der fühlt sich total gut an und ich kann ihn den ganzen Tag in mir behalten. Der Gedanke, dass ich Dich den ganzen Tag so bei mir habe, turnt mich total an." Die beiden Frauen küssten sich. Lässt Du Dir bitte in Deinen Plug dann meinen Namen in Spiegelschrift eintragen?". "Ja, das will und werde ich. Mir ist es ernst mit Dir" sagte Edith. Michaela küsste Edith auf den Mund. "Komm lass uns aus dem Wasser rausgehen. Die beiden Frauen halfen sich gegenseitig aus dem Whirlpool. Michaela lies per Knopfdruck das Wasser ab. Sie schaute sich den Plug nochmals an. "Ist es wirklich ein Diamant?" "Ja. Und ein sehr teurer noch dazu. Wenn Vera gewusst hätte, dass sie Dir 30.000 Euro gegeben hat. Die würde ausflippen". Die beiden Frauen lachten. Michaela reichte Edith ein Handtuch. Als die beiden im Schlafzimmer angekommen waren, bat Michaela Edith darum, den Plug wieder in den Arsch geschoben zu bekommen. Das lies sich Edith nicht zwei Mal sagen. Sie öffnete einen ihrer Koffer und holte eine spezielle Vaseline raus. Michaela war indes zur Fensterfront gegangen. Sie stellte sich neben der großen Standleuchte vor der Scheibe. Wie schön doch alles von hier oben in der Nacht aussah. Plötzlich spürte sie Edith hinter sich. "Halt Dich an der Scheibe fest und mach Deine Beine breit." Michaela gehorchte. "Geh weiter runter und schieb mir Deinen Po mehr entgegen." Sie spürte wie Edith ihr die Po-Backen auseinander drückte. Sie schaute runter rauf die Strasse. Ihre großen Brüste baumelten hängend, vor ihrem Oberkörper, frei in der Luft. Sie hörte wie Edith zum Bett ging. Eine Bettlampe ging an. Michaela wurde rattenscharf. Noch immer stand sie mit ihren Händen an das Fenster gepresst, ihre mächtigen Titten in der Luft baumelnd und breiten Beinen am der Scheibe. Sie konnte unten Menschen auf der Straße laufen sehen. Edith war zurück gekommen und kniete sich hinter ihr hin, fing an ihre die Schamlippen zu lecken und mit der Zunge zu öffnen. "Oh ist das heiss" stöhnte Michaela. Edith leckte ihr langsam ihren Spalt rauf und runter. Michaela schaute auf die Strasse. Von der Haltestelle konnte man vermutlich genau sehen, was dort oben, an der Scheibe los war. Sie wurde richtig nass. "Das gefällt Dir, nicht war? Dir läuft der Saft richtig aus deinem Loch raus" sagte Edith. "So gefällt es mir. Dein Honigsaft schmeckst total süßlich und gut. Daran werde ich mich sehr schnell gewöhnen und immer mehr von Dir verlangen." Michaela stöhnte auf. Es gefiel ihr total, dass Edith so versaut zu ihr sprach. Edith stand auf und stellte sich seitlich neben Michaela. Ihre linke Hand führe sie vor Michaela´s linken Oberschenkel, am Bauch entlang, zur Knospe und begann, diese zärtlich zu berühren und mit den Fingern zu liebkosen. Mit der rechten Hand, in der sie auch den Plug hielt, rieb sie Michaela eine große Portion von der Vaseline an ihre anale Lochöffnung und begann dann mit dem Plug an Michaela´s Popoloch herum zu kreisen. Michaela konnte die schweren Brüste von Edith auf ihrem Rücken spüren. "Ich werde Dir jetzt den Plug in Deinen Arsch rein stecken, damit Du immer weisst wem Du gehörst. Ist das klar?". Michaela stöhnte vor Lust erneut laut auf. "Ja, tropf mir Deinen Saft auf meine linke Hand. Zeig mir, dass ich Dich scharf mache". Michaela spürte wie der Plug leicht in ihren Anus reingeführt wurde und diesen anfing zu dehnen. Gleichzeitig rieb Edith ihr die patschnasse Knospe. "Siehst Du die Männer unten an der Haltestelle?". "Ja" sagte Michaela. Edith hatte in der Zwischenzeit mit ihrem Fuss den Schalter für die Stehlampe zu sich herausgezogen. "Schauen die Männer hoch?". "Ich bin mir nicht sicher?" sagte Michaela. Edith knipste mit dem Fuß die Stehlampe an. Der ganze Raum wurde schlagartig hell. Michaela stöhnte auf. "Ja. Jetzt zeigt einer nach oben zu uns. Oh, mein Gott. Jetzt schauen alle hoch... Einer macht mit seinem Handy Aufnahmen". Edith drückte den Plug weiter in Michaela

Anus kreisend hinein. Michaela schrie auf. Edith rieb ihr die Knospe immer schneller. Nach und nach dehnte sie ihr Arschloch auseinander. Michaela stöhnte immer schneller. Ihr Titten baumelten hin und her. Sie schaute nach unten auf die Straße. Die Handys waren nach oben gerichtet. Ihr war klar, das sie gefilmt wurde. Sie wurde von dem, was unten auf der Straße geschah, noch schärfer. Dann zog Edith sie plötzlich an ihren Haaren nach oben und presste sie mit ihren prallen Möspen voll gegen die Scheibe. Michaela spürte die Kälte der Glasscheibe und wie sich hier Brustwarzen davon zusammen zogen und noch härter wurden. Sie spürte wie der Plug die kritische Stelle von seiner Dicke überschritten hatte und in sie von ihrem Anuns hinein gesaugt wurde. Edith rieb, hinter ihr stehend, wie blöd ihre Knospe. Die zärtliche Haut Ediths, die immer wieder mit ihren Brüsten ihren Rücken berührte. Der Gedanke, dass sie auf Frauen stand und sich gerade von einer so richtig verwöhnen lies, dies alles zusammen, das war zu viel. Sie schrie ihren Orgasmus laut heraus. Edith zog den Plug ganz heraus und drückte ihn wieder ganz herein. Michaele spritze Mösensaft direkt gegen die Scheibe. Immer wieder. Edith rieb ihre Knospe immer weiter und fickte sie, gleichzeitig mit dem Plug, weiter in den Arsch. Michaela kam nochmals. Sie schrie vor Lust und stöhnte was das Zeug hielt. Plötzlich wurde es wieder dunkel im Zimmer. Edith musste die Lampe ausgeschaltet haben. Sie spürte, wie sie von Edith an der Scheibe, nach unten gedrückt wurde. Um so in die Hocke zu gehen, musste sie ihre Beine auseinander spreizen. Edith drückte sie von hinten in Richtung Scheibe. Sie spürte ihre Knie und Brustwarzen die kalte Scheibe berühren. Das Licht ging wieder an. "Los reib Dir Deine Möse für die Jungs da unten" hörte sie Edith sagen. "Mach schon". Michaela gehorchte. Mösensaft tropfte ihr auf den Boden vor die Scheibe. Sie konnte die Männer unten stehen, wie diese zu ihr nach oben schauten. Dann merkte sie, dass sich auch Edith neben sie an die Scheibe stellte und genauso in die Hocke ging. Die beiden Frauen schauten sich an. "Ich liebe

Dich" sagte Michaela. "Ich weiss das jetzt schon ganz genau". "Ich Dich auch" stöhnte Edith. "Mir geht es auch so mit Dir. Ich liebe Dich auch. Ich geb Dich nicht mehr her". Sie rieben sich weiter ihre Kitzler. Nach und nach begannen sie beide synchron laut zu stöhnen. Das Stöhnen wurde lauter und dann war es soweit. Nahezu zeitgleich spritzen sie ihren Saft, unter lautem Geschrei und Gestöhne, an die große Fensterscheibe vor ihnen. Michaela hatte den Eindruck, das es Minuten so gegangen war. Sie schaute zu Edith. Ihre Blicke trafen sich. Sie lachten sich an. "Na wenn das keine gute Show für die Jungs da unten war" sagte Edith. "Du bist ein noch schlimmeres Luder wie ich" sagte Michaela und sie lachten beide wieder laut. Sie standen auf, versuchten so gut es ging mit ihren riesigen Titten sich zu umarmen und und küssten sich wild und leidenschaftlich. Dann knipste Michaela mit dem Fuss den Lichtschalter. Das Licht ging aus. Edith nahm Michaels Hand und führte sie zum Bett. Sie schlug die Bettdecke auf. Sie kuschelten sich eng aneinander. Michaela spürte, dass Mösensaft von Edith ihr auf den Schenkel lief. Aber umgekehrt lief ihr Saft auch auf Ediths Bein entlang. Edith schaltete das Licht aus. Michaela verlor das Gefühl für die Zeit. Sie wusste nach einiger Zeit nicht mehr, wie lange sie schon so gelegen hatten. Aber sie würden sicher und gut zusammen eingeschlafen.

Glatt und Gelb

Sonnenlicht durchströmte das Schlafzimmer als Michaela aufwachte. Sie spürte auf ihrer Haut weiche Fingerspitzen die sie zärtlich streichelten. Sie öffnete ihre Augen und erblickte Edith, die neben ihr, auf dem Bett vor ihr kniend saß und sie verliebt ansah, während sie sie weiter streichelte. "Guten Morgen" sagte Edith. Michaela lächelte sie an. "So mag ich jeden Tag geweckt werden". Die beiden lächelten sich an. "Das kannst Du haben" meinte Edith. Michaela überlegte. "Ich kann hier nicht weg. Der Chef ist unten und wird mich sofort erkennen, wenn ich mit Dir durch die Hotellobby gehe". Edith überlegte. "Komm mit". Sie zog Michaela aus der Liegeposition hoch. Edith stand auf und zog Michaela, an ihrer Hand zum großen Spiegel im Salon. Sie stellte Michaela neben sich. Die beiden Frauen betrachten sich gegenseitig im Spiegel. Für einen Mann wäre der Blick unsagbar erotisch gewesen. Zwei splitterfasernackte Frauen, beide jung und wirklich atemberaubend gut aussehend, mit vollen extrem großen, schön geformten, nicht hängenden Brüsten, die eine Frau mit zwei schweren Nippel-Piercings an ihren Brustwarzen, die andere mit schönen vollen Nippeln ohne Peircing, beide Frauen nahezu gleich groß, mit wild durcheinander gewirbelten Haaren, unten bis auf die kleinen Schamhaarflächen komplett blank rasierten Mösen, die sich durch deutlich raustehende zwei Zentimeter lange, baumelnde inneren Schamlippen und einer großen und rausstehenden Klitoris-Knospe am oberen Ende, standen so vor dem Spiegel. Michaela und Edith sahen sich an. "Wir sind körperlich nahezu identisch" sagte Edith. "Dann kannst Du Sachen von mir anziehen. Ich habe genug dabei". Michaela überlegte: "Ok. Aber er wird mich trotzdem erkennen." "Glaube ich nicht. Komm mit und schau in meinen Koffer". Michaela folgte Edith zu ihren Koffern und half Edith alle nebeneinander auf den Boden zu legen und zu öffnen. "Ich stehe total auf Rollenpiele" begann Edith zu reden. Sie erzählte Michaela, dass wann immer sie auf Reisen ging, sie aufgrund der Photographen, die immer ein großes Interesse, aufgrund Ihrer gesellschaftlichen Herkunft hatten, sie manches Mal gezwungen war, sich zu verkleiden. Nur so hatte sie gelernt, konnte sie oft überhaupt sich frei in der Öffentlichkeit bewegen. Michaela staunte nicht schlecht. Neben einem weiteren Pelzmantel fanden sich Hüte, Sonnenbrillen aber auch Perücken, in allen möglichen und auch in knalligen Farben, sowohl mit langen wie auch kurzen Haaren waren dabei. Stolz präsentierte Edith Michaela ihre große Auswahl an Schminksachen und weiteren Kosmetika, aber auch an Fingernägel-Farben in allen möglichen knalligen Farbtönen. "Komm lass uns heute uns verkleiden" sagte Edith. Dann zog sie Michaela wieder hoch auf die Beine. Lachend liefen die beiden in Richtung Bad. Michaela ging direkt zum Whirlpool, lies Wasser ein und kam dann zurück zum Waschbecken, um sich genauso wie Edith, die Zähne zu putzen. Edith ging ins Schlafzimmer zurück um Kosmetika, Duschsachen und einen Nassrasierer holen zu gehen. Michaela stellte das Wasser im Whirlpool ab. Die beiden Frauen stiegen ins Wasser. Noch stehend nahm Edith einen Waschlappen und gab Duschgel dazu. Sie bat Michaela sich mit der Duschbrause abzuduschen damit sie sie dann überall am Körper einzuseifen konnte. Selbst vor ihrer Muschi und ihrem Po machte sie nicht halt. Dann bat sie Michaela sich ins Wasser zu setzen. Sie nahm einen weiteren Waschlappen vom Rand, setzte sich zu Michaela ins Wasser und begann Michaela überall am ganzen Körper abzuwaschen. Als sie zwischen Michaelas Beinen angekommen war, streifte sie den Waschlappen ab und liebkoste, gleichzeitig waschend, ihre Schamlippen. Sie drückte mit ihren Fingern die Schamlippen auseinander und führte zwei Finger in Michaelas Lustgrotte, um diese ebenfalls zu reinigen. "Genauso mache ich es auch" sagte Michaela und lächelte Edith an. Michaela gab sich weiter Edith hin und genoss diese Fürsorge sehr. Nachdem Edith vorne fertig war, bat sie Michaela sich umzudrehen und sich nach vorne an den Rand des Whirlpools zu lehnen. Michaela spürte wie Edith mit ihrer Hand die Poritze runter glitt und begann ihr den Plug sanft und vorsichtig rauszuziehen und wieder loszulassen. Michaela stöhnte auf. Edith lies nicht locker, bis sie nach und nach den Plug, final in ihren Händen hielt. Michaela drehte sich zu Edith um und sah wie sie den Plug mit Duschgel einrieb und säuberte, auf einen frischen Waschlappen legte und zum Nassrasierer griff. "Komm zurück ins Wasser damit ich dich rasieren kann". Michaela gehorchte. Edith begann ihr die Beine und Arme zu rasieren. Michaela merkte, wie sehr sie es genoss, so verwöhnt zu werden. "Jetzt setz Dich wieder hoch auf den Rand, bitte!" Michaela erhob sich. Edith drückte ihr die Beine auseinander. Langsam rasierte sie ihr die inneren Seiten der Oberschenkel glatt. Dann entlang an den Schamlippen weiter hoch zu dem roten Dreieck. Michaela schaute Edith an. "Rasier mich bitte glatt. ich will das rote Dreieck nicht mehr haben. ich will auch meine Finger- und Fussnägel nicht mehr in rot. Ich will das alles vergessen, wie Vera ausgesehen hat". Edith strahlte Michaela an. "Ok aber dann rasierst Du mich später auch blank. Ich will, wenn wir wieder vor dem Spiegel sehen, dann untenrum genauso blank sein wie Du. ok?". "Ja" stöhnte Michaela während Edith ihr einen Finger in ihr Loch steckte und mit dem Daumen ihr die Klitoris schützend bedeckte, damit sie diese, beim Rasieren nicht verletzen würde. Als sie fertig war streichelte sie Michaela über die frisch rasierte glatte Haut. "Das fühlt sich herrlich an" sagte Edith und begann Michaela herumzudrehen. "Jetzt noch Deine Po-Ritze, damit die auch so blank und glatt wird. Bitte stelle einen Fuss auf den Rand hoch und halte Dir die Pobacken weit auseinander, damit ich besser hinkommen kann". Michaela folgte ihren Anweisungen. Während Edith Michaela so rasierte fragte sie, ob sie den roten Stein auf dem Plug nicht auch in einer anderen Farbe haben wolle. "Ja bitte. Ich will kein rot mehr sehen. Aber ich möchte mir die Farbe noch überlegen, wenn es ok ist!." "Natürlich meine Süsse, wir nehmen die Farbe, die Du willst." Als Edith hinten fertig rasiert hatte, bat sie Michaela wieder ins Becken zurück zukommen und sich zu setzen. Michaela sagte zu Edith, das Sie entschieden hatte am ganzen Körper bis auf den Kopf und die Wimpern komplett glatt rasiert zu sein. Dies würde auch bedeuten, dass Sie ihre Arme aber auch Brüste seit kurzer Zeit komplett glatt rasiere. Edith war total entzückt von diesem Gedanken. Sie wusch den Nassrasierer von den Polaren sauber und begann Michaela die Arme und nach und nach die beiden großen Fussbälle komplett und feinsäuberlich zu rasieren. Immer wieder fühlte Sie nach ob auch alles ganz glatt war. Michaela war total erregt davon. Ihre Brustwarzen standen deutlich und fest raus. Edith sagte, dass Sie auch hier Michaela was die Rasur der Arme und Brüste betraf es gleich tun und nicht nachstehen wolle und dies bei sich ab sofort auch so gehandhabt haben wollte. Michaela sagte Edith zu dies für Sie zu tun. Nachdem Edith fertig war drückte sie sich Haarwaschmittel auf ihre Hand. "Tauch mal kurz unter, meine Süsse, damit ich Dir die Haare waschen kann." Es fühlte sich herrlich an, wie Edith ihr die Haare wusch und gleichzeitig den Kopf massierte. Sie würde gleich das alles auch für Edith tun.

Es dauerte letztlich über eine Stunde, bis sie sich gegenseitig im Pool fein für den Tag gemacht hatten. Edith war hin und weg, wie zärtlich Michaela mit ihr umging. So etwas liebevolles und fürsorgliches zugleich, hatte sie noch nie gespürt, meinte Edith. "Du übertreibst" sagte Michaela. "Nein." sagte Edith. "Das mit uns ist total verrückt. So als wenn ich Dich schon immer kennen würde". Die morgendliche Sonnenstrahlen funkelten im Wasser des Whirlpools und erzeugten eine schöne Stimmung. Die beiden Frauen blieben noch eine Weile, aneinander eng kuschelnd, im Whirlpool. "Ich werde Dir die 1000 Euro zurückgeben" sagte Michaela zu Edith. "Ich will das Geld nicht mehr. Ich hatte es nur genommen, weil ich soviel Geld, wie möglich sammeln wollte, um den Flug zu Vera zu finanzieren. Ich habe mir auch, um Vera zu gefallen letztlich die Schamhaare, Finger- und Fussnägel in rot lackiert. Das will ich nun alles nicht mehr. Als ich in der Drogerie war hatte mir das knall-gelb viel viel besser gefallen. Das entsprach auch viel mehr meiner Person". Edith küsste Michaela auf den Mund. "Damals als ich einen Plug für mich und einen für Vera machen lies, war knall-gelb in Diskussion. Ich war der Meinung, dass zu meinem knall-grün das knall-knall-gelb deutlich besser passen würde. Aber Vera wollte dann lieber dieses knall-rot haben." sagte Edith. Sie fuhr fort, dass sie bei dem Juwelier zunächst das knall-gelb gesehen hatte und Vera, mit passendem Lippenstift und auch Nagellack, den sie jetzt noch in ihrem Kosmetikkoffer original verpackt dabei hatte, überzeugen wollte, ihre Meinung noch zu ändern. Aber es sei damals nichts zu machen gewesen sein. Nun freute sie sich um so mehr, dass Michaela, genauso wie sie dachte und das knall-gelb favorisierte. Sie schlug Michaela vor, dass sie es doch gleich ändern konnte, wenn sie wollte. "Oh ja, lass mich das gleich ändern." sagte Michaela. Edith schlug vor, dass sie Frühstück aufs Zimmer bestellen würde und bis dieses gebracht wurde, sie Michaela helfen könne, mit Nagellackentferner die knall-rote Schicht von den Nägeln zu entfernen und dann den knall-gelben Lack aufzutragen. Michaela war von dem Plan begeistert. Sie wollte so schnell wie möglich, einen Schlussstrich bezüglich der Akte Vera machen. Die beiden Frauen küssten sich intensiv. Das Bündnis hierfür war besiegelt. Michaela lies das Wasser ablaufen. Als der Pool fast leer war, standen beide auf und duschten sie sich gegenseitig ab. "Lass uns bitte jeden Tag so gemeinsam starten, auch wenn wir dann später einmal früher aufstehen müssen. ok?" meinte Edith. "Ja" hauchte Michaela, während sie Edith zu sich her zog und sie zärtlich auf den Mund küsste. Als Edith sich aus dem Pool mit einem Bein am Rand des Whirlpools hochdrückte um diesen zu verlassen, genoss Michaela es sichtlich, die hängenden Schamlippen und die sich öffnende Spalte, zwischen den Beinen von Edith im Sonnenlicht zu betrachten. Edith wies sie an sich auf die Bank zu setzen. Sie holte das Funktelefon, dass in einer Halterung an der Wand steckte und wählte den Zimmerservice. Während sie die Bestellung für das Frühstück mit dem Telefon am Ohr aufgab, fing sie an den Nagellackentferner aus der Kosmetikbox zu nehmen und mit einem Wattepad Michaela den knall-roten Nagellack von den Fussnägeln zu entfernen. Michaela nahm sich auch davon und rieb sich mit einem Wattepad die Farbe von den Fingernägeln. Dann holte Edith den knall-gelben Nagellack heraus, klemmte jeweils einen Zehenspitzer zwischen Michaelas Zehen und fing an ihr die Nägel zu lackieren. Als sie fertig war, gab sie Michaela den Lack, damit diese sich die Fingernägel lackieren konnte. Sie selbst zog einen frischen Bademantel an und würde den Zimmerservice einlassen, damit dieser im Salon, das Frühstück vorbereiten konnte. Sie sagte zu Michaela, dass sie hier im Bad warten solle, bis die Luft wieder rein wäre. Als Michaela fertig war, genoss sie die Sonnenstrahlen, die durch das riesige, bis zum Boden reichende Fenster reinkamen und wartete bis die Farbe des Nagellacks getrocknet war. Dann trug sie eine zweite Schicht sowohl auf die Fussnägel wie Fingernägel auf. Sie hörte, wie Edith den Zimmerservice einließ, dieser alles im Salon vorbereitete und fragte ob ggf. später jemand das Bett und das Bad richten sollte. Edith lehnte ab. Es würde reichen, wenn dies morgen gemacht werde. Einzig würde sie sofort neue Handtücher wollen und zwar eine ganze Menge. Und der Kühlschrank sollte mit neuem Champagner und Erdbeeren gefüllt werden. Edith war perfekt. Sie hätte genauso entschieden. Diese Frau war wirklich gut. Michaela entspannte sich immer mehr. Sie fühlte, dass sie sich total in Edith verliebt hatte. Und sie war, auch wenn sie es bis vor ein paar Tagen nicht gedacht hatte, lesbisch veranlagt bzw. wie man sagt Bi-sexuell.

Im Unterschied zu Edith, die gemerkt hatte, dass Männer gar nichts für sie waren, ging es Michaela anders. Sie genoss es, nach wie vor, einen harten Schwanz in ihre Löcher gesteckt zu bekommen und so richtig durchgefickt zu werden. Edith kam zurück. "Es ist alles fertig. Wie sieht es bei Dir aus?" Michaela nahm die Zehenspitzer ab. "Lass uns gemeinsam mich so am Spiegel ansehen gehen" sagte Michaela. Edith zog den Bademantel aus und die beiden Frauen gingen nackt Hand in Hand in den Salon. Edith fand, dass der Lack extrem gut zu Michaela passte. Auch der goldfarbene Flakon an der langen Kette, den Michaela die ganze Zeit trug, passte nun farblich perfekt dazu. Es war alles viel harmonischer und ausserdem, ergänzte Michaela, sah es nicht nur an ihr selbst, sondern auch in Kombination, mit dem knall-grün von Edith rattenscharf aus. Beide Frauen lachten. Der Blick auf die Uhr zeigte, dass es zwischenzeitlich schon Mittag geworden war. Die beiden Frauen setzen sich zum Frühstück hin und genossen den Tag bei Croissants, Kaffee und leckerem Obst. Michaelas Handy läutete. Sie stand auf und ging zu ihrer Tasche. "Mein Chef" sagte Michaela und hob ihren Zeigefinger an ihre Lippen. Edith verstand und lehne sich zurück und schaute Michaela beim telefonieren zu. "Ja, ok, na klar geht das, also heute keine Arbeit. Ok, dann morgen Abend. Nein, dass ist kein Problem. Natürlich ist das in Ordnung. Ok. Also bis dann." Sie legte auf, drehte sich zu Edith und sagte "Ich habe heute frei. Das ist echt gut, dann können wir heute den ganzen Tag was Verrücktes machen". Edith lachte und trank von ihrem Kaffee. "Ja, lass uns was Verrücktes tun". Während die beiden Frauen weiter frühstückten stand Edith auf und holte aus dem Koffer eine gelockte, mit langen bis über die Schulter gehende knall-gelbe Perücke. Sie reichte diese Michaela. "Damit wir unten an Deinem Chef gut vorbei kommen" zwinkerte sie. Michaela lachte. "Als wenn es Dir nur darum ging. Du willst sicher gar nicht auffallen mit mir?". Sie stellte ihren Kaffee ab, nahm Edith die Perücke aus der Hand und ging zum Spiegel und zog sich die Perücke an. "Mit einer Sonnenbrille und knallgelbem Lippenstift wird das echt heiss aussehen." "Ja." sagte Edith "Und ich mache es mit den gleichen Sachen in knallgrün". Michaela setzte sich. "Was wollen wir machen?" fragte sie. Die beiden Frauen überlegten. Edith sagte, dass sie in jedem Fall zwei Paar Stiefel dabei hatte. Michaela ergänzte, dass sie Strapsstrümpfe und Strapshalter in knall-gelb und knall-grün im Koffer gesehen hatte. Edith nickte und sagte, dass sie auch die passenden farblichen Hebe-BH´s dazu habe. Sie fuhr fort, dass sie es genoss, wenn sie damit, ihre sowieso schon massiven Brüste, noch größer erscheinen lassen konnte. Die Blicke, von anderen Menschen und deren heimliche Lust in den Augen zu sehen, turnten sie total an. Michaela lachte und nickte zustimmend. Bei ihr wäre es auch so. Edith stand auf und holte alle Sachen, eine knall-grüne langhaarige Perücke und auch die passenden Lippenstifte in der knalligen Farbe. Die beiden Frauen zogen sich die Sachen vor dem großen Spiegel an. Als sie fertig waren, trugen sie sich den passenden Lippenstift auf. Es war ein unglaublich erotisches Bild. Ihre Blicke trafen sich im Spiegel. "Gott sieht das heiss aus. Wir sind schon zwei richtig heisse Katzen" lachte Michaela. "Nicht ganz" sagte Edith, lachte und ging zurück zum Koffer. Michaela traute ihren Augen nicht als Edith zurück kam. Sie hielt zwei zirka 40 Zentimeter lange Fuchsschwänze baumelnd in die Luft. Der eine war knallgelb, der andere in knall-grün. Am Ende war jeweils ein Plug angebracht. Michaela konnte die Lust in Ediths Augen sehen und wie sie zum Schreibtisch sah. "Komm zum Schreibtisch" befahl Edith. Michaela gehorchte. "Stell Dich davor und mach die Beine breit. Warte hier, ich hole die Vaseline". Edith legte die beiden Fuchsschwänze auf den Schreibtisch und verschwand im Schlafzimmer. Dann kam sie mit einer Dose zurück. Sie öffnete diese und tauchte den Plug des knall-gelben Fuchsschwanzes hinein. Sie stellte sich hinter Michaela hin. Mit einer Hand begann sie Michaelas Möse zu streicheln, während sie mit der andren Hand, den Plug an Michaelas Arsch spielen lies. Michaela fing an zu stöhnen.

Edith lies nicht locker, bis sie genüßlich nach ein paar Minuten den Plug langsam und für Michaela unerträglich erotisch, an Ort und Stelle gedrückt hatte. Vor lauter Erregung, hatte Michaela den Boden unter sich, komplett nass getropft. "So jetzt schieb mir meinen rein" sagte Edith. Michaela würde sich so was nicht zwei Mal sagen lassen. Edith stellte sich vor den Schreibtisch und lies sich von Michaela die Möse bearbeiten und den Plug in den Arsch stecken. Edith stöhnte die ganze Zeit wie blöd. Ihr lief der Saft an den Beinen runter in die frisch angezogenen Strapsstrümpfe. "Bis wir losgehen trocknet das wieder" sagte sie zu Michala. Dann drehte sie sich zu ihr um und die beiden Frauen küssten sich wild und hemmungslos. "Komm ins Bett damit ich Dich lecken kann und Du mich" sagte Michaela. "Das kommt nicht in Frage. Ich will das wir beide den ganzen Tag, so lange es möglich ist, wuschig bleiben. Hast Du mich verstanden? Du darfst erst kommen, wenn ich es Dir erlaube und genauso ich erst, wenn Du es sagst. ok?". Die beiden Frauen grinsten sich an. Das war ein Deal und es würde ihnen beiden so einen richtigen Kick geben. Michaela schaute auf die Uhr. "Ich habe eine Idee" sagte sie und ging zu ihrem Mobiltelefon. Während sie sich zu ihrer Tasche runterbeugte, streckte sie ihren Po absichtlich in Ediths Richtung und wackelte mit ihren Pobaken hin und her. Der Fuchsschwanz folgte diesen Bewegungen, baumelte und schlug links und rechts, an die Innenseiten Ihrer Oberschenkel. Michaela miaute dazu. Edith kicherte und miaute zurück. Michaela drehte sich zu Edith um. Sie suchte eine Nummer im Handy heraus und wählte. "Lass mich bitte machen, ich bin sicher, dass wird Dir gefallen". Sie schaute Edith an. "Ok, heute soll es Dein Wunsch sein, mein kleines süsses Kätzchen und morgen meiner" erwiderte diese. Beide lachten. Michaela wählte. Sie stellte den Lautsprecher an, so dass Edith mit hören konnte. Es läutete. Michaela griff sich zwischen die Beine und holte Honigsaft aus ihrer Lustgrotte. Sie ging damit auf Edith zu und lies sie den Saft von ihren

Fingern ablecken. "Taxi und Limusienservice" sagte eine total verschlafene Stimme. "Andreas bist Du es?. Hier ist Michaela." Die stimme räusperte sich und wurde schlagartig hellwach und klar. "Ja, ich bins, Andreas. Wie geht es Dir?". "Gut. Sag mal, hast Du auch eine Stretchlimousine? Du weisst schon, wo man die Scheibe zum Fahrer rauf und runter machen kann?" Sie lachte. "Na klar, habe ich sowas. Würdest Du das brauchen? Für einen Kunden?". Michaela lachte. "Was soll den der Spaß für heute Nachmittag und den Abend kosten, wenn ich Dich exklusiv mieten würde?" Andreas überlegte. Michaela spürte, wie sie von ihrer Idee richtig nass zwischen den Beinen wurde. Edith streichelte Michaela sanft an ihren Brüsten und zog immer wieder fest an ihren Brustwarzen. Die beiden Frauen lächelten sich an. "Unter 1000 Euro kann ich nichts machen.". "Ok" sagte Michaela. Dann erzählte sie Andreas, dass ihre ältere Schwester Edith heute zu Besuch kommen würde. Und dass sie ihr, von Andreas und der heissen Taxifahrt, erzählt hatte. Andreas lachte auf. Sie fuhr fort, dass ihre Schwester körperlich ihr in nichts nachstand und die beiden Frauen überlegt hatten, Andreas zu buchen, damit dieser sie abholen und durch die Stadt zum Erotik-Shoppen, Barbesuch und wenn er wollte, später dann ihnen beim Sex im Auto zuschauen könnte. Andreas war sofort dabei. Er wollte wissen, ob er Michaela dann auch wieder ficken konnte. Michaela schaute Edith an. Sie griff sich wieder zwischen die Beine und wischte sich eine volle Ladung Mösensaft auf ihre Hand. Sie schaute Edith noch intensiver an. Langsam begann sie mit ihrer Hand ihren Mösensaft an Ediths Möse zu reiben. Sie war überrascht. Sie hatte vorgehabt, damit Edith nass zu machen. Aber weit gefehlt. Edith war klatschnass vor Erregung. Michaela schaltete das Handy auf stumm. "Gefällt Dir meine Idee?". Edith schaute Michaela verzückt vor Lust an. "Und wie! Du bist eine richtig kleine Perverse". Michaela kicherte und schaltete das Mikrofon wieder ein, um mit Andreas weiter zu sprechen. Sie erklärte Andreas, dass er alles bekommen würde was er wollte. Für 2000 Euro wäre er dabei. Gerne könne er sich 1000 Euro für die Limousine in Abzug nehmen. Sie würde dann vor Fahrantritt von ihm die 1000 Euro bekommen. Andreas überlegte. Während sie mit Andreas so über Lautsprecher sprach, küsste sich Edith langsam an Michaelas Hals zu ihren Brüsten und dann weiter runter. Als sie auf ihren Knien vor Michaela war, drückte sie ihr die Beine auseinander und begann ihr die Schamlippen und die Knospe ihres Kitzlers sanft zu liebkosen. Michaela stöhnte leise auf. "Ok." sagte Andreas. "Wann und wo soll ich Euch abholen kommen? Bei Deiner Wohnung?". "Ja. Wir werden im Kaffee neben meinem Haus ,um 19.30 Uhr, auf Dich warten. Sei pünktlich damit wir nicht frieren müssen". Andreas verstand den Wink und lachte. Dann verabschiedeten sie sich. Es war klar, dass beide an die Situation vom Samstag in der Bar gedacht hatten. Michaela lehnte sich an das Sofa und lies sich weiter von Edith lecken. Sie stöhnte vor Lust mehrfach auf. "Jetzt ist es gut" hörte sie Edith sagen. "Schon vergessen? Ich bestimme wann Du zu kommen hast". Edith kam hoch und die beiden Frauen küssten sich leidenschaftlich und lange. Ihre Zungen spielten dabei miteinander. Michaela lies von Edith ab. Sie nahm Ediths Hände in ihre und schaute sie intensiv an. "Ich hoffe, es ist ok für Dich, das Andreas mich als Belohnung ficken darf?" "Solange Du keine andere Frau an Dich heranlässt, macht es mir nichts aus" sagte Edith ihr in die Augen schauend. "Vergiss das sofort." sagte Michaela. "Die einzige Frau, die mich anfassen und mit der ich mich lieben werde, bist nur noch Du. Ich will auch keine andere Frau ausser Dir. Ich werde Dir immer treu sein und das wird sich nicht ändern. Bitte vertraue mir. Ich gehe Dir nicht fremd weder jetzt noch irgendwann. Aber ich verlange, dass auch von Dir, damit ich mich Dir immer ganz hingeben und bei Dir sicher fühlen kann. Ich will mit dir immer zusammen sein und alt werden." Edith strahlte Michaela an. "Mir geht es genauso und Du kannst mir ebenso einhundert Prozent vertrauen. Du bist meine Traumfrau und ich will auch mit Dir alt werden. Es ist so wie die Wahrsagerin gesagt hat. Ich gehöre ab sofort für immer nur Dir. Verlass Dich darauf." Sie schauten sich tief in die Augen, umarmten sich und küssten sich zärtlich und innig. Michaela ging zum Kühlschrank. "Lass uns ein Glas Champagner drauf trinken und dieses gegenseitige Versprechen damit besiegeln." Edith stimmte zu. Michala öffnete die Flasche und füllte die prickelnde Flüssigkeit in die Gläser. Sie reichte ein Glas Edith und die beiden Frauen stießen an. Sie tranken einen Schluck und küssten sich erneut lange und innig. "Du weisst schon, dass Du Dir heute Abend 500 Euro verdienen wirst?" lachte Michaela. "Oh" sagte Edith. "Und weisst Du was, es macht mich total scharf".

Das Läuten der Glöckchen

Michaela schaute auf die Uhr. Es war kurz nach 18.00 Uhr. "Wir müssen los". Die beiden Frauen gingen nochmals schnell ins Bad. Während Edith pinkelte schaute Michaela sich im Spiegel an. Sie hatte sich für den dunkelbraunen Pelzmantel von Edith entschieden. Sie hielt den Mantel leicht offen und betrachtete sich. Man konnte deutlich ihre glatt rasiere Möse und einen Teil ihrer Möpse, die durch den neon-gelben Hebe-BH regelrecht den Pelzmantel nach vorne rausdrückten, erkennen. Bei dem Gedanken, heute Abend so in einer Bar sich zu zeigen, kribbelte ihr Kitzler. Sie betrachtete sich weiter. Dei ebenfalls neon-gelbe Farbe des Strapshalters und der Strapsstrümpfe leuchteten dem Betrachter ebenfalls zusätzlich entgegen. Dazu trug sie gelbe High Heels, die Lippen hatte sie sich mit neon-gelbem Lippenstift, der perfekt zum Nagellack an ihren Händen abgestimmt war, angemalt. Mit schulterlangen knall-gelben Haaren der Perücke, die sie sich über den Pelzmantel oben drüber geschmissen und einer dunklen Sonnenbrille im Gesicht würde sie hoffentlich der Chef unten im Hotelbereich nicht erkennen. Edith kam in den Salon und pfiff durch die Zähne. "Du siehst echt pervers geil aus". Michaela drehte sich um. Edith war wie eine Kopie von ihr. Einzig der Pelzmantel war schwarz, die Haare und High-Heels in neon-grün. Edith kam zum Spiegel und öffnete ihren Pelzmantel. "Schau mal, meine Brüste kommen im Hebe-BH noch größer raus wie Deine". "Ediths Titten wirkten massiv groß. Und an den Brustwarzen baumelten die neon-grünen treppenförmigen Anhänger an den harten Brustwarzen. Sie lachte. Michaela öffnete nun ebenfalls ihren Pelzmantel ganz. "Ist nicht war, Deine sind nur leicht größer wie meine." Zwischen ihren Brüsten baumelte die Kette mit dem Parfümflakon hin und her. "Die arme Männerwelt. Da sind zwei Hammerfrauen, mit total extrem schönen Köpern und haben Traummaße, die jeder Mann gerne als seine Frau hätte und was ist... es ist no man´s land" fuhr Michaela fort. Ihre Blicke trafen sich im Spiegel. Es war einer dieser Blicke, wie ich gehöre nur Dir und Du nur mir. "Edith kicherte: "Na aber heute Abend machen wir eine Ausnahme und Andreas kann in das no man´s land einen Einblick nehmen". Beide Frauen lachten und gingen zum Aufzug im Vorzimmer. Michaela drehte den Schlüssel um, damit sich die Verriegelung öffnen konnte. Dann zog sie den Schlüssel ab und steckte diesen im Aufzug in den vorgesehen Platz wieder rein. Sie stiegen ein. Edith öffnete Michaelas Pelzmantel und auch ihren und drückte ihren nackten Körper an den von Michaela. "Küss mich, aber nur mit Deiner Zungenspitze. Wir müssen aufpassen, dass wir den Lippenstift nicht verschmieren." Michaela öffnete ihren Mund, drehte ihren Kopf leicht zur Seite. Edith machte das gleiche. Ihre Zungen spielten miteinander. Edith lies es sich nicht nehmen mit Ihrer Hand Michaela die Möse zu reiben. Michaela folgte ihr sogleich. Die beiden standen so da und fingen an sich gegenseitig zu befriedigen. Edith stöhnte schneller. Dann drückte Michaela sie weg. "Noch nicht meine Liebe! Schon vergessen, ich bestimme wann Du kommst.!" "Lass mich jetzt schon kommen. Bitte hier und jetzt." Michaela lachte und drückte den Knopf für die Fahrt in die Lobby. Der Aufzug schloss die Türen. Die beiden Frauen knöpfen sich ihre Pelzmäntel zu. Edith bat, dass Michaela nach ihr aussteigen sollte. Falls der Manager etwas sagten würde, konnte sie sprechen. Michaelas Herz raste als der Aufzug in der Lobby anhielt und die Türe sich öffnete. Die beiden Frauen stiegen aus dem Aufzug aus und gingen in Richtung Rezeption. Niemand schien da zu sein. Die Büro des Chefs war geschlossen. Michaela wunderte sich zwar, aber gleichzeitig freute sie sich, dass es wie am Schnürchen lief. Sie verließen das Hotel und überquerten die Straße, um zur Haltestelle zu gelangen. Es war angenehm kalt. Der Pelz hielt die beiden Frauen warm. "Wenn die alle wüssten, dass wir beide komplett nackt unter dem Fell sind" sagte Edith. "Und uns ein Plug mit einem Schwanz am Arsch zwischen den Beinen hin und her wedelt" ergänzte Michaela. Beide lachten. Die Straßenbahn kam. Sie stiegen ein. Heute am Samstag war in der Stadt sicher die Hölle los. Es war kein Sitzplatz mehr frei. Sie mussten sich an einer Haltestange festhalten. Ihre Finger berührten sich. Michaela merkte, wie Edith rot im Gesicht wurde, weil so viele Blicke auf sie beide gerichtet waren. "Na, macht Dich das an?". Edith atmete schneller. "Ja. ich bin ganz nass davon". Ein Mann, der neben ihnen stand und das gehört hatte, grinste die beiden an. Michaela lies die Haltestange los, nahm Ediths Kopf zärtlich in Ihre Hände und küsste sie leidenschaftlich. Der Mann stand mit offenem Mund da, wurde rot und wusste nicht mehr ein noch aus. Die Straßenbahn hielt an der nächsten Station. Es war ein Kommen und Gehen. Michaela sah, wie zwei Sitze in einer Vierergruppe frei wurden. Sie griff nach Ediths Hand und zog sie dort hin und die beiden setzen sich. Während die Straßenbahn weiter in den Sonnenuntergang von Berlin fuhr, schaltete sich die Innenbeleuchtung der Straßenbahn an. "Bis wir da sind wird es schon ganz dunkel sein" sagte Michaela. Als die beiden kurz vor 19.00 Uhr an der Haltestelle bei Michaels Wohnung ankamen und ausstiegen, sahen sie von weitem schon die Stretchlimousine an der Straße parken. "Andreas scheint es aber eilig zu haben" kicherte Edith. Michaela entschied zum Eingang der U-Bahn-Haltestelle auf die andere Straßenseite zu gehen und dann unter der Straße hindurch wieder zurück zu gehen. Sie würden so, vor der Limousine nach oben kommen und Andreas würden, sobald er sie sehen würde absolut sicher, mit einhundertprozentiger Wahrscheinlichkeit, die Augen rausfallen und sein Schwanz in der Hose knall hart werden. Als keine Autos kamen, wechselten die beiden Frauen auf die andere Seite der Straße. Andreas konnte sie nicht gesehen haben. Zum Einen, war es schon zu dunkel und zum anderen, war er auf das Café fixiert, da er sie ja dort vermutete. Sie liefen die Treppen runter zur U-Bahn. Hier war es wärmer. Sie folgten dem Tunnel unter der Straße hindurch. Als sie bei den Treppenstufen nach oben angekommen waren, hielt Michaela Edith am Arm fest. "Lass und die Pelzmäntel aufmachen, ganz!" Edith wurde wieder rot im Gesicht, war aber sofort einverstanden. Sie öffneten ihre Pelzmäntel. Passanten kamen die Treppenstufen runter gelaufen andere gingen an den beiden auf dem Weg nach oben an ihnen vorbei. Gleichwohl es kalt war, schritten die zwei Frauen, Hand in Hand, mit geöffnetem Pelzmantel nach oben. Es würde, wenn Polizei da wäre, eine Anzeige wegen "Erregung öffentlichen Ärgernisses" geben, doch die Chance das dies ausgerechnet jetzt so sein sollte, war gering. Als sie oben angekommen waren, konnte Michaela bereits Andreas in der Limo in Ihre Richtung schauen sehen. Ihm viel die Kinnlade runter. Er sprang fast aus dem Auto raus. Anscheinend wollte er ganz sicher sein, was er da mit seinen Augen sah. Die beiden Frauen lachten. Als sie vor im standen öffnete Michaela ihren Pelzmantel ganz auf. "Na mein Süsser, dass hat Dir wohl gefehlt". Sie grinste ihn an. "Ja, Du hast recht. Dein Körper ist echt der Hammer." "Na dann lass uns doch mal einsteigen. Dann zeigt Dir meine Schwester gleich was sie zu bieten hat." Andreas öffnete die Tür zum hinteren Bereich des Wagens. Die beiden Frauen stiegen ein. Er folgte den beiden und schloss die Türe von innen. Die Scheibe nach vorne zu ihm, wo er später sitzen würde, war noch geschlossen. Es war extrem warm im Wagen. Andreas sagte, dass er den Wagen so richtig eingeheizt habe, damit seine zwei Süßen Dinger nicht frieren mussten. Michaela zog ihren Pelzmantel ganz aus und setze sich. Dann öffnete sie ihre Beine so weit es ging. Andreas schaute ihr direkt in die feuchte Möse. "So und jetzt Du Schwesterherz. Überzeuge bitte Andreas von Deinen Werten." Edith stand auf und lies ihren Pelz, über ihren Schultern nach hinten auf den Boden fallen. Sie ging einen Schritt auf Andreas zu, drehte sich mit ihrem Arsch zu seinem Gesicht und bückte sich, um den Pelzmantel aufzuheben. Andreas pfiff durch die Zähne. Er konnte die großen Brüste im BH gefangen und doch von der Schwerkraft angezogen vor sich baumelnd sehen. Gleichzeitig bemerkte er den Fuchsschwanz, der zwischen den Po-Backen raushing. Michaela beobachtete die ganze Szene. Edith kam auf sie zu und legte den Pelzmantel auf die Fensterseite zu Michaels Mantel dazu. Dann drehte sich wieder um und setze sich mit etwas Abstand neben Michaela. Genauso, wie Michaela, öffnete sie nun ebenfalls ihre Beine soweit es ging. Die beiden Frauen konnten sehen, wie Andreas, vor Erregung zitterte. "Hast Du das Geld dabei?" fragte Michaela. Andreas nickte. Ihm fehlten die Worte. Dann zog er seinen Geldbeutel heraus und zählte mit zitterigen Händen zehn einhundert Euro Scheine ab. "Für jeden von uns 500 Euro mein Süsser" sagte Edith und lächelte Andreas an. "Und mach uns einen Sekt auf" lachte Michaela. Andreas zählte jeder Frau 500 Euro auf die Hand. Dann drehte er sich zum Kühlschrank um, holte eine Flasche Sekt heraus und goss drei Gläser ein. "Auf einen prickelnden Abend" lachte er. Sie stießen an und lachten. Andreas stieg aus. Sie hörten, wie er vorne wieder einstieg. Der Motor wurde gestartet. Dann öffnete sich die Glasscheibe und verschwand beim runterfahren hinter der Sitzreihe, auf der Andreas ihnen gerade noch gegenüber gesessen hatte. Er schaute die beiden, durch einen überdimensionierten Rückspiegel, der die komplette Rückbank einsehen konnte, an. "Ich fahre Euch jetzt zu einem richtig guten Erotikshop. Klein aber mit ausgefallenen Sachen zum Kaufen". sagte er. Während er so durch Berlin fuhr, schaute er immer wieder in den Spiegel. Er beobachtete die beiden Frauen. "Edith scherzte: "Wenn Blicke ausziehen könnten, dann würdest Du uns wohl auch noch die Haut abziehen". Michael scherzte zurück "Versetzt euch doch mal in meine Lage. das ist doch der Hammer, was ich gerade sehen kann". Michaela legte es bewusst darauf an, nichts mit Edith zu machen, sondern dafür zu sorgen, dass Andreas und Edith sich ein wenig unterhielten. Sie wollte, dass Edith sich später voll und ganz gehen lassen würde, weil sie sich mit der Situation und Andreas angefreundet hatte. Nach etwa 20 Minuten waren sie da. Die Frauen zogen ihre Pelzmäntel wieder an. Andreas, der keinen Parkplatz hier finden würde sagte, dass er eine Runde drehen und sie ihn anrufen sollten, wenn Sie soweit wären. Die beiden Frauen stiegen aus und liefen mit geöffneten Pelzmänteln über den Gehweg zum Geschäft und traten so ein. "Lass uns in Ruhe alles ansehen, meine Knospe" sagte Michaela. Der Laden war gut geheizt. Sie entdecken eine Verkäuferin. Sie schien alleine zu sein. Die Frau war schätzungsweise Mitte Vierzig, aber sehr gepflegt. Sie trug eine Bluse und einen Minirock. "Kann ich Euch zwei Hübschen was helfen?" fragte sie. "Nein, wir kommen im Moment zurecht" sagte Edith. Michaela war mittlerweile bei den "Toys for Girls" angekommen. Sie entdeckte eine interessantes Spielzeug. Sie rief Edith zu sich her. "Schau mal". Edith kam heran. Michaela zeigte auf eine transparente Verpackung aus Plastik, die im Regal hing und die eine goldfarbene Liebeskugel, deren Durchmesser etwa fünf Zentimeter betrug. An der großen Kugel waren ebenfalls in goldner Farbe zwei zehn Zentimeter lange Kettchen montiert, an deren Enden, jeweils eine circa 2 cm große Kugel mit Öffnungen montiert war. Die Verkäuferin kam zu ihnen. "Na ihr seid aber mal heiss unter dem Pelz angezogen" scherzte sie. Die beiden Frauen schauten sie lächelnd an. Die Verkäuferin sagte, dass sie über die Kamera alles sehen konnte und zwar gestochen scharf. Sie ging einen Schritt auf Michaela zu und öffnete Michaela den Pelzmantel ganz auf. "Schön glatt rasiert. Ja, da gehören die Kugeln auch hin" sagte sie mit einem Lächeln auf den Lippen. Michaela wurde nass. Dann drehte sich die Verkäuferin zu Edith und öffnete auch ihr den Mantel weit auseinander. "Und Du auch. Da müssen wir im Lager nachsehen. Ich bin sicher, wir haben noch eine weitere Packung davon". Michaela konnte sehen, dass Edith Honigsaft aus der Möse am Oberschenkel entlang runter lief. Sie war genauso spitz wie sie selbst. Gott wie mir Edith gefällt, dachte sie sich. Die Frau schaute sie beide abwechselnd an. Dann erklärte sie, dass die große Kugel in die Möse reimgehörte und die Kettchen mit den kleineren Kugeln, in denen übrigens kleine Glöckchen drin waren, zwischen den Beinen hin und her pendelten und wenn sie beim Gehen gegeneinander schlugen, leise aber doch laut genug, so dass man es deutlich hören konnte, klingelten. "Soll ich mal eine Packung aufmachen?" fragte sie. Die beiden Girls nickten. Die Frau reichte Michaela das Set. "Das ist richtig schwer. Schau mal meine Süsse." Sie gab die Kugeln Edith in die Hand. "Oh ja, das ist toll". Die Verkäuferin bat Edith die große Kugel in der Hand zu halten und Michaela sollte einmal die kleinen Kugeln zusammenstossen. Ein schöner Klang, wie bei Pferdekutschen im Winter erklang. "Das wollen wir haben" sagte Edith. Die Verkäuferin lachte und sagte "Das habe ich mir schon gedacht". Dann lies sie die beiden Frauen alleine und verschwand hinter einem Vorhang, um nach einer zweiten Packung zu sehen. Kurze Zeit später kam sie zurück und sagte, dass es das Set nur noch in silber geben würde. "Das ist schon ok" sagte Edith. "Mir gefällt Silber besser und das Gold passt mehr zu meiner heissen Freundin hier." Die drei Frauen gingen zum Pult, wo die Kasse stand. Die Frau tippte den Preis in die Kasse. "80 Euro bitte." Edith zog die fünf Einhundert Euro Scheine aus der Tasche und gab einen davon der Frau. "Mit gut verdientem Geld" sagte sie zu Michaela lächelnd. Michaela steckte sich ihre goldfarbenen Kugeln in die Manteltasche und bat die Verkäuferin, ihr die andere Packung zu geben. Dann packte sie die silberfarbigen Kugeln aus und steckte sie sich in die andere Manteltasche ein. Während Edith fertig bezahlte rief Michaela Andreas an. "Wir sind soweit. ok bis gleich". Sie verabschiedeten sich von der Frau, die den beiden noch einen ganz heissen Abend wünschte. Alle lachten. Dann verließen sie den Laden. Kaum auf der Straße angekommen sahen sie Andreas herfahren. Sie hörten Männer nach ihnen pfeifen und rufen. Andreas stieg aus und öffnete ihnen die Türe. Als sie drin waren, schloss er die Türe und stieg wieder vorne ein und fuhr los. "Na habt ihr was schönes gefunden?" fragte er. "Das wirst Du gleich sehen mein Süsser" sagte Michaela. Fahr uns jetzt bitte zu einer Bar wo wie was gutes trinken können und wo es voll genug und nicht zu hell ist." Andreas hatte sich schon den ganzen Tag einen Plan zurecht gelegt, sagte er. Er kannte eine Bar, die bereits gegen 21 Uhr recht voll war, da sie als Zwischenstop genutzt wurde, um sich vor den nächtlichen Partyzones in Stimmung zu bringen. Es würde allerdings eine halbe Stunde dauern bis sie dort wären. Während er fuhr zogen sich die Frauen wieder ihren Pelzmantel aus. Michaela fing an Edith zu küssen und zu liebkosen. Sie spielte mit ihren Brustwarzen, küsste ihr den Hals entlang runter, leckte ihr die Brustwarzen ab. Michaela beobachtete dabei immer wieder Andreas aus den Augenwinkeln im Spiegel und wie er das Treiben auf der Rückbank, mit großen Augen, so gut es ging, beim Fahren beobachtete. Sie stand auf und drehte ihm ihren Arsch zu. So konnte er nun auch ihren Fuchsschwanz zwischen ihren Po-Backen besser sehen. Dann kniete sie sich vor Edith runter, drückte ihr die Beine auseinander und fing an, ihr die Möse zu lecken. Edith stöhnte auf. Sie hörte Edith zu Andreas sagen, dass er genau zu schauen sollte, aber den Verkehr nicht aus den Augen lassen dürfe. Sonst wäre der Abend zu schnell vorbei. Andreas versprach, dass ihm das nicht passierten würde. Er wäre nicht blöd. Er wollte den Spaß noch, so lange wie möglich, heute geniessen. Schließlich habe er dafür eine Stange Geld liegen lassen. Edith lachte und korrigierte ihn, er habe wohl sagen wollen, eine Stange stehen lassen. Sie lachten. Dann stöhnte sie wieder heftig von Michaelas Zunge auf. Ihr Atem wurde schneller. Als Michaela dies bemerkte hörte sie auf, drückte sich zu Edith hoch und sie küssten sich leidenschaftlich auf den Mund. "Wir sind gleich da meine zwei Kätzchen mit Eueren Schwänzchen im Popo" sagte Andreas. "Gefällt Dir das?" fragte Michaela. "Und wie". Andreas suchte einen Parkplatz. Keine einhundert Meter von der Bar entfernt, wurde gerade gebaut. Andreas hielt den Wagen an, stieg aus, öffnete die Absperrung der Baustelle, um seinen Wagen dann in den freien Bereich reinzufahren, um die dort vorhandene, freie Fläche als Parkplatz zu benutzen. In der Zwischenzeit halfen sich die Frauen gegenseitig in den Mantel, knöpften dieses Mal die Mäntel zu und stiegen aus. Als Andreas geparkt hatte und zu ihnen kam, hängten sich die zwei Frauen links und rechts an seine Arme. Gemeinsam liefen sie so zur Bar. Schon von aussen konnte man sehen, dass richtig viel los war. Es waren jede Menge Leute vor der Bar und rauchten. Andreas nahm Michaela an der Hand und bat darum, dass sie Edith halten sollte. Dann bahnte er sich einen Weg durch die Menge hin zur Eingangstür. Jemand kam raus. Ein deutlicher Lautstärkepegel von Musik und Stimmen kam ihnen entgegen. Sie gingen rein. Andreas zog sie, an dem nicht enden wollenden langen Tressen, weiter in die Bar hinein. Sie fanden einen freien Platz, mitten in der Menge, direkt am Tressen. Der Barkeeper kam und Michaela bestellte vier Aperol-Spritz, bitte sehr stark und ein alkoholfreies Bier für Andreas. Als der Mann die Getränke brachte zahlte sie alles. Sie stießen an. Michaela forderte Edith auf, genauso wie sie, den ersten Aperol-Spritz auf Ex zu trinken und den zweiten dann in Ruhe zu genießen. Andreas lachte laut auf, als er den Frauen zusah, wie sie das erste Getränk auf Ex tranken. Dann öffnete Michaela zuerst ihren und dann den Mantel von Edith. "Du passt auf uns auf und das keine Kerle uns zu nahe kommen, ok?" sagte sie zu Andreas. Der nickte nur und lachte. Michaela fing an Edith den Pelzmantel weiter zu öffnen und kurz ihre Brustwarze zu lecken. Dann schloss sie den Mantel wieder. Edith war total aus dem Häuschen. Michaela wusste, das Edith so, nicht mehr lange aushalten und einen Orgasmus bekommen würde. Sie schaute die beiden an und sagte dass sie kurz zum Händewaschen gehen würde. Sich den Mantel zuhaltend, ging Michaela zum WC. Dort angekommen wusch sie sich die Hände und holte dann ihre goldfarbene Kugeln heraus. Sie nahm so viel Seife wie es ging, seifte die Kugeln so lange wie möglich ein und wusch die Kugeln anschließend ausgiebig mit klarem Wasser sauber. Dann steckte sie die Kugeln zurück in die Manteltasche. Während sie, auf die gleiche Art und Weise, die silbernen Kugeln wusch, kam eine Frau ins WC und verschwand in einer Box. Kaum war sie mit den Kugeln von Edith fertig und hatte diese in ihrer anderen Manteltasche verschwinden lassen, kam die Frau aus der Box raus. Michaela tat so, als wenn sie ihre Haare vor dem Spiegel richten würde. Ihr Mantel war dabei geöffnet. Die Frau schaute sie durch den Spiegel an und wurde rot. Michaela wartete, bis die Frau zur Tür ging. Sie wollte unter keinen Umständen die Türe anfassen. Sie brauchte jetzt saubere und hygienisch einwandfreie Finger, damit sie Edith und sich selbst, die Kugeln in die Möse stecken konnte. Sie folgte der Frau und hielt beim Rausgehen sich die Türe mit dem Fuß offen. Mit ihrer Hand, sich den Mantel zu haltend, ging sie wieder durch die Menge zurück zu Edith und Andreas. Als sie die beiden sah, lies sie den Mantel vorne wieder los. Edith schaute Michaela verzückt an. Es war klar, dass man alles ganz genau sehen würde. Andreas hatte wohl den Blick in Ediths Gesicht erkannt und drehte sich nun auch in ihre Richtung. Er schaute sie mit offenem Mund an. Sie stellte sich zu Ihnen und lachte. "Na ihr zwei". Macht Euch das an?" Sie nahm ihr Glas und die drei stießen an. Michaela stellte ihr Glas wieder auf den Tressen. Sie zog die goldene Liebeskugeln aus ihrem Mantel und zeigte sie Andreas und Edith. Dann ging sie in die Hocke und fing an, mit der großen Kugel an ihren Schamlippen zu spielen. Sie schaute zu den beiden hoch. Sie wurde total nass. Sie stöhnte auf und drückte, so fest sie konnte, die Kugel in ihr Loch. Sie spürte wie sich ihre Öffnung weitete. Aber es reichte bei weitem noch nicht aus. Sie rieb sich ihre Klitoris. Mösensaft tropfte auf den Boden vor Ediths High Heels. Dann war es soweit. Die Kugel verschwand in ihrer Lustgrotte. Sie drückte sie mit ihrem Mittelfinger tiefer hinein. Sie konnte die Glöckchen in der Luft mit guten drei Zentimeter Abstand zu ihrn langen Schamlippen hin und her pendeln sehen. Dann nahm sie Ediths Hand und und zog sich daran wieder nach oben. Mit weit offenem Mantel zeigte sie Edith und Andreas die Kugeln zischen ihren Beinen. Die beiden konnten sehr genau sehen, wie ihr der Saft aus der Ritze, an den Oberschenkeln entlang, in die Strapsstrümpfe lief; so erregt war sie von der ganzen Sache geworden. Michaela zog Edith zu sich her. Sie stellte sich genau vor Edith und begann sie leidenschaftlich zu küssen und ihre die Zunge, so tief sie konnte, in den Mund zu schieben. Lippenstift hin oder her. Gut, dass es hier nicht so hell war, dachte sie. Dann drehte sie sich zu Andreas um. "Wir brauchen einen Barhocker". Andreas schaute sie um. Er zeigte auf einen Hocker, der am Ende des Tressen, frei da stand. Michaela sagte zu Edith sie solle austrinken. Sie prosten sich zu und tranken die Gläser aus. Michaela schaute sich um. Mit ihren neon-farbenen Haaren waren sie im Fokus der Leute. Sie waren zudem mehr als auffällig gekleidet. Immer wieder hatten die Partygäste zu ihnen gesehen. Doch jetzt, nach gut einer Stunde, schien sich die Lage normalisiert zu haben. Sie waren Teil der Masse hier in der Bar geworden. Michaela nahm Ediths Hand und ging mit ihr zum Barhocker. Andreas folgte ihnen. Sie bat Edith sich auf den Stuhl mit dem Rücken zum Tresen zu setzen. Andreas sollte sich so neben Michaela und gleichzeitig vor Edith hinstellen, dass sie gut zur Menge hin abgeschirmt waren. Andreas nickte. Ihm war klar, was Michaela nun vor hatte. Erneut küsste sie Edith leidenschaftlich. Dann zog sie die silbernen Kugeln aus der Manteltasche und drückte ihr, mit ihrer freien Hand, die Oberschenkel weit auseinander. Sie spielte mit ihrer freien Hand vor Andreas, der eine riesige Beule in der Hose bekam, an der Möse von Edith herum. Dann steckte sie zwei Finger ins Loch von Edith. Edith stöhnte auf und schaute die beiden vor Erregung total verzückt an. Ihre Geilheit und Lust stand ihr so was von ins Gesicht geschrieben. Michaela dehnte mit ihren Fingern, die

Möse ihrer Freundin, immer weiter auf. Sie wechselte die Kugeln in die Hand, die nun schon ganz nass von Ediths Mösensaft war und fing an, Edith die große Kugel langsam in das vor ihr geöffnete Loch, zu drücken. Edith stöhnte laut auf und squirtete einen dicken Strahl direkt auf Andreas Beule in seiner Hose. Michaela konnte das alles in Ruhe beobachten. Sie hatte sich diesen Plan ausgedacht und war, nicht so sehr von der Situation überwältigt, wie ihre beiden Begleiter es waren. Sie öffnete Edith ihren Mantel auf der zur Wand zugewendeten Seite komplett auf. Niemand würde es merken, Edith hingehen würde es einen weiteren, richtigen Kick geben und Andreas war noch immer so übermannt von der Situation, dass ihm noch gar nicht aufgefallen war, dass seine Hose vorne ganz nass vom Mösensaft Ediths geworden war. Michaela drückte die Kugel weiter an ihr Ziel. Edith stöhnte immer schneller. Die Kugel erreichte den kritischen Dehnungsbereich und flutsche dann, von alleine unter großem Gestöhne von Edith, in ihr Loch hinein. Michaela drückte die Kugel tiefer hinein. Sie zog ihre Finger wieder heraus und sah, wie sich das geöffnete Mösenloch vor ihr alleine wieder verschloß. Michaela spürte instinktiv, dass Edith von der ganzen Situation so stark erregt war, dass sie in jedem Moment kommen würde. Sie schloss Edith den Mantel, so schnell sie konnte wieder und zog sie zu sich her. "Das Du Dich ja nicht traust jetzt schon zu kommen". "Edith stöhnte ihr ins Ohr. "Bitte bitte bitte lass mich abspritzen. Ich halte es nicht mehr aus. Bitte Michaela ich tue alles, was du von mir verlangst, nur bitte lass mich jetzt kommen." Michaela schaute Edith in die Augen und schüttelte den Kopf. "Noch nicht. Halte bitte Deine Lust aus. Ich muss es auch". Dann zog sie Edith vom Stuhl herunter. "Wir sollten gehen" sagte sie zu Andreas. Die drei verliessen die Bar und gingen zurück zur Limo. Sie hängten sich wieder bei Andreas ein. Michaela konnte sehen, dass Edith schon richtig beschwipst war. Der Aperol, die Hitze und ihre Geilheit standen ihr voll ins Gesicht geschrieben. Als sie sich weit genug von der Bar entfernt hatten, drehte sich Michaela zu Edith und wies sie an, ihren Mantel zu öffnen, damit Andreas die Glöckchen läuten hören konnte. Sie würde es ihr genauso nach tun. Während sie sich dem Wagen näherten, kamen ihnen junge Frauen entgegen. Einerseits war es zu dunkel, dass man sehen würde, das die beiden Frauen nackt unter dem Mantel waren, andererseits konnte man stattdessen das Klingeln der Glöckchen angenehm wahrnehmen. Die Frauen liefen vorbei und eine sagte: "Habt ihr auch die Glöckchen gehört?" Andreas kicherte. Beim Auto angekommen, half Andreas den beiden Frauen in die Limo einsteigen. Er kam auch rein und schloss die Türe hinter sich. Er öffnete eine weitere Flasche Sekt und goss den beiden je ein Glas ein. Sie sollten es auf Ex trinken, sagte er. Die beiden Frauen gehorchten. Dann stieg er aus und vorne wieder ein. Michaela holte einen Kondom aus ihrer Manteltasche, beugte sich zu Andreas vor und küsste ihn auf die Wange. "Danke, dass du das für mich machst." Sie lächelten sich an". "Und bitte zieh Dir jetzt schon den Kondom an. Meine Schwester nimmt keine Pille". Andreas nahm den Kondom aus ihrer Hand und öffnete seine Hose. Sie lehnte sich zurück, drehte sich um und sah Edith in die Augen. "Gefällt Dir das so alles?". "Edith zog Michaela zu sich. "Mach das ich endlich komme. Ich drehe sonst noch durch". Die Frauen begannen sich leidenschaftlich zu küssen, während Andreas den Wagen aus der Baustelle raus manövrierte. "Bitte fahr dort hin, wo wir es das letzte Mal so richtig getrieben haben" sagte Michaela zu Andreas. Sie konnte ihn im Spiegel grinsen sehen. "Wie lange wird das dauern?" "Etwa 15 Minuten". Michaela drehte sich zu Edith zurück. Während sie Edith wild küsste half sie ihr aus dem Mantel. Edith war nicht mehr zurückzuhalten. Sie riss Michaela fast den Mantel vom Leib, so geil war sie. Edith fing an Michaela überall zu küssen. Sie drückte Michaela in den Sitz der Limo und fing an, vor ihr kniend, ihr die Möse auszulecken. Michaela konnte den Schwanz an Ediths Arsch, von den Bewegungen des Autos, hin und her baumeln sehen. Sie hörte die Glöckchen. Diese pendelten vermutlich ebenso wild von der Vibration des Wagens, während dieser durch die Nacht gleitete, hin und her und gegen einander. Michaela turnte es total an, dass man das Läuten der Glöckchen im ganzen Wagen hören konnte. Michaela drehte sich auf der Rücksitzbank so, dass sie sich hinlegen konnte. Dann sagte sie zu Edith, dass sie sich in der 69 Position auf sie legen sollte. So würden sie sich gegenseitig ihre Mösen lecken und fingern können. Andreas rief von vorne, was für geile Schwestern sie doch wären. Er wäre schon jetzt kurz davor, nur vom zusehen, abzuspritzen. Die beiden Frauen stöhnten immer lauter. Michaela spürte wie sie gleich kommen würde. "Lass mich kommen Edith. bitte". "Nur wenn Du mich kommen lässt meine Süsse". "Also gut. Legen wir los". Die beiden Frauen bearbeiteten sich gegenseitig ihre Mösen. Sie leckten und rieben daran. Ihre Körper zitterten vor Erregung eng aufeinander liegend. "Wir sind da. Ich komme jetzt zu Euch nach hinten" hörte sie Andreas sagen. Als Andreas in den Wagen stieg und sich gesetzt hatte, war es wohl zu viel für Edith. Sie war vermutlich zu geil geworden, bei dem Gedanken, dass sie, vor Andreas Augen und in seinem Beisein nun gleich kommen würde. Und dann war es soweit. Edith kam laut und stark. Sie schrieb ihren Orgasmus laut raus in den Wagen. Sie spritze Michaela einen riesigen Schwall an Mösensaft ins Gesicht und auf den Hals. Es war so viel, dass ihre ganze Perücke davon nass wurde. Michaela spürte, wie Edith ihr die Knospe mit ihrem Mund fast weg saugte und ihr gleichzeitig den Plug aus dem Arsch zog und wieder reinsteckte. Sie konnte Andreas mit offener Hose und hartem hochstehendem Schwanz vor sich sitzen sehen. Sie konnte seine Erregung, ihr zuzusehen, in den Augen ablesen. Das war zu viel. Sie schaute Andreas weiter an und schrie ihre ganze Lust zu ihm raus. Sie kam so was von heftig und stark. Sie hatte keine Ahnung mehr, ob sie abgespritzt hatte oder nicht. Sie war wie von Sinnen, ohnmächtig vor Lust, auf der Rückbank liegend. Sie spürte die Liebe ihres Lebens auf sich, noch immer von Orgasmuswellen durchströmt, wimmern und zittern. Nach, keiner Ahnung wie viel Zeit, stieg Edith von Michaela ab, drehte sich zu ihr und fing an, sie wild und innig zu küssen. "Jetzt ist Andreas dran, meine Süsse" sagte Edith zu Michaela. Michaela setzte sich auf. Ediths Saft, lief ihr von den Perücke, am Hals und dann über die Brüste entlang nach unten. Michaela lies sich vom Sitz nach vorne auf den Boden gleiten. Auf ihren Knien ging sie zu Andreas rüber. Mit einer Hand nahm sie seinen Schwanz und drückte den Kondom, nach hinten weiter abrollend an seinen Bauch. Mit der anderen Hand fing sie an, Andreas zu stimulieren und seinen Schwanz zu masturbieren. Sie wollte gerade runter gehen und anfangen zu blasen, als Andreas lautstark zu stöhnen begann. Er kam. Blitzschnell fing Michaela an, den Schwanz wie einen Euter zu melken. Andreas schrie vor Lust. "Ich komme, ich komme, ich komme". Michaela schaute Andreas, der immer noch laut keuchte in die Augen. Dann zog sie sich langsam, die klatschnasse Perücke, vom Kopf. "Hast Du was zum Aufwischen und Abtrocknen da?" fragte sie Andreas. Er gab ihre eine Rolle Küchentücher die hinter dem Sitz klemmte. Michaela bat Edith die Sauerei auf dem Ledersitz abzuwischen und rollte fast die halbe Rolle ab. Dann nahm sie sich einige Blätter der Küchenrolle und trocknete sich ihre Haare, so gut es ging, damit ab. Als Edith fertig war, kam sie zu den beiden vor, legte ihre Arme von hinten um Michaela und küsste sie am Hals entlang. Michaela schloss ihre Augen und gab sich diesen Liebkosungen hin. "Ihr seid keine Schwestern" sagte Andreas. "Ihr seid ein Liebespaar. Ich sehe das ganz genau." Er lachte. "Ihr habt mich ganz schön reingelegt, ihr zwei Luder. Aber es war jeden Euro wert". Dann lachten sie alle drei laut und innig. Andreas stieg aus und sagte, während er die Türe schloss "Ich werde Euch jetzt heimfahren". Edith setze sich auf die Rückbank und zog Michaela, die nach vorne aus dem Auto schaute, rückwärts zu sich her. Sie legte Michaelas Kopf zwischen ihre geöffneten Oberschenkel, während Michaela auf dem Teppichboden des Wagens, vor ihr lag. Dann begann sie ihr, mit ihren Fingerspitzen zwischen den noch immer leicht feuchten Haaren, den Kopf zärtlich und innig zu massieren. Sie hörten Andreas aus dem Wagen vorne zu ihnen reden. "Aber wenn man nicht wüsste, dass ihr ein Liebespaar währt... man könnte sich echt täuschen und sagen ihr seid das körperliche Spiegelbild des andern. Ich freue mich so für Euch und das ihr Euch gefunden habt. Ich bin sicher ihr werdet alt zusammen. Man sieht es Euch an, dass ihr zusammen gehört". Michaela schaute zu Edith hoch. Lautlos sagte sie ihr "Ich liebe Dich". Edith nickte und beugte ihren Kopf runter und küsste Michaela auf den Mund. "Und ich Dich". Der Wagen geleitete durch die Straßen von Berlin, weiter immer weiter, zu Michaelas Wohnung. Andreas parkte den Wagen auf dem Gehsteig. Er drehte sich um bat seine Gäste sich zu erheben und anzuziehen. Er sagte, dass er mit zum Haus kommen würde und Michaela sollte seine Jacke über den Kopf ziehen, damit sie mit den nassen Haaren nicht krank werden würde. Michaela dankte ihm dafür. Als Andreas sie zum Haus gebracht hatte, gingen sie alle drei ins Treppenhaus hinein. Hier war es warm genug. Michaela reichte Andreas seine Jacke und küsste ihm zum Dank auf seine Wange. "Kann ich Euch wieder einmal buchen?" fragte er. Die beiden Frauen schauten sich an. "Du Andreas, wirst der einzige Mann sein, der uns beide so sehen darf" sagte Edith grinsend zu ihm. "Für alle anderen Männer gilt "It is a no man´s land". Andreas öffnete die Haustüre, schaute nochmals zurück zu den beiden, lächelte sie an und ging dann in Richtung der Limousine weg. "Komm lass uns zu mir hoch gehen". Michaela suchte ihren Schlüssel aus ihrer Tasche raus, nahm Ediths Hand und zog sie hinter ihr die Treppen nach oben hoch. Edith folgte ihr. Im vierten Stock angekommen, schloss sie die Tür auf. Wollige Wärme kam ihnen entgegen. Ich lass uns Badewasser ein, sagte Edith.

Michaela zeigte Edith, wo das Bad war. Dann zog sie Edith den Mantel aus und ging zur Garderobe. Sie entledigte sich ebenfalls ihres Mantels und ging ins Schlafzimmer. Sie hörte die Glöckchen unten an sich läuten. Während sie die kleine Lampe am Bett anknipste hörte sie aus dem Bad ebenfalls Glöckchen läuten. Michaela zog sich aus. Sie genoss es sehr, sich und Edith mit den jeweiligen Glöckchen der anderen läutend, so zu hören. Sie ging zurück zum Bad und sah, Edith sich ausziehen. Sie schauten sich liebevoll an. "So wissen wir immer, dass wir zusammen sind und wir können uns immer hören" sagte Michaela. "Du hast recht. Das ist so schön. Wir können immer nackt sein, da wo wir wohnen und uns dann immer frei bewegen und hören" erwiderte Edith. Sie küssten sich liebevoll und zärtlich. Es war so, wie Andreas gesagt hatte, sie waren ein Liebespaar geworden. Michaela hätte nie gedacht, dass sie so empfinden könnte, vor allem nicht für eine Frau. Und nun, nach nur einem Tag, war es so, als ob Sie Edith schon ihr ganzes Leben kannte und sie schon ewig zusammen waren. Alles war so vertraut und schön. Sie nahm Ediths Hand. Dann stiegen sie gemeinsam in die Badewanne ein.

Fingerspiel

Michaela öffnete langsam ihre Augen. Sie hatte so gut, wie lange nicht mehr, geschlafen. Sie drehte ihren Kopf nach links, wo sie Edith im Bett liegend vermutete. Doch das Bett war leer. Sie wurde nervös. War sie einfach gegangen? Michaela setzte sich auf. Durch das Fenster konnte sie starken Schneefall draussen sehen. Als sie sich drehen und aufstehen wollte, hörte sie leise Glöckchen klingeln. Ihre Stimmung hellte sich schlagartig wieder auf. Innere Wärme durchlief ihren Körper. Sie war erleichtert. Edith war noch da. Jetzt hörte sie auch typische Küchengeräusche. Sie schaute auf die Uhr. Was schon 13.00 Uhr? Hatte sie so lange geschlafen? Sie stand auf. Während sie zu Edith in die Küche ging, schlugen ihre eigenen Glöckchen an ihre Oberschenkel und klingelten. "Ich bin in der Küche" hörte sie Edith rufen. Michaela schmunzelte. Sie hat mich auch gehört. "Ist es nicht schön so zu wissen, dass wir uns so hören?" sagte sie und trat in die Küche ein. Edith strahlte sie verliebt an. "Ja, meine Knopse. Guten Morgen" erwiderte Edith. Edith stand nackt in der Küche und war dabei Gemüse zu schneiden. "Guten Morgen meine Süsse" sagte Michaela, während sie von hinten Edith mit ihren Armen umschlang und fest an sich heranzog. Michaela küsste Edith auf den Nacken. Edith griff mit ihrem Arm nach hinten an Michaelas Kopf und zog ihn zu sich her, während sie sich mit ihrem Kopf, zu ihr umdrehte. Die beiden Frauen küssten sich zärtlich auf den Mund. "Machst Du uns einen Kaffee?" fragte Edith. Michaela löste sich von Edith und ging zum Kaffeemaschine. Gemeinsam bereiteten sie das Frühstück vor und stellten alles aus den Esstisch im Wohnzimmer. "Du hast es schön und vor allem warm hier. Ich mag es, mich nackt und frei zu bewegen." "Mir geht es auch so." sagte Michaela. "Und dem Nachbarn gegenüber gefällt dies auch sehr" lachte Edith und zeigte auf einen jungen Mann. Der wurde rot und drehte sich vom Fenster weg und verschwand. Die beiden lachten. Als sie fertig gefrühstückt hatten, räumten sie das Geschirr in die Spülmaschine und die übrig gebliebenen Sachen in den Kühlschrank. "Lass uns fernsehen und dabei kuscheln" sagte Michaela. Die beiden Frauen gingen zum Sofa. Während Michaela die Fernbedienung holte, ging Edith ins Schlafzimmer und kam mit der Bettdecke zurück. "Die riecht so schön nach Dir" lachte sie. Die beiden Frauen legten sich auf das Sofa und kuschelten sich unter der Decke so eng wie möglich aneinander. Sie genossen beide, die nackte Haut der jeweils anderen, auf sich. Als es gegen 16.00 Uhr war schlug Edith vor sich gemeinsam zu baden, gegenseitig wieder glatt zu rasieren und dann zum Hotel zurück zu gehen damit Michaela nicht zu spät kommen würde. Damit Edith frische Sachen hatte, lachte Michaela, müsse sie sich einfach nur in den Schrank von Michaela reinsehen und das anziehen, was ihr gefiel. Sie standen auf und gingen kichernd ins Bad. Kurz nach 17.30 Uhr verliessen sie die Wohnung und gingen zur Haltestelle. Edith trug ihren Pelzmantel und Michaela hatte sich eine Daunenjacke genommen. Es wäre mehr als auffällig gewesen, wenn sie plötzlich einen extrem teuren Pelzmantel anhaben würde. Als die Strassenbahn kam waren sie froh, dass sie endlich einsteigen konnten. Es war wirklich kalt und das Schneetreiben hatte ihre Gesichter tiefrot frieren lassen. "Brrr. Ist das kalt." sagte Edith. Sie stiegen ein und fanden einen Platz für sich weiter hinten im Wagen. Sie legten fest, dass Edith mit der Straßenbahn eine Station weiter fahren sollte. Dort dann in die entgegen kommende Bahn wieder einsteigen würde, um so wieder eine Station zurück zum Hotel zu fahren. Michaela war es sehr unangenehm, dass sie es nicht tun konnte, aber sie würde es sonst nicht pünktlich um 18.00 Uhr ins Hotel schaffen. Edith fand, dass es absolut in Ordnung war, dass sie es so lösten. Immerhin sagte Edith, habe sie ja noch einen Wunsch für heute frei. Michaela schaute sie überrascht, mit großen Augen an. Dies hatte sie bereits total vergessen und Teil des gestrigen Plans gehalten. "Was wünscht Du Dir denn für heute Abend?" scherzte sie.

Edith lachte. Dann beugte sie sich zu Michaela rüber, um ihr ins Ohr zu flüstern. "Weisst Du was, ich wünsche mir, dass Du heute Abend einen Gast beim Ein-Checken für einen Fick klar machst und dann verführst Du ihn in der Sauna. Ich will dabei von aussen durch das Sauna-Fenster heimlich zusehen, wie ihr zwei es wild treibt. Ich will D ich laut stöhnend hören und abspritzend kommen sehen." Dann lehnte sich Edith wieder zurück, so als wenn gar nichts gewesen wäre und schaute Michaela in Ruhe an. "Du bist echt schlimm. Aber gut. Ich werde gehorchen. Es ist Dein Wunsch" sagte Michaela genauso in Ruhe als ob es das normalste der Welt wäre. Dann schmunzelten sie sich an. Edith nahm Michaelas Hände und küsste sie. "Ich liebe Dich sehr, mein Schatz" sagte sie. "Und ich Dich noch mehr". Sie küssten sich auf den Mund. Dann stand Michaela auf und ging zur Wagentür. Sie würden gleich die Haltestelle erreichen. Als die Tram angehalten hatte winkte sie Edith zu. "Bis gleich". Dann stieg sie aus.

Als Edith ins Hotel kam war Michaela gerade mit einem Gast am sprechen. Sie erklärte ihm den Weg in die Stadt. Michaela sah Edith an der Rezeption vorbei gehen. Edith zwinkerte Michaela zu. Sie schauten sich lächelnd an. Dann verschwand Edith im Aufzug. Gegen einundzwanzig Uhr war es ruhig im Hotel geworden. Michaela rief von der Rezeption nach oben zu Edith ins Penthouse an. Es dauerte eine Weile bis Edith ans Telefon kam. Sie klang verschlafen. "Schickst Du mir den Aufzug runter, meine Kleine". "Ja warte kurz." Sie legten auf. Michaela blieb an der Rezeption, bis sie hörte, wie die Aufzugtür aufging. Sie ging zum Büro und schloss die Tür ab. Mit dem Haustelefon in der Hand, stieg sie in den Aufzug und drehte den Schlüssel für die Fahrt nach oben. Die Türe schloss sich. Michaela atmete durch. Sie spürte, wie es ihr, bei dem Gedanken besser ging, gleich Edith wieder zu sehen. Sie hatte sie vermisst, gleichwohl sie nur fünf Stockwerke über ihr war. Edith wartete im

Vorzimmer. Als der Aufzug aufging kam sie Michaela nackt ausgezogen in den Aufzug regelrecht reingerannt. Sie küsste Michaela wie wild und hielt sich, so gut sie konnte, an ihr fest. "Ich habe Dich wahnsinnig vermisst." Sie küssten sich leidenschaftlich. "Ich Dich genauso" sagte Michaela. "Ich darf gar nicht an morgen denken, wenn Du wieder abreisen musst." Edith schaute Michaela an. "Ich kann die ganze Woche bleiben, wenn Du willst. Ich habe diese Woche keine besonderen Pläne gemacht." Michaela strahlte Edith an. "Oh, dass wäre so schön. Dann können wir zusammen bei mir wohnen, wenn es für Dich in Ordnung ist." Sie küssten sich erneut lang und leidenschaftlich. Dann nahm Edith Michaela bei der Hand. "Denk an meinen Wunsch. Ich muss Dich jetzt erotisch anziehen, damit Du auch einen männlichen Gast abkriegst" lachte sie während sie Michaela ins Schlafzimmer zog.

Michaela fuhr mit dem Aufzug wieder nach unten. Sie war sichtlich nervös. Es war nur noch ein Gast für heute Abend angekündigt. Edith hatte Michaela einen weißen Blazer ausgesucht. Diesen trug Michaela auf ihrer nackten Haut ohne BH oder etwas anderem. Der Blazer hatte vorne, anstelle von Knöpfen, nur eine zehn Zentimeter lange Kette das die beiden Kragen zusammen hielt. Man konnte eindeutig ihre schön geformten Brüste und den goldnen Flakon zwischen Ihren Titten baumeln sehen. Dazu hatte sie ihr einen roten Rock ausgesucht, der ihr gerade so, über die Oberschenkel, reichte. In dieser Kombination zusammen mit den weißen, passenden HighHeels war sie von Edith zum Sex-Objekt gestempelt worden. Michaela war klar, dass wenn sie saß, der Rock hochrutschen würde und sofort ihre glattrasierte Möse, in voller Pracht, zeigte. Mit dem roten Plug im Arsch würde das unglaublich scharf aussehen, hatte Edith ihr gesagt. Keine Strumpfhose, keine Strapse nichts. Michaela wartete an der Rezeption. Immer wieder kamen Hotelgäste von ihrem abendlichen Ausflug durch das nächtliche Berlin zurück. Ein Pärchen war zu ihr gekommen und hatte um eine Flasche Champagner gebeten. Michaela war daraufhin ins Büro gegangen um die Flasche zu holen. Als sie zurückkam, schaute sie die Frau total fassungslos an, während der Mann sie anlächelte. Es war so was von klar, dass die beiden bemerkt hatten, dass Michaela keine Unterwäsche trug. Michaela wartete darauf hin, erregt von dieser Situation, mit komplett nasser Möse am Schreibtisch, auf den letzten Gast. Als sie sich setze rutsche der Rock abrupt hoch. Es war so wie Edith gesagt hatte, sie würde beim Hinsitzen sofort alles preisgeben. Sie wurde noch erregter bei dem Gedanken, dass sie diese Situation später vielleicht ausnutzen musste. Sie versuchte, ihre Nervosität loszuwerden und fing an im Internet zu surfen. Irgendwann klingelte es an der Haustür. Sie stand sofort auf, zog sich den Rock zurecht und versuchte durch die Tür zu sehen. Aus der Situation von vorhin hatte sie gelernt, dass sie, auf jeden Fall stehen bleiben musste, wenn es kein geeigneter Kandidat sein würde. Sie drückte den Türöffner. Ein Mann mittleren Alters kam heran. Er war etwa 45 Jahre alt und für sein Alter wirkte er sehr sportlich. "Guten Abend" sagte er. Michaela lächelte ihn an. "Ich habe ein Zimmer reserviert. "Ja." sagte Michaela. "Zu schade, dass es immer nur Zimmer sind. Berlin hat so viel mehr zu bieten." Der Mann lächelte sie an und sagte: "Ja. Ab und zu gibt es herrliche Aussichten". "Finden Sie?" "Oh ja" sagte der Mann. "Manches Mal sind Berge zwischen Ketten gefangen". Michaela schaute den Mann intensiv an. "Aber das kann man doch ändern" grinste sie in an. Den Mann noch immer ansehend, knöpfte sie den Halter der Kette auf. Der Blazer ging sofort auf. "Auf der Alm da gibt es keine Sünde" kicherte der Mann. Michaela gab dem Mann das Check-In-Formular zum Ausfüllen. Als er fertig war reichte er ihr das Formular zurück. "Einen Moment bitte. Ich muss ihren Schlüssel holen". Michaela setze sich auf den Stuhl. Der Rock rutsche hoch. Sie öffnete ihre Beine ein wenig und stiess sich mit ihren Füssen auf dem Boden zu dem Regal ab, wo sie den Schlüssel deponiert hatte, zurück.

Sie schaute den Mann dabei genau an. Er hatte eindeutig ihre blanke Möse mit den vollen Schamlippen entdeckt. Routiniert beugte sich dann nach vorne. Ihre großen Melonen vielen aus dem Blazer. Sie drückte ihren Rücken gerade und stand auf. Der Rock war immer noch oben und ihre Möse atmete frische Luft. Der Blazer war weit offen und gab den Blick frei. Der Mann schaute sie genau an. "Angebot und Nachfrage. Wie ist der Preis?" wollt er wissen. Michaela überlegte was sie sagen sollte. Der Mann war definitiv spitz geworden. Und er war heute Nacht sicher alleine. Er würde schon alleine deshalb, einen Premiumzuschlag, für einen Fick mit ihr bezahlen. Und dann kam noch die Möglichkeit dazu, seinen Kumpels davon zu erzählen. "Ach" sagte Michaela "Dass mit dem Preis ist immer so eine Sache. Da haben die einen schon große Glocken läuten lassen, bevor sie dann die glattgemähte Wiese betraten, während andere einfach nicht verstanden haben, dass ein richtiger Almauftrieb einen gewissen Preis habe." Der Mann verstand. Er griff zu seinem Geldbeutel und zählte vor Michaela 800 Euro auf dem Pult der Rezeption ab. "Reicht das, damit sie den Stab auf der frisch gemähten Weide melken?". Michaela zog drei Visitenkarten aus ihrem Blazer heraus und legte sie neben das Geld. "Für Sie, wenn sie zu einem späterer Zeitpunkt, wieder mal einen Almauftrieb erleben und zwei weitere Karten, falls Sie ihre Freunde fürs Wandern in den Bergen begeistern wollen." Der Mann griff nach den Karten und Michaela nach dem Geld. "In dreißig Minuten in der Sauna. Gönnen Sie sich noch eine heisse Dusche vor ihrem Almauftrieb". Der Mann verstand genau, was sie damit meinte. Michaela zeigte ihm den Weg zu den Treppen und von dort hinauf wo sein Zimmer im ersten Stock gelegen sei. Dann erklärte sie ihm, noch immer mit hochgezogenem Rock und ihren frei vor dem Blazer baumelnden Brüsten in der Lobby stehend, wo es zur Sauna gehen würde". Der Mann nickte mehrmals und ging dann wortlos zu den Treppen. Als Michaela alleine war, wählte sie die Nummer zum Penthouse. Edith hob ab.

"Und hast Du meinen Wunsch erfüllt." "Schick mit den Aufzug runter. Ich muss mich umziehen." scherzte sie. Edith kicherte. "Es wartet schon ein Glas Champagner auf Dich, damit Du lockerer wirst". Sie legten auf. Michaela schritt noch immer mit hochgezogenem Rock zum Aufzug. Sie genoss das Gefühl ihre Kette, zwischen ihren Brüsten hin und her baumelnd, zu spüren. Die Türe öffnete sich. Sie stieg ein, drehte den Schlüssel für die Fahrt nach oben. Edith wartete schon auf sie. Noch bevor Michaela aus dem Aufzug aussteigen konnte, reichte Edith das Glas und erklärte ihr, dass sie es gleich auf Ex austrinken solle. Sie füllte sofort nach. Michaela musste es drei Mal hinter einander für Edith tun. Dann gingen sie in den Salon. Edith half Michaela aus ihren Sachen. Michaela fühlte, wie sie, vom Alkohol und der Aufregung, total beschwipst wurde. Edith schaute auf die Uhr. "Noch zehn Minuten. Zieh Dir einen Bademantel an und Hotel-Pantoffeln und dann nichts wie los in die Sauna. Ich komme in fünfzehn Minuten nach. Stell sicher, dass die Saunatür zu ist, damit man mich nicht hört. Und dann, schau ich Dir zu, wie Du gefickt wirst und Du einen Orgasmus bekommst". Sie ging mit Michaela zurück zum Aufzug. Sie küsste Michaela auf den Mund und drehte den Schlüssel und trat wieder zurück. Die beiden Frauen schauten sich lächelnd an. Die Aufzugtür schloss sich. Michaela atmete tief durch. Ich bin verrückt, dachte sie. Ich mache einfach alles für Edith. Ich muss sie wirklich lieben. Auf der andren Seite macht es mich total geil zu wissen, dass sie mir zusieht, wie ich mich wie eine Stute, dann von hinten in den Arsch ficken lasse. Michaela merkte, wie sie dieser Gedanke spitz machte. Nicht nur ein wenig sondern richtig stark. Sie stieg aus dem Aufzug, drehte den Schlüssel, damit dieser den Aufzug wieder hoch zu Edith fuhr. Von der Lobby aus ging sie die Treppen runter in den Wellnessbereich. Der Mann war noch nicht da. Michaela öffnete die Saunatür und legte auf den Platz wo sie später sitzen wollte, dieses Mal gleich zwei Handtücher aus. Sie würde sicherlich wieder total abspritzen und so würde das meiste von den Handtüchern aufgesaugt werden. Sie ging wieder aus der Sauna raus und machte die Tür zu. Dann schaltete sie das große Licht aus. Nur noch das orangefarbene Licht aus de Sauna erhellte den Raum. Sie legte ihren Bademantel über einen Stuhl. Sie würde so, komplett nackt und mit einem Fuss auf dem Stuhl stehend, hier warten bis der Mann kam. So konnte er gleich ihre großen vollen Schamlippen erkennen. Sie nahm einen Kondom aus ihrem Bademantel in ihre Hand. Sie hörte Schritte die Treppe runter kommen. Der Mann öffnete die Tür zum Wellnessbereich und kam auf sie zu. Michaela öffnete ihm den Bademantel und half ihm beim Ausziehen und legte seien Mantel zu ihrem dazu. Der Mann streichelte ihr mit beiden Händen über ihre großen Brüste und griff dann mit einer Hand ihr an die klatschnasse Vagina. Michaela öffnete die Kondomverpackung, umfasste seinen harten Prügel und rollte das Präservativ über seinen Schwanz. Dann drehte sie sich um und ging, seinen Schwanz noch immer in ihrer Hand haltend, zur Saunatür. Sie öffnete die Tür, nahm ein weiteres Handtuch aus dem Regal neben der Tür, ging in die extrem heisse Sauna hinein und bereitete ein Tuch für den Mann in der Mitte der Sauna zum sitzen aus. Sei selbst setze sich im rechten Winkel zu ihm auf die Bretter, wo ihre beiden Handtücher schon ausgebreitet da lagen. Als der Mann Platz genommen hatte und sie ansah, öffnete sie ihre Oberschenkel und gab ihm ihren nackten Körper für seine Blicke frei. „Entspann Dich" sagte sie. „Lehn Dich zurück und schau Dir genüsslich alles an". Sie nahm mit ihren beiden Händen eine der großen Brüste in die Hand und fing an, sich ihre Brustwarze mit der Zunge abzulecken. Dabei schaute sie dem Mann tief in die Augen, bevor sie sich die andere Brustwarze, auf die gleiche Art und Weise, vornahm. Michaela wurde, extrem feucht. Sie genoss die Blicke des Mannes und vor allem die Tatsache, dass sein Schwanz sich von ihrer Aktion, regelrecht vor Erregung, fast bis zum Bauch des Mannes gebogen aufstellte. Sie öffnete ihre Beine noch weiter und schob ihren Arsch in seine Richtung. Dann stellte sie einen Fuss direkt hinter seinen Kopf und fing, keine 30 Zentimeter von seinen Augen entfernt, an sich ihre Klitoris zu reiben. Immer wieder schaute sie zum Saunafenster. Und dann plötzlich war Edith da. Ihre Blicke trafen sich. Michaela wurde noch erregter. Während sie weiter ihre Knospe rieb, drückte sie mit ihren anderen Hand ihre nasse Möse auseinander und schob ich zwei Finger immer wieder rein und raus. Sie stöhne laut auf. Sie wurde richtig geil. Die heisse Luft, die Blicke des Mannes auf sie gerichtet, Edith vor der Tür, ihr ebenfalls zuschauend, auf Sie, ihre Möse und die Aktionen ihrer Hände gerichtet, der immer höher und härter stehende Schwanzes Manns, ließen ihr immer stärker ihren Mösensaft an den Schenkeln runter auf das Handtuch laufen. Sie beugte sich vor zu dem Mann und sie begannen sich wild küssen und mit ihren Zungen zu spielen. Michaela beugte sich wieder zurück und rieb sich ihre Klit stärker weiter. Dann stand der Mann auf und stieg eine Stufe höher. Er hob seinen Schanz Michaela vor den Mund. Michaela öffnete den Mund und lies den harten Schwanz rein. Sie leckte seine Eichel und den Schaft entlang runter bis zu einen Eiern und wieder zurück. Dann fing sie mit ihrer Hand an seinen Schwanz zu masturbieren, während sie mit ihrem Mund weiter seine Eichel liebkoste. Der Mann stöhne immer wieder laut auf. „Ja, mach weiter so, das ist gut." Michaela rieb unterdessen ihre Möse und Ihre Klitoris wie blöde weiter. Sie war kurz davor zu kommen. Sie sagte dem Mann, er solle sich wieder hinsetzen und ihr zusehen, wie das erste Mal nun für ihn kommen würde. Der Mann setze sich auf seinen Platz zurück. Michaela stöhne immer lauter. Sie wollte dem Mann zeigen, wie sie gleich abspritzen würde. Jetzt war es soweit. Sie stöhnte ihre Lust laut heraus. Im gleichen Moment spritze sie vor dem Mann eine gewaltige Ladung ihres Honigsafts auf den Boden. Es kam immer wieder, wie ein breiter Pipi-Strahl, raus gespritzt. Sie schaute den Mann an. „Ja mach weiter" sagte er.

„Du geiles Luder". Das war zu viel für sie. Ja sie war ein geiles Luder. Wieder stöhnte sie laut auf und spritze erneut im hohen Bogen einen dicken Strahl Mösensaft raus. Michaela stand auf und kletterte zu dem Mann runter. Dann setze sich sich breitbeinig vorwärts auf ihn drauf und schob sich seinen harten Schwanz in ihre Möse. Sie spürte wie sein Schwanz tief in sie eindrang. Sie spürte den Plug im Arsch. Sie war richtig geil. Sie nahm seinen Kopf in ihre Hände und begann ihn leidenschaftlich zu küssen, während sie auf ihm ritt. Ihre Brüste rieben auf seiner Brust rauf und runter. Der Mann fing an zu stöhnen. Sie merkte, das, wenn sie so weiter machen würde, er sehr schnell kommen würde. Sie stieg von ihm ab, kletterte wieder auf ihr Handtuch zurück und streckte ihm ihren Arsch mit dem Plug darin entgegen. Langsam zog sie sich den Anal-Plug aus ihrem Po-Loch raus. Sie stöhnte dabei laut auf. Dann legte sie den Plug auf ihr Handtuch. Sie drehte ihren Kopf zu dem Mann. "Lass mich Deine Fickstute sein. Komm fick mich richtig hart in den Arsch." Der Mann stand auf. Die Höhe passte genau. Sie spürte seinen harten Schwanz in ihre Möse eindringen. Er stieß zwei Mal zu. Dann zog der seinen Schwanz raus und hielt ihn an ihr Arschloch. Dann stiess er heftig zu. Michaela schrie vor Lust auf. „Oh ja" sagte sie. „Gefällt Dir das?" „Ja das stimmt. Besorge es mir bitte richtig hart". Michaela lies den Mann sie richtig hart in ihren Arsch reinficken. Er hatte dafür 800 Euro bezahlt. Und darüber hinaus würde sie jetzt alles tun, damit Edith vor der Tür fast durchdrehen würde. Während der Mann sie hart rannahm, spürte sie wie ihr Honigsaft regelrecht aus ihrer Möse auf das Handtuch tropfte. Sie fing an, ihre Klitoris zu reiben. „Ja, mach weiter so" sagte sie zu dem Mann und schob ihr Becken näher in seine Richtung. Sie spüre, wie sein Schwanz immer dicker wurde. Gleich würde er kommen. Und sie wollte das auch. Sie bewegte ihr Becken, bei jedem Stoss, den er machte zu ihm hin, und wenn er den Schwanz rauszog, um zum nächsten Stoß anzusetzen, wieder weg von ihm. Genauso wie sie es bei dem anderen Kunden davor schon hier getan hatte. Es dauerte keine Minute mehr und sie konnte ihn laut stöhnen hören. Das war nun auch viel zu viel für sie. Sie kam erneut heftig. Sie schrie ihre Lust raus, während ihr der Saft wieder aus der Möse rauszuspringen begann. Der Mann keuchte hinter ihr laut vor sich hin. „Gott ist das geil mit Dir. Das machen wir bestimmt mal wieder." sagte er. Dann lies er von ihr ab. Er hob sein Handtuch hoch und rieb sich den Schweiss aus dem Gesicht. Dann gab er ihr einen Klaps auf ihre Arschbacke. "Du bist eine brave Fickstute gewesen." Michaela schaute ihn, noch immer mit ihrem Arsch zu ihm gedreht kniend, an. "Du hast meine Karte. Melde Dich, wenn Du wieder auf der Alm reiten gehen willst." Der Mann lachte. "Verlass Dich drauf. Ich melde mich." Er ging zur Sauntür. Sie hörte die Saunatür sich öffnen und wieder schließen. Sie blieb noch eine Weile in dieser Position kniend auf dem Handtuch. Sie genoss es erneut, wie auch schon beim letzten Mal, ihr weit geöffnetes und durchgeficktes Loch im Hintern zu spüren. Sie nahm den Plug und steckte sich diesen wieder rein. Langsam wurde ihr Loch kleiner und umschloss den Plug fest und hart. Michaela drehte sich um und setze sich, in ihre Pfütze aus Mösensaft, auf das Handtuch. Sie war erschöpft. Aber nicht müde. Sie wollte unbedingt zu Edith. Wo war sie eigentlich? Sie stand auf, nahm ihre beiden Handtücher und verlies die Sauna. Sie hörte das Tropfen ihres Mösensafts, gefangen in den beiden Handtüchern, auf den Boden fallen. Sie wickelte die beiden Tücher zusammen und warf sie in den dafür vorgesehenen Wäschekorb. Sie ging zu ihrem Bademantel und zog ihn an. Sie wollte schon den Wellnessbereich verlassen, als im Massageraum das Licht anging. "Haben sie mich vergessen" hörte sie Edith sagen. Michaela lachte. "Nein gnädige Dame. Ich komme schon." Sie öffnete die Tür des Raumes und fand Edith nackt, mit weit geöffneten Beinen auf der Massageliege, sich ihre große Knospe streichelnd. Der grüne Plug leuchtete aus ihrem Anus raus. Aus ihrer Möse schauten die beiden silbernen Kettchen raus, an deren Enden die Glöckchen links und rechts neben dem grünen Strasssteinchen des Plugs, sich im Takt von Ediths Reiben an ihrer Knospe leicht hin und her bewegten. Michaela ging zum Desinfektionsspender und drückte sich mehrfach Alkohollösung auf ihre Hände. Sie rieb sich ihre Hände fest damit ein. Sie schaute weiter Edith zu, die immer wieder laut stöhnte. "Na, wie war die Wunscherfüllung". Edith stöhnte wieder. "Du machst mich so geil. Ich bin fast verrückt geworden davon. Du bist so scharf. Und wie Du Dich von ihm in den Arsch ficken hast lassen. Das hättest Du sehen müssen. Bitte machs mir jetzt auch richtig gut. Ich will, dass Du es mir richtig hart besorgst. Hast Du mich verstanden, meine Knospe?". "Michaela nickte. Sie ging zum Waschbecken und wusch sich die Hände. Lieber doppelt sauber, dachte sie. Ich will das Edith und ich immer gesund sind. Mit geöffnetem Bademantel ging sie zum Massagetisch. Sie schubste Ediths Hand weg. Dann drückte sie Ediths Beine weiter auseinander, so dass diese links und rechts von der Liege runter rutschten und frei in der Luft, neben der Liege baumelten. Mit den Fingern der einer Hand fing sie an, Edith die große Knospe zu stimulieren, während sie mit der andren Hand begann, Edith den Plug im Po-Loch leicht raus zu ziehen und wieder reinzuschieben. Edith stöhnte wieder laut auf. Michaela steigerte ihr Tempo langsam. Edith atmete schneller. Michaela lies von ihr ab. "Nein, bitte mach weiter." stöhnte sie. "Ich will dass Du mir Deine große Kugel aus der Möse drückst. ich werde an Deinen Glöckchen leicht ziehen. Aber Du musst schon drücken. So als ob Du gleich ein Kind bekommen würdest. Du wirst mir die Kugel rausdrücken. Hast Du verstanden?". Edith schaute Michaela mit großen Augen an. Sie nickte. Ihr sprang die Lust, bei dem Gedanken, fast aus den Augen raus. Michaela fing wieder an mit ihren Fingern, die große hervorstehende Knospe, zu umkreisen. Gleichzeitig nahm sie mit der anderen Hand, die beiden Glöckchen zwischen ihre Finger und fing an, die Ketten zu spannen. Edith stöhnte laut auf. Die beiden Frauen schauten sie lüstern an. Edith fing an zu drücken. Michaela zog ein bisschen fester. Sie würde Edith helfen. Gleichzeitig begann sie, die große Knospe enger und härter, mit ihren Fingern zu bespielen. Edith stöhnte auf. Michaela sah, wie sich ihr Muschi-Loch langsam weitete und ihr Loch die große Kugel immer mehr preisgab. Michaela zog stärker an den Kettchen der Glöckchen. Und dann plötzlich flutschte die Kugel, auf das Handtuch der Massageliege, raus. Edith brüllte ihre Lust dabei regelrecht in den Raum, begleitet von jeder Menge Mösensaft, dass nun auf Michaelas Hand lief. Michaela lies die Glöckchen los. Sie sah das große, geöffnete Muschi-Loch vor sich offen da liegen. Sie formte ihre Finger zusammen, damit sich alle Fingerspitzen vorne berühren konnten. Sie würde so, Edith ihre Hand, so tief es ging, in das Loch reinschieben. Edith hatte sich mittelweite an ihren Ellenbogen hochgedrückt und sah Michaela zu, was sie da machte. Michaelas drückte ihre Hand immer weiter in die Lochöffnung hinein. Edith stöhnte auf. Michaela rieb ihr die Knospe weiter sanft aber doch zugleich hart. Nach und nach verschwand immer mehr von Michaelas Hand in Ediths Vagina. Edith stöhnte "Ja schieb sie mir ganz rein. Fick mich mit Deiner ganzen Hand. Bitte bitte." Michaela formte die Finger ihrer Hand, die nun ganz in Edith waren, zu einer Faust. So konnte sie noch tiefer reinkommen. Mittlerweile war sie bis zur Hälfte ihres Unterarmes in Edith drin, während diese laut jammernd vor Lust immer mehr Mösensaft aus ihrem Loch laufen lies. Michaela fing an ihren Unterarm wie einen Schwanz zu benutzen. Sie schob und zog mit ihrer Faust in Edith drin den Arm rein und raus. Edith atmete immer lauter und schneller. Dann begann sie ihre Lust rauszubrüllen. Michaela stieß gleichbleibend sanft ihre Hand rein und raus. Einzig die Finger an der Klitoris von Edith rieben nun so schnell sie konnte, die harte Knospe hin und her. Sie spürte, wie Lustwellen durch Ediths Körper schossen. Und dann kam ihre große Liebe zum Orgasmus.

Laut, animalisch, brüllend, ihren Orgasmus, in den Raum und in das ganze Hotel, raus stöhnend. Honigsaft spritze, lief am Unterarm von Michaela aus dem Loch heraus. Es war der absolute Wahnsinn dachte Michaela. "Ich liebe Dich, ich liebe Dich, ich liebe Dich" stöhnte Edith und zog Michaela zu sich hoch. Die beiden Frauen schauten sich an. Michaela zog langsam und vorsichtig ihre Hand aus Edith wieder heraus. Ein großer Schwall Mösensaft lief aus dem weit geöffneten Loch. Mittlerweile war die Liege und der Boden darunter richtig nass geworden. Michaela liebkoste Edith die Brüste mit ihrer nassen Hand. Dann zog sie Edith zu sich hoch. Die beiden Frauen umarmten sich. Nach und nach kam Edith runter von ihrer Lust. Michaela holte den Bademantel von Edith. Sie half Edith hinein. Gemeinsam holten sie weitere Handtücher und wischten die ganze Sauerei auf der Liege und darunter auf. Als alles trocken war, zog Michaela den Schutz der Massageliege ab und warf ihn weg. Dann wusch sie sich die Hände mit Seife und holte einen neuen, frisch verpackten Überzug aus dem Schrank und spannte diesen über die Liege. "Lass uns jetzt zurück ins Penthouse gehen und im Whirlpool baden" sagte sie zu Edith lächelnd und nahm ihre Hand.

Aussichten

Edith verbrachte mit Michaela den Rest der Woche. Für sie beide war klar, dass sie zusammen bleiben und sich eine gemeinsame Wohnung, über den Dächern von Berlin suchen würden. Letztlich kauften sie eine Wohnung, die sie nach ihren Vorstellungen umbauen ließen. Die Wohnung glich im Bezug auf das Bad, inklusive Whirlpool und auch den Fenstern, die bis zum Boden gingen, dem Penthouse vom Hotel. Das eine super Heizung eingebaut wurde, war ebenfalls sofort klar. Michaela und Edith hatten einfach, so massiv daran Gefallen gefunden, sich immer frei und nackt zu Hause bewegen können. Die Glöckchen waren immer dabei egal wo sie waren. Michaela lehnte die finanzielle Unterstützung von Ediths Familie ab. Stattdessen arbeitete sie weiter im Hotel. Nach und nach hatte sie sich einen festen Kundenstamm erarbeitet. Wohnten die Kunden nicht im Hotel, so riefen sie auf dem Handy an und Michaela besuchte die Herren, dort wo sie nächtigten. Gleichwohl sie extrem gut damit verdiente, behielt Michaela den Job im Hotel. Was die Kontaktaufnahme eines neuen Kunden betraf, da verfeinerte sie ihre Technik. Vorausgesetzt ihr gefiel der Mann, brachte sie ihn persönlich auf sein Zimmer, ging als erstes ins Zimmer hinein, tat so, als wenn was auf dem Boden lag und beugte sich nach unten. Der Schlitz in ihrem Rock, der bis zum Poansatz ging, zeigte dem Mann dann ihre ganze Pracht zwischen ihren Beinen. Danach ging Michaela um das Bett herum und präsentierte sich dann. Es klappte nicht immer, aber oft genug, damit sie einen gut bezahlten Fick bekam. Sie gab dem Mann nach Erhalt des Geldes, wie immer, dann die obligatorischen Visitenkarten. Eines lies jedoch Michaela nie zu. Die Männer durften sie nie zärtlich streicheln oder berühren. Dies war einzig Edith erlaubt. Die beiden Frauen trafen weiterhin Andreas und unternahmen heiße Dinge zusammen. Manches Mal lies sich Edith von Andreas in der Arsch ficken. Ihr Möse, so sagte sie

174

zum ihm, sei exklusiv nur für Michaela reserviert. Wann immer die beiden Frauen die Möglichkeit hatten, reisten sie viel. Die Hotelwahl fiel dabei immer auf Hotels, die große Fenster hatten. So konnten sie ihre gemeinsame Lust, sich am Fenster zu lieben oder zu zeigen, ausleben. Michaela und Edith war klar, was für ein gemeinsames Glück sie hatten. Aber vielleicht war es einfach doch so, wie die Wahrsagerin gesagt hatte: Nichts ist Zufall.

Ende